# CALABUIG

Goli Taraghi

# LA SIGNORA MELOGRANO

Traduzione dal persiano di
Anna Vanzan

Titoli originali dei racconti
*Ānār bānū va pesarhāyesh*; *Dozd-e moḥtaram*;
*Ān yekī*; *Bazī ye nātamām*; *Mādām-e Gorgeh*;
*Golhā-ye Shīrāz*; *Jāy i dīgar*

Titolo dell'edizione in inglese
*The Pomegranate Lady and Her Sons*
W.W. Norton & Company



Prima edizione italiana
ottobre 2014

Copertina e grafica
Break Point / Jaca Book

Redazione e impaginazione
Elisabetta Gioanola / Jaca Book

Stampa e confezione
Ingraf srl, Milano
settembre 2014

ISBN 978-88-99-06601-7

Per informazioni sulle opere pubblicate e in programma
ci si può rivolgere a Calabuig
via Frua 11, 20146 Milano, tel. 02/48561520, fax 02/48193361
e-mail: libreria@jacabook.it; www.calabuig.it

# *La signora melograno*

Aeroporto Mehrabad, Tehran, volo Airfrance 726.

Sono le due, il che significa una notte insonne. Anche amarezza, pena, affanno, più la tristezza e l'ansia rispetto al mio futuro. Ho pensieri oziosi, tipo vado in Francia, ci rimango e non torno più; o fantasie ancora più oziose, immagino di rimanere nella cara Tehran, con i suoi pregi e i suoi difetti e di lì non mi schiodo. In entrambi i casi mi libererei dalla pena di questo vagabondare, da quest'andirivieni eterno (eterno rispetto alla mia vita), da questi voli a ore impossibili che affronto trascinando la valigia attraverso la dogana come se rappresentasse il ponte per il Paradiso, da queste ispezioni sprezzanti sul corpo, nelle scarpe, in borsa, perfino negli orifizi di naso e orecchie.

Arrivederci. Senza una parola, senza uno sguardo, fredda e rapida, con la gola strozzata da un'inspiegabile collera che non devo dare a vedere, colma di un senso di amarezza che bisogna mandare giù, con forza, fino in fondo.

Ecco l'entrata per le «sorelle». Il mio aspetto non è accettabile. Il foulard mi è scivolato giù e il bottone più basso del soprabito è aperto. Bene, ha ragione, mi sistemo. Il facchino mette la valigia e la borsetta sul nastro, ha fretta, vuole i suoi soldi, ha un altro cliente. Reclamo:

«Deve stare con me fino alla dogana!».

Eravamo d'accordo così, ma adesso invece vuole andarsene. Mette la valigia sul nastro in modo che passi sotto i raggi x e fa un cenno a un altro viaggiatore.

*Non arrabbiarti cara, lascia perdere, è così, dagli i suoi soldi e che se ne vada*!

Un muro di vetro divide il gruppo di quelli che rimangono da quelli che partono, gli uni e gli altri tristi e scorati. Parole non dette e sguardi pieni di parole attraversano il vetro, si posano sulle facce come polvere grigia.

Le budella della mia valigia sono ispezionate accuratamente: c'è qualcosa di sospetto e pericoloso lì dentro, non so che cosa. Un dito accusatorio mostra l'interno della mia borsa:

«Un'arma letale!».

«Quale arma letale? Nella mia valigia?!».

L'addetto all'ispezione parlotta con un altro. Si chinano a guardare l'immagine misteriosa sullo schermo dello scanner. Gli accompagnatori dall'altra parte del vetro allungano il collo, quelli vicini a me bisbigliano. Nei loro occhi fluttuano domande mute. In un battibaleno mi sono trasformata in un essere pericoloso: sono colpevole, la mia condanna è decisa.

Una terrorista?!

Forse. Ogni pensiero, qualsiasi cosa è possibile.

L'arma letale è un'ascia dorata che ho comprato a mio figlio in un negozio di carabattole di Esfahan. Non vale due lire e non potrebbe uccidere nessuno, men che meno un pilota d'aereo.

Mettono la mia valigia da parte, va esaminata accuratamente. I viaggiatori guardano me e la mia valigia rosi dai sospetti e forse anche dalla paura.

«Ma questa è un'ascia vecchia, tipo quella dei nostri dervisci, mi piaceva, l'ho comprata e messa in valigia, mica posso usarla!».

Non mi ascoltano. Estraggono con circospezione l'ascia – l'arma letale. La gente mi guarda, l'ispettore doganale dice che è un oggetto antico, di valore, parte del nostro patrimonio culturale.

*Ma va là!*

Ho lo scontrino, l'ho pagata meno di cinque mila *tuman*. La superficie è decorata da scritte in arabo, probabilmente versi coranici.

«Deve esaminarla il signor Tuti». Il signor pappagallo, mi ripeto con un sorriso.

Chiamano il signor Tuti con l'altoparlante. Qualcun'altro ride, uno ripete a fior di labbra «Tuti, Tuti».

Qualcuno mi afferra per il braccio:

«Signora cara…».

È una signora anziana che mi sta parlando, vuole qualcosa, non capisco, ho fretta, devo vedere che fare con la mia arma letale.

«Non voglio l'ascia, se la tenga e mi lasci andare!».

Ma il mio destino è nelle mani del signor Tuti. Devo aspettare, accidenti a me.

La vecchia signora mi batte una spalla:

«Signora cara, darei la vita per lei, sono in ritardo, ho paura di dover rimanere qua!».

L'anziana è una campagnola, smarrita e confusa, mi implora di riempirle il modulo per la dogana:

«Gentile signora, non ci vedo e so leggere a malapena, i miei figli mi hanno detto di salire sull'aereo e raggiungerli, non sapevo fosse così difficile, sono svenuta due volte nell'ufficio passaporti, sono quasi morta!».

«Aspetti, adesso ho da fare, chieda a qualcun altro».

«E a chi? Nessuno ha tempo!».

Col dito le indico un giovane azzimato, tutto elegante.

«Gliel'ho già chiesto, è cresciuto all'estero, non sa scrivere in persiano, ho paura che sia così anche per i miei figli, se si sono dimenticati il persiano che Dio abbia misericordia di me!».

L'altoparlante richiama il signor Tuti. La vecchia non mi molla. Gira attorno a sé stessa, non sa dove andare, cosa fare.

«Dov'è l'aereo svedese?».

Sfoglio il suo passaporto, è vuoto, questo è il suo primo viaggio. Si chiama signora Melograno Cinari. La signora melograno. Le compilo il modulo in grande fretta. È nata nel 1917, ha ottantatré anni, è sul mio stesso volo fino a Parigi e da là poi raggiungerà la Svezia.

«Sono dieci anni che non vedo i miei figli. Mi si stringe il cuore, gli ho detto che mi ucciderei per loro, ma perché sono andati da quella parte del mondo? Che cosa non andava nel villaggio vicino alla nostra Yazd? Ma loro niente, hanno voluto andare via. Mio marito, che Dio l'abbia in gloria, diceva che la pazzia dei giovani aveva mangiato il cervello anche ai nostri figli».

Il signor Tuti è arrivato, è piccolo e magro, come un bimbo di dieci anni ma con un gran nasone da vecchio e due lenti spesse come i fondi di un bicchiere. Muto esamina l'ascia, la gira sotto la luce, poi sentenzia:

«Quest'ascia è antica».

Scuoto la testa. Anar Anar Cinari allunga il collo, passa le mani sull'ascia:

«Signora cara, ma non c'erano altri souvenir? Questa è una cosa dei dervisci!».

«Antica quanto?» chiedo.

Il signor Tuti non approva la mia insistenza. Non ha tempo:

«La testa è antica, il manico nuovo».

Ad ogni modo è pericolosa, con quella si può decapitare il pilota con tutto l'equipaggio e gli agenti di sicurezza, prendere in ostaggio i passeggeri, dirottare l'areo in Africa.

«Bene, l'ascia achemenide è sua».

Ma non accetta, l'ascia va restituita. Anar non si muove dal mio fianco. Il signor Tuti ha fretta e sonno, sbadiglia.

Prendo l'ascia, torno verso l'entrata dell'aeroporto per darla all'amico che mi ha accompagnata, ma di lui non c'è traccia. La gente dietro al vetro ride e mi saluta con la mano. Mi faccio piccola piccola per la vergogna. C'è una fila di quaranta o cinquanta persone, vecchi, giovani, bambini di ogni età con mazzi di gladioli appassiti che attendono il volo dall'India. Una gran confusione. Un bambino mi pesta i piedi e corre via, scuote felice il mazzo di gladioli.

Regalo l'ascia a un facchino che attende accanto alla porta. Poi torno indietro ansimando arrabbiata e vedo Anar ancora lì, che si guarda intorno senza sapere dove andare. I suoi occhi si posano su di me e s'illuminano. Mi fa un cenno con la mano e viene verso di me:

«Signora cara, dov'era andata? Avevo paura che fosse andata via lasciandomi qui!».

Mi segue. Ha una borsa pesante, ansima, il sudore le scende dalla fronte sul viso; tira fuori dalla tasca del soprabito un fazzoletto quadrettato, grande come un tovagliolo, e si asciuga la faccia:

«La signora Soheila, che da dieci mesi è la maestra del nostro villaggio, conosce tutti i nomi delle città del mondo, mi ha detto nonna, in Svezia si gela anche d'estate, vanno a 150 gradi sotto zero, le mucche e le pecore muoiono solo a rimanere in piedi. Io per paura del freddo ho messo in valigia tutto quello che avevo di pesante, mi sono coperta a strati e adesso sto morendo di caldo».

L'aereo ha un'ora di ritardo, forse due, non è chiaro. Gli accompagnatori rimangono dall'altra parte del vetro in un'attesa paziente e triste; quelli che sono da questa parte li guardano, ma le voci non attraversano il vetro.

L'ora della partenza è stata fissata prima ma non c'è garanzia che corrisponda alla realtà, ci sono migliaia di dubbi, di forse e di paure. In testa mi girano pensieri neri. Forse mi proibiranno di partire? Non vedrò più le persone che amo? E se il tale, il tale e il talaltro muoiono mentre io non ci sono? I forse s'intrecciano con i mai e mai è una parola amara e buia che solo di recente mi è entrata nella testa, come la muta comprensione della morte, sistemandosi lì, in attesa di esibirsi.

Anar mi segue come un'ombra silenziosa, mormorando a fior di labbra. Il suo sguardo smarrito e le sue mani tremanti trasudano angoscia:

«Fortunati quelli che hanno figli obbedienti, i miei sono stati irrequieti fin da piccoli, non stavano mai fermi, non gli piaceva la gente del villaggio, volevano andarsene in città, a Tehran, da un'altra parte, ma dove? Non lo sapevano neanche loro. Quand'eravamo giovani noi conoscevamo solo un posto, per noi Yazd era l'inizio e la fine del mondo».

L'inizio e la fine del mondo!

«Nonna cara, beata lei che ha trovato il suo posto nel mondo!».

Adesso pensa ai figli. Si è dimenticata dov'è e che strada lunga ha dinanzi. Ha gli occhi pieni di sogni, il sogno di Yazd che è rimasta alle sue spalle e quello della città straniera che la attende:

«Ho mandato una lettera ai miei figli. Io non so scrivere, me l'ha scritta la maestra Soheila. Gli ho chiesto se in quella parte lontana del mondo, dove sono, stanno bene. Mi hanno risposto che lì sono soli, il freddo ha gelato le loro ossa, piangono quasi tutte le sere, adesso vogliono andare in America. La maestra Soheila ha detto che l'America è Satana. Mio marito ha avuto quasi un infarto, ha detto i miei figli sono diventati nomadi, senza radici, dovunque andranno saranno degli stranieri».

«Si muova, deve far esaminare il bagaglio» le dico.

La signora melograno ha due borse a mano. Ne apre una, è piena di cianfrusaglie: scatole di dolci, un paio di metri di tessuto tipico di Yazd, tazze di plastica, due paia di scarpe maschili, regali per i suoi figli. La seconda valigia è piena di melagrane e melanzane.

«Sono del mio orto».

Abbiamo finito. Passato il controllo, riprendiamo le nostre valigie e Anar dietro di me. Esibisco il suo biglietto insieme con il mio. Abbiamo i posti. Saliamo al piano superiore. Ho il passaporto pronto in mano, il cuore mi batte, senza motivo, forse per l'abitudine, mi aspetto che qualcosa vada storto, ho paura di avere una cosa in più, o in meno, un timbro mancante sul passaporto, o un segno che mi impedisca di partire. Perché? Non lo so. Tutto è possibile. È una paura indistinta.

Va tutto bene.

L'ispezione corporea non è come in passato, va molto meglio. Anar soffre il solletico, appena la toccano si agita, ridacchia. Ha due bracciali d'oro e un anello con la corniola, li fa vedere. Sta facendo vedere troppo, mentre mi cerca con lo sguardo. In tasca ha nascosto un paio di orecchini di rubini di poco valore, ha paura che li trovino e l'accusino di contrabbandare preziosi. Li trovano. Trema e supplica:

«Sono per mia nuora. Me li ha dati la signora Soheila, che possa rimanere cieca se dico bugie, mia nuora è europea, si è fatta musulmana, dice le preghiere».

Non ce l'hanno con lei, può andare con i suoi orecchini.

«Mio figlio maggiore ha sposato una straniera, una di un villaggio svedese. Gli avevo detto caro torna qua, le ragazze di Yazd sono belle come il sole, noi non parliamo svedese, come facciamo a comunicare con tua moglie?».

Siamo in sala d'attesa. Anar si lascia andare sulla sedia vicina a me. Dorme, borbottando, la testa piegata sul petto e le gambe larghe. Sembra stia sognando i figli, quei ragazzi irrequieti che se ne sono andati in una terra gelata in cerca di una vita migliore. Si piega in avanti e scivola giù dalla sedia. Balzo su, anche il suo vicino la aiuta, la rialziamo, è confusa, non sa dove si trova, un ragazzino ride mentre una donna scuote la testa, con aria triste.

«Signora cara...» dice, ma la voce le si strozza. Le sistemo il foulard, adesso è in sé e si riassetta. Si siede composta, la testa alta, tenta di ridere, o almeno di abbozzare un sorriso. Fa del suo meglio per contenersi, ma il sonno e la stanchezza scorrono nei suoi occhi e il suo vecchio corpo sta per soccombere.

Chiamano i passeggeri, è ora d'imbarcarsi. La fila lunga e

disordinata rende difficile l'uscita dalla sala. Anar ha fretta di andare, spinge gli altri. Ma quando arriva ai piedi della scaletta si ferma, smarrita, guardando le immense ali dell'aereo. Le pesa la borsa. Non ce la fa. Sale un paio di gradini, si blocca. Impedisce il passaggio e il personale di terra deve aiutarla, prendendola sottobraccio e facendole salire un gradino alla volta.

Il suo posto è accanto al mio, ne è felice. Si siede e con gran fatica sistema il bagaglio a mano sotto i suoi piedi.

«Ah figli miei, tutto questo per voi… magari non vi amassi più, almeno non dovrei andare in giro per il mondo!».

Si toglie le scarpe, con un lamento, ha spesse calze nere, ha caldo, la faccia tutta sudata.

«Grazie a Dio sono seduta vicina a lei, la maestra Soheila mi aveva detto nonna se è fortunata si siede vicino a una donna perbene, una che le fa da figlia. Peccato che non abbia una figlia, madre e figlia stanno vicine, non mi avrebbe lasciato andare in Svezia. E lei? Ha figli?».

Mi giro, affondo la faccia nel cuscino, devo dormire. Il braccio paffuto di Anar esercita una morbida pressione sulle mie spalle. Il suo corpo caldo e stanco si spalma sulla poltrona occupando anche parte della mia. Il suo alito odora di stomaco vuoto, ma il suo corpo è profumato.

Tiro la coperta sugli occhi e fisso il sonno che si posa dietro alle mie palpebre.

«Signora cara, anche lei va in Svezia?».

Scuoto la testa.

«Ho paura di rimanere qui».

Non rispondo.

«Signora cara, mi avvisi quando arriviamo in Svezia!».

«Dorma Anar, dorma!».

La hostess controlla che tutti abbiano le cinture allacciate. La mia lo è, ma Anar non ha familiarità con gli aerei, è sconcertata, armeggia e mi dà delle gomitate.

«Signora cara, non conosco le lingue straniere».

La hostess vuole allacciarle la cintura, ma un pezzo è sotto il sedere di Anar e non esce. Infilo una mano sotto il suo corpo caldo e stanco, con forza e fatica, le faccio il solletico, si agita da una parte all'altra.

«Per piacere, si alzi» dico, e riesco ad afferrare con le dita il lembo della cintura. Cerco di tiralo fuori, niente da fare, lei è grassa e pesante, adesso è seduta sulla cintura e sulla mia mano e non ha intenzione di muoversi. La hostess interviene cercando di afferrare la cintura dall'altra parte. Ma Anar soffre molto il solletico, ballonzola da una parte all'altra, fa un balzo ricadendo su di me, alla fine riesco a recuperare la cintura.

«Ah signora cara, mi stavo sciogliendo dalle risate, che divertente, vorrei che ci fossero i miei figli a vedermi!».

Ridacchia, mi afferra le mani e me le stringe tra le sue, calde e ruvide.

Ha una faccia gentile, aperta, i suoi occhi scuri e grandi brillano:

«Signora cara, mi avverta quando arriviamo in Svezia, ho paura di restare sull'aereo!».

Le spiego che un aereo non è come un bus, non ha dieci fermate, decolla da Tehran e atterra al Charles De Gaulle dove lei dovrà scendere e cambiare aereo. Ma è ancora più spaventata. Mi guarda fissa, non capisce le mie parole, Svezia è l'unico posto che ha sentito e memorizzato:

«Signora cara, sono tre giorni che sono in viaggio, sono arrivata a Tehran con l'autobus, ma si è rotto, è scoppiata una gomma, ha sbandato e ha colpito un uomo a dorso di mulo. Il poveretto è morto, per non farle venire il mal di testa le dico solo che abbiamo dormito in strada quella notte, zanzare e moschini mi hanno mangiata viva, ho pensato che sarei morta lì per strada, sono piena di malanni e di dolori, ho più di ottant'anni, ma ho tanta voglia di vedere questi miei due ragazzi che farei qualsiasi cosa. Questa borsa che vede è piena di melagrane e di riso, ho portato anche dello sciroppo di melagrane, buonissimo, è del nostro villaggio, è per questo che mi chiamano Anar, signora melograno!».

Ride. Ficca le mani nella borsa e ne tira fuori un paio di melagrane.

«Prego, le assaggi!».

Scuoto la testa. Fisso il frutto che lei schiaccia finché la buccia diventa liscia come quella di un palloncino che sta per scoppiare.

«No, no, non lo faccia!» dico spostandomi, oltretutto indosso uno spolverino bianco.

«Non abbia paura signora cara, questa non è una melagrana normale, è la melagrana dell'amore!». Con le sue dita forti schiaccia i punti non ancora ammorbiditi.

«Sono cresciuta all'ombra degli alberi di melograno. Non avevo genitori, ho bevuto succo di melagrana al posto del latte. Tiravo giù un ramo e schiacciavo una mela per berne il succo. Come se fosse il seno di mia madre. La gente mi diceva Anarak, piccolo melograno, quest'albero è tua madre, è l'albero dell'amore. Lì accanto c'era un sicomoro, e dicevano e questo è tuo padre. È così che i due alberi sono diventati i miei genitori. Il giorno che sono andata in comune per la carta d'identità mi hanno chiesto come si chiama tua madre? Anarak ho risposto io. E tuo padre? Cinarak, piccolo sicomoro ho detto io. E allora l'impiegato si è arrabbiato: ma va là, sei forse nata da due alberi?! Certo! ho risposto io!».

Ha la voce morbida e gli occhi le ridono. È piccolina, tutta tonda, da seduta i piedi non arrivano a terra. La faccia assomiglia a una melagrana rossa e schiacciata, con le labbra carnose e le guance accese. È una vecchia piena di vita e simpatica, che non sta ferma un attimo e muove in continuazione i piccoli piedi grassi.

Mi è passato il sonno. Dopo un'ora di volo ci portano la colazione. La signora melograno ha fame e trangugia il suo pane e marmellata.

«Lei non ha fame signora cara? Perché non mangia?» e col mio permesso si prende il resto del mio vassoio e mangia rumorosamente.

«Anche lei ha figli?».

Scuoto la testa in assenso.

«I figli abitano con lei?».

«Sì».

«Beata lei! Questa sì che è una fortuna. I figli sono il sale della vita. Io non vedo i miei da dieci anni. Chi è che avrebbe immaginato che i miei figli, i figli di Anar, sarebbero finiti in Europa? Il più grande mi ha scritto mamma, prego e lotto per la mia patria. Gli ho risposto gioia, con chi lotti? Con i nemici della patria e della religione. Il piccolo invece non fa questi discorsi, mi scrive una lettera all'anno piena di parole dolci, mi dice mamma, vieni che andiamo insieme a ballare. Mente, il birichino! Ma sono bugie che ti fanno bene al cuore. Quell'altro invece pensa sempre a combattere, a tagliare le teste del prossimo. Mica sei un macellaio? Un assassino? gli ho detto. Una volta ha detto un giorno ammazzerò il colonnello Zamani. Il mio povero marito gli ha dato uno scappellotto: asino, Zamani è musulmano! Ha moglie e figli, ucciderlo è peccato! Allora ammazzo un altro. Ma mente, si riempie la bocca di bugie. Si è sposato due volte, con delle straniere, la prima sembrava un gatto, tutta ossa, mio marito ha sputato sulla sua foto, poi l'ha fatta a pezzi e buttata nel cesso. Intanto è arrivata la foto di mio figlio piccolo, si era fatto biondo, bello come il sole, sembrava una ragazza, aveva scritto mamma, faccio il musicista, canto musica occidentale ai matrimoni. Mio marito ha detto che ci disonorava, un figlio che si trucca gli occhi non è mio figlio. Poi si è messo in lutto, per lui i figli erano morti. Ha pianto tanto da morire. Per me la vita senza marito e senza figli era diventata un inferno. Sono andata a sdraiarmi sotto il melograno, mi sono messa ad aspettare che l'angelo della morte venisse a prendermi; poi ho sentito la gente del villaggio che mi chiamava, era arrivato il postino, ho ancora nelle orecchie il campanello della sua bici… drin-drin. I bambini del villaggio erano seduti sul muretto ad applaudire, era arrivato anche il capo villaggio a dirmi nonna Anar cosa fai qui stesa, c'è una lettera per te dall'Europa. L'ha aperta, tenendosi la busta col bollo perché era un documento ufficiale, da archiviare. Era una lettera di mio figlio più piccolo che mi diceva mamma, vieni subito, muoio dalla voglia di vederti, e ho paura che muoia anche tu. Mi sono sentita come se avessi cent'anni di meno, mi sono alzata dicendo figlio mio, darei la vita per te, che importa se sei diventato come una donna, sei sempre carne della mia carne! Poi ho chiesto ma la Svezia dov'è? Nessuno al villaggio lo sapeva. Il capo villaggio mi ha detto non andare, morirai per la strada! ma io ho risposto che ci sarei andata anche a piedi, in Svezia. La gente mi ha detto che avrei dovuto attraversare i Sette Mari. Ma io ho insistito, Dio mi avrebbe protetta, i miei figli mi aspettano. Mio figlio grande ha un brutto carattere, sempre in guerra. Dalla mattina alla sera ripete che bisogna vendicarsi, è una testa calda. Durante il tempo dello Shah è andato in prigione due volte, ma non ha imparato la lezione, continua a dire che devono finire tutti sulla forca, che bisogna fare vendetta. Gli ho detto che siamo tutti figli di Dio, ma lui dice che non è vero, che bestemmio, solo noi siamo figli di Dio, gli altri sono nemici della fede e della patria. Un giorno al villaggio sono arrivate le Guardie della Rivoluzione a cercarlo, lui si è nascosto nel sotterraneo del colonnello Zamani, c'è rimasto quaranta giorni, il colonnello gli passava pane e acqua, finché è scappato in montagna a nascondersi. Per tre anni non abbiamo avuto sue notizie, pensavamo che fosse morto, tre anni di lutto. Abbiamo detto a tutti che era stato martirizzato, la gente veniva a farci le condoglianze e a felicitarsi per il martirio. Abbiamo venduto il tappeto per pagare i funerali nella moschea. E invece un giorno arriva la notizia che è sano e salvo in Svezia, grazie a Dio! All'inizio pensavamo che la Svezia fosse un luogo dell'Iran, dalle parti del nord, poi abbiamo capito che era dall'altra parte del mondo. Anche mio figlio più piccolo era irrequieto, l'ho implorato di non andare, di stare con noi, niente da fare, mi ha detto che voleva andarsene via, vedere un altro posto, un'altra città. I giovani sono come asini, capiscono solo la loro lingua. E così se n'è andato via anche lui. È stato qualche anno a girare per la Turchia finché un suo zio ha sistemato la faccenda. Le sto facendo una testa così, non la lascio dormire. Volevo solo farle capire cosa ti fanno passare i figli. Sono dieci anni che parlo con i miei ragazzi, da sveglia e mentre dormo, per paura che mi venisse un'amnesia che me li facesse scordare. Mio marito ha detto che l'amnesia è una benedizione, una grazia, anzi, magari l'amore che portiamo a questi figli potesse essere cancellato dal cuore, magari potessimo appoggiare la testa sul cuscino e morire. Ma io ho giurato di non morire finché non li rivedo. Quando prego pronuncio i nomi dei miei figli a voce alta, come se la mia voce potesse raggiungere le loro orecchie. Mi hanno mandato il biglietto, sono partita da Yazd per Tehran, sono stata a casa dell'ingegnere, il fratello della maestra Soheila, che mi ha aiutato ad arrivare all'aeroporto. In Svezia non ci sono melanzane, allora ne ho portato qualche chilo, magari venisse anche lei in Svezia, stasera voglio preparare lo stufato di melanzane, e anche il pollo alle melagrane. Ogni sera cucinerò un piatto iraniano per questi figli ingrati così che gli venga nostalgia di Yazd. In che parte del mondo è la Svezia? La maestra Soheila ha detto che è un posto dove si ghiaccia la saliva in bocca e le lacrime diventano stiletti di ghiaccio, così la gente rimane cieca. Oh Dio, mi son detta, speriamo che non succeda ai miei figli! Dio solo sa che cosa ho passato in questi anni. Mio marito ha detto che mangiano carne di maiale, ecco perché hanno preso forma di donna. Mio figlio più grande è un pezzo d'uomo, non si depila in mezzo alla fronte, ma si è accigliato talmente tanto al pensiero di ammazzare questo e quell'altro che è diventato strabico. Appena arriviamo abbraccio il più piccolo, me lo stringo al petto. Poi dormo ai piedi del suo letto, con la testa appoggiata sui suoi piedi. Quand'era piccolo girava sempre scalzo, i piedini sapevano di erba e aveva vesciche dappertutto. Adesso si lava mani e piedi col sapone europeo, ha odore di stranieri. Invece il mio grande aveva odore da adulto già appena nato. Odore di sudore di gente grassa. Mio marito diceva questo bambino è ammalato, si capisce dall'odore, ma io dicevo che era solo il volere di Dio, mica tutti devono avere un buon odore, ognuno ha il proprio. Cani e gatti puzzano, ma sono puri di cuore. I polli puzzano, ma sono innocenti. Mio marito diceva questo bambino ha il cervello marcio, la puzza viene dal cervello, non dai piedi. Che posso dire, per il mio naso profumava come acqua di rose. Certo, io lo amavo, non avevo scelta, è come quando hanno detto a Majnun che Leila assomigliava a uno sciacallo, lui ha risposto che si sarebbe sacrificato volentieri per quello sciacallo. L'amore è così. Mio figlio piccolo ha un bel carattere, mi canterà canzoni europee e io ballerò per lui, gli farò mille coccole, venga e vedrà. Mi ha scritto mamma, tu sei una cuoca coi fiocchi, apriamo un ristorante iraniano, diventiamo ricchi, lo chiamiamo Ristorante Anar e figli».

C'è maltempo, l'aeroplano balla. Anar è contenta di questo sballottamento. Batte le mani e scuote i piedini. Ma questa donna s'è resa conto di essere sospesa fra terra e cielo? Che se l'aereo cade va in frantumi? Che le nostre vite sono appese a un filo? Almeno è quello di cui ho paura io.

«Signora cara, dove posso soddisfare un bisogno corporale?».

Non le rispondo, il mio corpo non risponde più, il cuore mi batte forte. Conto i secondi, il tempo si è dilatato e i miei piedi agonizzano e agognano la terra ferma, solida e sicura.

Anar soffre, si slaccia la cintura, fa per alzarsi, la hostess le fa cenno di stare seduta, lei stringe con forza le grosse cosce.

«Stia seduta, aspetti o cade!».

Non ascolta, ha fretta, si piega a cercare le scarpe sotto il sedile, barcolla. Il passeggero dietro di noi viene ad aiutarla, è un giovane gentile che la prende sottobraccio e la guida. L'aereo incontra un vuoto d'aria e una donna caccia un urlo. Anar con un braccio si aggrappa al giovane e con l'altro afferra al collo un altro passeggero. Ride. La hostess francese si è stancata degli iraniani, scuote la testa senza speranza e rinuncia a protestare.

Chiudo gli occhi, dietro alle palpebre i figli della signora melograno danzano, hanno freddo, tremano. Chiedo loro ragazzi, è questo il posto che cercavate? Non rispondono, la neve si è posata sui loro capelli scuri. Stanno partendo per un'altra città, una città al di là dei monti e dei mari. Una città calda, conosciuta. Vengo anch'io! dico aspettatemi! Si sente il fischio del treno, i passeggeri sono ammassati sulle porte e sui finestrini, c'è anche Anar che mi chiede dove va? ma nessuno lo sa.

L'aereo ha un forte sobbalzo e mi sveglio. La voce di Anar mi arriva da lontano, sta bussando forte da dentro la toilette.

«Signora, mi aiuti, la prego!».

La hostess è stanca e arrabbiata, non si muove, si alza un passeggero e apre la porta del bagno. Anar si è lavata mani e faccia, l'acqua scende dal suo fazzolettone.

«Ah che posto stretto, Dio ci abbia in gloria, chiedo scusa, altro che i nostri bagni!».

L'aereo balla meno, tiro il fiato, ma il mio corpo è sempre debole, non ho forza nelle braccia. Mi tiro la coperta sulla faccia e non apro gli occhi finché l'aereo non si assesta del tutto.

Il carrello impatta con forza sulla pista e Anar fa un balzo sulla sedia. Vede che i passeggeri sono indaffarati a raccogliere le proprie cose e svelta si apre la cintura:

«Signora cara, siamo arrivati?».

«Sì».
«Siamo arrivati in Svezia?».
«No».
«Allora dove?».
«Parigi».
Tutti hanno fretta, s'è formata la fila in corridoio, tutti spingono.
«La Svezia è la fermata dopo?».
Per l'ennesima volta le spiego che bisogna scendere e cambiare aereo per arrivare dai suoi figli.
«Oddio, io non so leggere, sono ignorante, non conosco le lingue di qui!».
«Faccia vedere il biglietto, la guideranno».
«A chi?».
«All'incaricato dell'Air France».
«Io non scendo. Da qui non mi muovo, ho paura di perdermi».
«Mi segua, l'accompagno io».
«Signora cara, venga con me in Svezia, le sarò debitrice» mi implora.
Lacrime le scendono sul viso. Abbassa la testa, borbotta.
«Cara Anar, si alzi, non abbia paura, non si perderà, l'affiderò a qualcuno più bravo di me».
È incerta, ma non ha scelta e deve accettare:
«Bisogna aver fiducia in Dio, magari i miei figli sono già qua».
«Magari».
I piedi si sono gonfiati e non le entrano nelle scarpe; se le mette sottobraccio e s'incammina, lamentandosi perché ha le ginocchia anchilosate.

«Se non fosse per i miei figli non mi sarei mai mossa, la nostra Yazd è un paradiso, che peccato, la rivoluzione è roba da città, non ha niente a che vedere con noi. Il figlio di Mashdi Akbar è diventato poliziotto, non è un cattivo ragazzo, s'è trasferito in città. Ho detto ai miei figli di rimanere per aiutarmi in vecchiaia, ma non mi hanno dato retta».

Le assistenti di volo sono in fila vicino al portello dell'aereo; Anar dice qualcosa a una di loro, vorrebbe baciarla, ma è piccola e la bocca non arriva alla guancia della francese, che sorride e le stringe forte la mano.

Davanti a noi si apre un lungo corridoio.

«La Svezia è distante da qui?».

Prendo la sua borsa, che pesa come un accidente, e gliela passo. Le faccio vedere due assistenti dell'aeroporto:

«Deve andare da questa parte, io da quella. Non facciamo la stessa strada. Mostri il biglietto a quelle due donne, l'aiuteranno».

Mi guarda esterrefatta, non era pronta a questa improvvisa separazione. Mi prende un lembo del soprabito.

«Buon viaggio Anar, metta da parte un piatto del suo stufato di melanzane per me».

«Come faccio a parlarci, non so la loro lingua!».

«Mostri loro il biglietto».

«E che gli dico?».

«Dica: Svezia».

Si ripete Svezia, fissando il biglietto.

«Signora cara!».

Mi avvio senza voltarmi, è stato un viaggio lungo e faticoso. Sono felice di avere messo i piedi a terra, di essermi liberata da quegli scossoni in mezzo al cielo. I passeggeri iraniani si separano in fretta, corrono. Penso ancora ad Anar, è andata o no?

La maggior parte dei passeggeri è scesa prima di noi e ingrossa le file davanti al banco della dogana e del controllo passaporti. A sinistra c'è la fila degli europei, a destra quella degli stranieri: arabi, iraniani, africani, asiatici, afgani eccetera. Uno sconosciuto mi batte la spalla:

«Mi scusi, la signora anziana che stava con lei non è capace di girare da sola, la sta cercando».

«Non c'è nessuno che può aiutarla? Io ho fretta».

«Sta cercando lei, non sa nessuna lingua e ha paura degli sconosciuti».

Oh Signore, torno indietro a cercarla, la vedo, sola e sperduta nel corridoio proprio dove ci siamo separate. Si è seduta per terra con la borsa sottobraccio. I viaggiatori le passano accanto in gran fretta. Mi scorge da lontano e lancia un grido di gioia. Le si illumina il viso, mi viene incontro strisciando a quattro zampe:

«Signora cara, le sono riconoscente, mi si sono rattrappite le ginocchia e non riesco a camminare, nemmeno un passo, ho detto a tutti quelli che passavano Svezia, Svezia! ma non mi hanno nemmeno guardata!».

Passa una in sedia a rotelle, Anar la guarda con invidia.

«Mi trovi una di queste sedie signora cara!».

«Va bene, resti qui, non si muova finché non torno».

Cerco di negoziare con un assistente dell'Air France, prego e supplico, niente da fare. Le sedie a rotelle vanno prenotate, si compila un modulo e si aspetta qualche giorno. Cerco di spiegare:

«Ma questa signora viene da un villaggio iraniano (la mia

spiegazione è inutile) e le si sono rattrappite le gambe, non ce la fa a camminare!».

Sono spiaciuti, ma ci sono norme e regolamenti da rispettare. Ogni cosa è disciplinata da una regola, dovevo fare richiesta prima, non c'è niente da fare.

E adesso che faccio? La lascio lì e me ne vado? No, non posso, non me la sento, mi cade l'occhio su un carretto per i bagagli, uno di quelli comuni, senza sponde laterali e frontali. Dove ci si può sedere. Perfetto! Mi affretto, vedo la signora melograno, seduta a terra in corridoio a gambe aperte con le scarpe in mano. La gente le passa accanto senza fermarsi. Metto la sua borsa sul carrello e rimango perplessa sul da farsi.

«Anar si alzi e si sieda sul carrello».

«Oddio, signora!», mi guarda stupita, non ci crede, ride.

«Niente oddio signora, su, si alzi!».

«Oh santo Abolfazl!».

«Si spicci!».

Deve accettare, ma si vergogna, si guarda intorno:

«Su questo carretto?».

«Sì, si alzi, ho da fare, è tardi!».

Arrossisce impacciata. Le viene da piangere:

«Signora, mi vergogno, rideranno di me!».

«Nonna, qui non la conosce nessuno, in Europa non c'è niente di cui vergognarsi, si muova!».

Le fanno male le gambe, devo aiutarla, si lamenta, fa fatica a stare in piedi, è mezza piegata, e alla fine, appoggiando le mani alle ginocchia e la schiena sul carrello, riesce a salirci.

«Stia seduta bene» e le premo le spalle. Lei mormora a fior di labbra una serie di «Oh signora cara» e si abbandona. Il carrello è pesante, procede tutto storto, sbatte sul muro. I viaggiatori ci guardano, ridono, Anar si copre la faccia col fazzoletto. Non è facile spingere il carrello con tutto quel peso, ruotiamo su noi stesse, a destra e a sinistra. Anar aiuta spingendo i piedi per terra e facendo avanzare il carrello. Arriva uno ad aiutarmi, spingiamo insieme Anar che dice:

«Ah figli miei, dove siete, se vedeste come sono messa!».

Guardiamo il suo biglietto, è per Göteborg: le mie conoscenze geografiche sono limitate. Presumo si trovi in Svezia, da che parte della Svezia non ho idea. Lì i figli di Anar stanno aspettando la madre.

Chiedo informazioni, devo andare al Terminal B, ossia dall'altra parte dell'aeroporto. Ci sono dieci minuti di strada con la navetta. Anar solleva la testa, ascolta, mi fissa in viso. La fermata della navetta è lontana. Il biglietto è in mano mia, lo controllo attentamente, il volo Parigi-Göteborg è tra un'ora. Non c'è molto tempo. Spingo con tutte le mie forze il carrello dove Anar sembra un gran fagotto di stracci. Arriviamo in fondo al corridoio, giro, mi trovo ai piedi di una scala mobile: che fare? Vedendo la scala che si muove Anar sbarra gli occhi e si alza spaventata:

«Oddio signora, questa scala si muove, io non ci salgo, troviamo un'altra strada con delle scale normali, qui cado e muoio!».

«Non faccia confusione, stia buona o la lascio qua».

Sono stanca e la pazienza se n'è andata tutta.

«Che diavolo va a fare in Svezia? Starà male lì, le verrà il mal di fegato!».

Sono arrabbiata e non so con chi prendermela.

«Io porto la borsa, lei scenda e andiamo».

La prendo sottobraccio, l'alzo, non riesce a stendere le ginocchia, si lamenta appoggiandosi al muro. Prendo la borsa e scendo le scale. Anar mi guarda dall'alto. Appoggiandosi al muro guarda con orrore me e la scala mobile. Un paio di volte si fa coraggio e accenna a un passo, ma appena alza un piede scuote la testa e si ritira spaventata. Sono sicura che precipiterà giù.

«Anar si sieda sul primo gradino e venga giù».

«Oddio signora cara, oh mio Dio, che disgrazia, non ce la faccio, i miei figli mi hanno detto che la Svezia era dietro alla porta, più facile che andare a Mashhad, bastava salire in aereo ed ero già arrivata».

Sto pensando a una soluzione quando vedo due uomini alti che stanno per imboccare la scala che Anar ostruisce. Dicono qualcosa ad Anar, che non capisce, poi a me, in svedese, e manco io capisco. Cercano di spostare Anar, con gentilezza, ma niente. Parlottano tra loro, fanno dei cenni verso di me, e prima che possa tentare una spiegazione, i due prendono Anar sottobraccio e la sollevano. Lei grida, ha il solletico, ridacchia, muovendosi fa cadere le scarpe nere con la fibbia metallica. Agitando le gambe grassocce si attacca ai due europei. È pesante, non è facile reggerla. Mi dico che adesso precipitano tutti e tre, mi copro gli occhi con la mano. Invece arrivano sani e salvi, e ridendo depositano Anar per terra. Il sudore le corre sul viso, deve riprendere fiato, il foulard è tutto sghimbescio e rivela i suoi capelli mezzi bianchi e mezzi tinti di henna.

«Il capo villaggio mi aveva detto che dovevo passare i Sette Monti e i Sette Mari, ma non sapeva che mi sarei dovuta sedere su un carrello o in braccio a uomini sconosciuti!».

Il carretto è rimasto in cima alla scala. Zoppicando arriviamo all'uscita. Un facchino sfaccendato ci guarda, lo chiamo, gli dico «Terminal B», ha capito.

«Anar, adesso dobbiamo separarci, questo signore l'accompagna al bus e dice all'autista dove farla scendere. Non abbia paura. È brava gente».

«E lei dove va?».

«Vado per la mia strada».

«Signora cara…».

«Vada adesso, auguri».

Piangendo mi afferra la mano e mi stampa forte tre baci sulle guance. Apre la borsa, prende una melagrana e me la porge: la melagrana dell'amore.

«Magari venisse anche lei in Svezia, staremmo insieme, cucinerei per lei, i miei figli sono delle perle, non sa quanto sono buoni e gentili, solo Dio lo sa, giuro sulla Qibla». Si gira ma non sa da che parte stia la Qibla.

«Certo, un'altra volta».

«Non ci sarà un'altra volta. Per me il domani è oggi».

Il facchino aspetta, è un nero dalla faccia allegra, Anar lo guarda bene e poi gli allunga la borsa. Si appoggia al suo braccio e piano piano, a passi misurati di formica, si allontana. Si volta, e mi guarda con gli occhi più gentili del mondo. In mano ho la sua melagrana.

Devo rintracciare il mio bagaglio. È passata un'ora, tutti quelli che erano in aereo con me se ne sono andati e le valigie non ritirate sono state messe in deposito. Fame, stanchezza e sonno hanno la meglio su di me.

L'addetto dell'Air France chiama qualcuno, dice che c'è da aspettare qualche attimo. Qualche attimo diventa mezz'ora, poi un'ora, un'eternità. Mi siedo e aspetto.

Penso ad Anar. Mi dico che sarà già arrivata e impegnata a cucinare; i figli le compreranno un letto nuovo e sostituiranno il foulard pesante con uno di seta. La porteranno a passeggio, a vedere la piazza grande della città, al cinema, in riva al mare, allo zoo. Questa sera, dopo dieci anni di lontananza, appoggerà la testa sui piedi puzzolenti del figlio maggiore, sognando sogni bellissimi. I più belli di sempre.

È mercoledì pomeriggio. Sono arrivata da tre giorni. Vuoto la valigia. Metto da parte il soprabito islamico per portarlo in tintoria. Vuoto le tasche. Saltano fuori due banconote da 100 *tuman*, un pacchetto di gomme da masticare, un bandolo di carta, lo scontrino della tintoria dell'anno precedente, una ricevuta di banca e il biglietto aereo.

Un biglietto aereo?

Leggo: Tehran-Parigi-Göteborg, domenica 29 settembre. Domenica 29 settembre.

Parigi-Göteborg.

La signora Melograno Cinari.

Göteborg.

Domenica 29 settembre.

Sono allibita, sconvolta. Non è possibile. Anar è andata verso il suo aereo, c'è salita. L'ho vista io.

Metto il biglietto sul tavolo, non voglio guardarlo, non ci posso nemmeno pensare, ho l'amaro in bocca e lo stomaco stretto in una morsa dolorosa. Ma il mio sguardo è fisso su quel maledetto biglietto.

Le avevo detto:

«Mi raccomando, ha la testa tra le nuvole, controlli se è tutto a posto».

Aveva controllato, teneva la borsa ben stretta al petto e il passaporto in mano.

Ma il biglietto? Il biglietto era in mano mia. L'avevo messo nella tasca del mio spolverino e me l'ero dimenticato. Che imbecille. Dovevo trovarla: ma dove? E come? Ho la testa confusa e i pensieri affastellati.

Ah, se non l'avessi aiutata, se non mi fossi mai imbattuta in lei, magari avesse trovato qualcun altro! È colpa mia. Colpa dei suoi figli. Colpa di quel maledetto postino che le aveva portato la lettera. Adesso vado in Svezia, vado a Göteborg, vado a Yazd, devo trovarla.

Aveva detto:

«Voglio rivedere i miei figli, abbracciarli, baciarli cento volte e poi posso anche stendermi e morire, a cuor contento».

Telefono all'Air France. È occupato. Riprovo, due, dieci volte: tuu, tuu, tuuu.

«Pronto!».

Ho agganciato ma non risponde nessuno, c'è una musichetta e una voce che dice attendere prego, vi risponderemo appena possibile. Appena possibile significa un'ora. Un'eternità. Mi scoppia il cuore. Riattacco e chiamo l'aeroporto. Questa volta rispondono, chiedo la lista passeggeri del volo Parigi-Göteborg di domenica 29 settembre. Silenzio. Il silenzio più lungo del mondo. Dieci minuti. Forse è caduta la linea? «Pronto! Prontoooo!» grido.

Rispondono, non hanno la lista, e anche se l'avessero non me la darebbero. Prego e supplico, dico che l'anziana cittadina iraniana signora Anar Cinari è scomparsa, ho il suo biglietto. Doveva andare a Göteborg, è partita da Tehran. Pronto?! Ci sono continue interruzioni, adesso c'è un altro al telefono, devo ricominciare da capo. Nella lista passeggeri non c'è nessuno con quel nome. Allora telefono all'ambasciata della Repubblica Islamica a Parigi. Promettono d'aiutarmi. Faranno ricerche. Adesso però è festa e l'ambasciata è chiusa per tre giorni. Allora telefono a quella in Svezia: mi dicono che nessuna signora con quel nome li ha contattati. Chiamo un amico a Stoccolma, lo supplico di fare ricerche se a Göteborg ci siano dei ragazzi di nome Cinari o Anar o simili. Sono della provincia di Yazd, uno ha i capelli tinti di biondo, l'altro capelli e sopracciglia neri, è un uomo irascibile con un cattivo carattere.

Aspetto. Forse Anar cercherà il mio numero di Parigi tramite il servizio telefonico: ma in che lingua?

Venerdì, sabato, domenica, lunedì, martedì.

Una settimana dopo.

Un mese dopo.

E oltre.

Ho messo sul comodino la melagrana, la melagrana dell'amore. Mi sono chiesta mille volte dove fosse Anar e che stesse facendo, dandomi mille risposte, mille pensieri buoni e mille cattivi. Oggi è uno di quei giorni chiari, luminosi, uno dei rari giorni in cui uccellini invisibili cinguettano dietro ai vetri, il vicino sempre imbronciato e di cattivo umore fischietta, la portinaia s'è alzata dal verso giusto e conversa amabilmente col vecchio postino. Interpreto il cinguettio degli uccelli e l'inaspettato cielo blu come un buon presagio per Anar, mi dico che in quel momento è seduta comoda con i suoi figli, a cucinare per loro il pollo con il succo di melagrana, e si è tolta di dosso la stanchezza del viaggio.

Mi dico che un giorno – un giorno felice e fortunato – tornerò e mi comprerò una casa col giardino o con l'orto, con la vista sulle montagne, in pieno sole. Pianterò i semi della melagrana di Anar e distribuirò i frutti fra i vicini. Quelli che assaggiano le melagrane dell'amore diventano fratelli e sorelle e quando i loro sguardi s'incrociano i cuori si riempiono di una sensazione di benessere mentre le loro anime s'acquietano nella pace. E tutto ciò per merito della centenaria signora del melograno che dorme sotto l'albero così pacificamente che nessuno ha cuore di svegliarla. Il figlio più piccolo ha composto una melodia per la madre che tutti i venditori di melagrane innamorati cantano. Il figlio più grande, che ha due figlie paffute dagli occhi scuri che assomigliano alla nonna, si è dimenticato ogni proposito di vendetta. La nuora europea è fortunata, ogni sera prima di andare a letto pronuncia in cuor suo la parola «zuppa» come fosse una preghiera e dorme come un sasso.

Io so, ne sono sicura, che la signora melograno, dovunque sia, sveglia o addormentata, pensa al suo lungo viaggio, ai bagagli, alla cintura da allacciare, al solletico, al giro sul carrello, a due uomini sconosciuti che la sollevano, al suo biglietto perduto e a me.

A volte la sogno, sento la sua voce:

«Signora cara, ho ricevuto una lettera dai miei figli, sono in America soli, senza nessuno. Vogliono trasferirsi da un'altra parte. Questa volta dove sarà?».

«Non si arrabbi Anar, ce ne sono tanti come loro, dovunque vadano si sentono estranei, non trovano pace. Vedrà che un giorno i suoi figli torneranno. Felici, si stenderanno all'ombra del melograno a fare un pisolino. Poi l'elefante che è in loro si ricorderà dell'India, torneranno a solcare i monti e le piane. Beh, anche partire e ritornare è un modo di vivere».

«Che cos'è che non va nella nostra Yazd?».

«Dorma Anar, e lasci dormire anche me».

Si tranquillizza, parla da sola e coi figli. La sua voce non mi arriva più alle orecchie, la sua immagine diviene polverosa e sbiadisce, come un antico ritratto, nei vestiboli tortuosi del sonno, e quieta e serena si allontana.

# *Gentile, ma ladro*

Io, mia madre e la nonna abitavamo in una casa a due piani, col giardino e una vasca d'acqua e un vecchio salice piangente. Ognuna aveva la sua stanza e vivevamo tranquille, senza alcuna preoccupazione, in tre mondi separati.

Io ero una studentessa al secondo anno della facoltà di Filosofia, e tutto immaginavo nel mio futuro tranne che sarebbe arrivata la Rivoluzione, che avrebbero chiuso l'università e che mi sarei trasformata in una nomade.

Nonna aveva ottantaquattro anni e pensava di vivere ancora a lungo, dando ordini e comandandoci tutti a bacchetta.

Mia madre era una donna fragile e quieta, amante del ricamo e delle composizioni floreali, assai più interessata ai fiori e alle piante che agli esseri umani.

Avevamo un cuoco di nome Ali Aqa e una donna di servizio, soprannominata Nanè-capelli-con-henné, ma quando scoppiò la Rivoluzione ci piantarono senza una parola. E andò bene che non ci denunciarono.

Mio padre lavorava per il governo, era sempre in viaggio e all'epoca si trovava in Canada; gli consigliammo di restarci finché le cose si fossero calmate. Purtroppo, dopo alcuni mesi morì in un incidente di macchina mentre guidava su una strada di montagna ghiacciata. E le cose da noi non si calmarono.

Mia madre pianse e si disperò così tanto che non solo ne divenne pazza, ma fece ammattire pure noi. Non si riebbe mai, e perse parte della sua lucidità. Ogni giorno inghiottiva una manciata di calmanti e trascorreva le ore rimanendo per lo più assopita, ignara di dove fosse e di quanto accadesse attorno a lei.

Anche nonna era diventata molto silenziosa, di quel genere di pericoloso silenzio che può esplodere da un momento all'altro, come un vulcano a riposo. Però borbottava sempre a fior di labbra, rodendosi dentro di sé.

Pensavamo che la Rivoluzione non ci potesse toccare, noi non avevamo commesso alcun delitto. E stavamo tranquille con la nostra illusione finché arrivò il decreto di confisca della nostra casa da parte del Tribunale Rivoluzionario: era un'ingiunzione che, in pratica, diceva che i bei giorni erano finiti e dovevamo andarcene.

«Andare dove?!» disse nonna.

«Che differenza fa? Dobbiamo andarcene, basta» rispose mia madre.

Nonna non si spaventava per le parole, non aveva paura di nessuno. Alzò la testa, pronta a dare battaglia:

«Io non mi muovo di qua. Questa è casa mia, ho il contratto in tasca; e sparerò a chiunque si avvicini!».

*Sparerò*?!

«Certo, sparerò» ripeté nonna tirando fuori da sotto il cuscino un fucile rotto che appoggiò accanto a sé. Era il vecchio schioppo con cui nonno andava a caccia di capre e di anatre, privo di grilletto e scarico. Nonna lo teneva nascosto sotto il cuscino per spaventare eventuali ladri.

Alla vista dell'arma mia madre cacciò un grido, e svenne. Afferrai un bicchiere d'acqua che le gettai in faccia, mentre nonna, eccitatissima, brandiva il fucile appena mi avvicinavo. Non c'era nessuno a darmi un mano, così dovetti chiamare zia Badri e suo marito.

Pensavo che Badri, la zia gentile e pronta a sacrificarsi per tutti che conoscevo, si sarebbe precipitata immediatamente da noi; invece telefonò tre volte, a intervalli di un'ora, dicendo che stava arrivando, ecco, era praticamente arrivata... ma non arrivava mai. Era strano, ma lo «strano» era diventato normale. Era come se il mondo si fosse rovesciato e io non riuscivo più a cogliere la logica degli eventi.

Zia Badri arrivò che era quasi il tramonto, preoccupata e inquieta, anche se tentava di nascondere il suo stato d'animo alla nonna. Sorrideva fatua, inondandoci di espressioni affettuose. Suo marito, invece, era rimasto in corridoio, rifiutandosi di avanzare oltre. Era così pallido che pensai si sentisse male, ma poi capii che era terrorizzato di trovarsi in casa nostra, quasi temesse di essere confiscato anche lui insieme all'edificio. Continuava a guardare l'orologio, ansioso d'andarsene.

Io avevo un'immagine ben differente di lui, quella di un uomo arguto e sicuro di sé, un chiacchierone con un'opinione pronta su qualsiasi argomento. Di solito si vestiva all'occidentale, completo giacca e pantaloni e cravatta di seta, e portava un orologio con cinturino d'oro. Adesso, invece, era diverso: senza cravatta, con la barba incolta, al polso un orologio dal vecchio cinturino di pelle. Non era facile riconoscerlo, era la brutta copia di se stesso, come fosse immortalato in una vecchia foto stinta e confusa.

Sentii che gli zii stavano litigando. Zia Badri dapprima sussurrava, ma poi andò in crescendo finché sbraitò:

«Che vuoi che faccia, che lasci mia madre in mezzo alla strada?!».

E il marito, agitato, continuava a ripetere la stessa frase:

«Ho paura che se la prendano con noi…».

«E perché mai, mica stiamo facendo qualcosa di male, voglio solo portare la mia anziana madre a stare da noi!».

Lo zio si guardava intorno. Non voleva che il diverbio arrivasse alle nostre orecchie, soprattutto a quelle della nonna che temeva quanto la sua lingua. Ripeté:

«È pericoloso».

Zia lanciò un urlo:

«Pericoloso?! Perché, forse che questa vecchia è una terrorista?!».

Nonna, che aveva le orecchie aguzze, brandendo il fucile intimò:

«Zitti o sparo!».

Lo zio fece un balzo all'indietro e nonna rise. All'apparire del fucile mia madre tornò in sé e iniziò a piangere.

La zia ingiunse al marito:

«Tu vai in macchina, qui non c'entri».

Nonna voleva molto bene a zia Badri. Ripose il fucile accanto al cuscino:

«Noi restiamo qui, non verremo a disturbarti».

Zia rise, rabbonendola:

«Mammina, dove diavolo hai trovato questo vecchio arnese? Mettilo via o la gente riderà di te. E non preoccuparti per la casa, faremo istanza al tribunale, non è un problema, solo che ci vorrà qualche settimana, intanto vieni a stare da me».

«Da me» era una di quelle espressioni che facevano andare nonna in brodo di giuggiole.

«Darei la vita per te mia cara» disse nonna scoppiando in lacrime. Ma subito si riprese:

«No, qui sto meglio, casa tua è troppo grande, non ci vengo».

Nonostante non fosse propriamente in sé, mia madre aveva sentito tutto. Intervenne con voce lamentosa:

«Qui, lì, che differenza fa? Dovunque andiamo il cielo ha lo stesso colore».

Zia Badri continuava a insistere con la nonna; le si sedette vicino, le baciò le mani e il viso:

«S'aggiusterà tutto. Te lo prometto. A casa mia starai bene, c'è posto per tutti. È una situazione temporanea».

Mia madre piagnucolò sottovoce:

«Tutto è temporaneo, tutto» e chiamò il cuoco, Ali Aqa.

Nonna scosse la testa:

«Ali Aqa non lavora più qui cara, il vigliacco se l'è svignata appena le cose sono cambiate».

«Allora anche Ali Aqa era temporaneo» concluse mia madre.

Discutere era inutile: nonna sapeva che non avevamo scelta. Ma voleva almeno esprimere il suo disappunto e non arrendersi con tanta facilità:

«Ho sempre pregato, rispettato il digiuno, che altro vogliono da me? Dovrebbero essere loro a dare a me un'altra casa!».

Ma noi chi eravamo? Tre donne sole. Non avevamo la forza di far arrivare le nostre proteste a nessuno. Avevamo paura pure della nostra ombra. Le minacce di nonna erano come una pistola a salve. Dove saremmo andate? Per ora, a casa di zia Badri. E che avremmo fatto dei nostri mobili?

«Non angustiatevi troppo» disse zia «conosco dei tipi che comprano tutto, tavoli, sedie, divani, frigorifero e fornelli».

Nonna si mise a gridare:

«Vuoi forse mettere in vendita anche me? Dovrei andare a casa di altri nuda come un verme? Stai vendendo anche il tappeto su cui poso i piedi?».

«No, i tappeti li mettiamo in banca» replicò zia.

Il giorno dopo, arrivarono i comprarobe e si misero a contrattare sul prezzo dell'arredamento, tavoli, sedie, argenteria. Ero triste per la nonna: aveva vissuto una vita intera attorniata da quegli oggetti. Lei non aveva pace e s'agitava come un uccellino ferito che non ce la fa ad alzarsi in volo. Ad un certo punto apostrofò uno dei comprarobe:

«Per cortesia signore, vorrei parlarle in privato».

Zia la guardò, smise per un attimo di negoziare con l'altro mercante. Quello cui s'era rivolta nonna teneva sotto braccio una grande padella, mentre correva da una parte all'altra, chiedendo il prezzo degli oggetti che gli interessavano. Salutò la nonna, avvicinandosi alla poltrona a rotelle su cui stava seduta, tutta sorridente: quella sua allegria fuori luogo mi preoccupava.

«Salve, salve, quanto vuol pagare questa padella?».

Zia si fece avanti:

«Mamma cara, tu non incomodarti».

«Mi faccia vedere questa padella» insistette nonna.

Il comprarobe obbedì, aveva fretta, era chiaro che il suo rivale si stava scegliendo i pezzi migliori.

Afferrando saldamente il manico della padella, nonna sbottò:

«Verme senza scrupoli, non ti vergogni?! Arrivi in casa della gente come un avvoltoio a spogliare i morti? Ma io sono ancora viva! Adesso ti faccio vedere io!».

E prima che io o la zia avessimo tempo di muovere un muscolo, nonna sollevò la padella e la calò sulla testa del comprarobe.

«Oh!!» disse zia.

«Ahia!» si lagnò l'uomo, facendo un balzo all'indietro.

L'altro acquirente scoppiò a ridere e nonna, orgogliosa e soddisfatta della sua azione, si posò la padella sulle ginocchia.

La zia corse a prendere un bicchier d'acqua per il comprarobe, si scusò in mille modi, sussurrandogli che nonna non era in sé: la Rivoluzione aveva scosso tutti.

Ma nonna la sentì e si mise a gridare:

«Nossignore, il mio cervello funziona meglio di prima, siete voi che siete diventati tutti matti!».

La zia versò uno dei calmanti di mamma nel tè della nonna, e glielo fece bere tutto d'un fiato; non passarono neppure dieci minuti che si addormentò, con la testa penzoloni sul petto. Spinsi la sedia a rotelle verso la sua stanza: «sua» provvisoriamente.

I due mercanti lavoravano in fretta: si comprarono il nostro passato per una pipa di tabacco e sparirono.

Il giorno dopo cacciammo i nostri abiti in due valigie e ci avviammo a casa della zia. Uscendo, nonna si fermò sulla soglia, guardò la casa e scoppiò in lacrime, improvvisando, lì, sulla sua sedia a rotelle, un lamento funebre. Zia Badri e il marito la presero in braccio sistemandola in macchina. Ma non fu una faccenda semplice: la nonna voleva scendere e tornarsene a casa sua, s'era pentita di aver accettato il trasferimento. La zia la baciò, accarezzandole i capelli. Nonna era come una bambina ostinata, tentava di aprire la portiera dell'auto, ma la zia la fermò. Il marito, che era alla guida e non sopportava i capricci di nonna, le intimò:

«Scenda, per piacere!».

La nonna rimase interdetta, nessuno le aveva mai parlato così bruscamente e imperiosamente.

«Dov'è il fucile?» chiese.

«Che t'importa del fucile, madre, mica sei una bambina che vuole il suo giocattolo!».

Il marito della zia rise, una risata che suonò strana alle mie orecchie. Quest'uomo mi era stato più vicino di quanto non lo fosse stato mio padre; da bambina mi sedevo sulle sue ginocchia e lui mi raccontava le fiabe; crescendo, gli avevo confidato i segreti del mio cuore, mentre adesso il cuore mi si stringeva solo a guardarlo. Dentro di me, mi ripetevo che non conoscevo più quell'uomo e l'idea di andare a casa sua mi angosciava.

La casa di zia Badri non era certo quella allegra e piena di andirivieni di un tempo. I mobili del salotto erano coperti da lenzuola, i quadri antichi erano stati tolti dalle pareti, i tappeti arrotolati e disposti lungo i muri. Era come se i padroni di casa fossero in viaggio o in partenza. Avevano addirittura smontato dai soffitti i grandi lampadari, ora erano rimaste solo alcune lampade da tavolo dalla luce fioca.

Nonna si guardò intorno con aria inquisitoria, la fronte aggrottata:

«Oh, che tristezza, sembra sia arrivata la fine del mondo, torniamocene a casa nostra, domani impacchettano anche noi e Dio solo sa dove ci manderanno...».

Mia madre era stanca; entrò, gettò la borsa per terra, si sdraiò sul divano e una scarpa le si sfilò scivolando giù. Disse affranta:

«Noi non abbiamo più una casa, è tutto finito».

Zia Badri ci assegnò una camera ciascuna. La prima sera mia madre s'addormentò nella sua stanza, ma nel cuore della notte capitò nella mia: aveva fatto un brutto sogno, di uomini che passeggiavano nella sua camera.

«Li hai visti anche tu?».

Le risposi di sì per farla star tranquilla.

Nonna invece dormiva pacifica, russando. Lei non aveva paura né di ladri né di fantasmi o altri spiriti.

Vivere a casa di zia Badri non era facile. I nostri vestiti giacevano ancora nelle valigie e noi vivevamo alla giornata con la sensazione che tutto fosse provvisorio, per dirla con le parole di mia madre. Non avevamo un posto tutto per noi, e dovemmo cambiare stanza più di una volta. La casa della zia era un posto rumoroso, dove le porte sbattevano in continuazione.

«Questa è una casa degli spiriti, li vedo, vagano per le stanze» sentenziò mia madre.

Nonna recitò delle giaculatorie, soffiandosi intorno, poi tirò fuori un foglietto che stava arrotolato nel suo tappetino da preghiera e lo pose sotto il tappeto del salotto: credo fosse un talismano con le invocazioni adatte al caso.

Tutte le sere zia Badri riceveva persone a noi sconosciute che si sedevano attorno alla grande radio posta in soggiorno ad ascoltare la BBC e Radio Israele. Noi li guardavamo da lontano, mentre gli zii controllavano in continuazione la finestra che dava sul giardino.

Mia madre sosteneva che era tutto inutile, tanto esisteva un marchingegno capace di vedere attraverso i muri:

«Possono leggere anche i nostri pensieri. Entrano nelle nostre teste, nei nostri sogni».

Dentro di me ero convinta che stavamo tutti sognando, un sogno collettivo: quanto accadeva non poteva essere la realtà. Ma com'era possibile? Avevo passato oltre metà della mia vita in questa casa, accanto alla zia, nessuno mi era stato più vicino di lei. Avevo trascorso in quella casa tutti i fine settimana e quasi tutte le vacanze estive.

Quando la zia andava all'estero mi portava con lei, e ogni tanto mi baciava dicendo a tutti che ero figlia sua. Tutto questo era accaduto prima della Rivoluzione, prima che la paura per il presente inatteso e per l'incerto futuro cambiassero tutto e tutti, perfino zia Badri. Non l'avevo mai vista così turbata. Certo era preoccupata per me, ma era più preoccupata per se stessa, e per i suoi oggetti antichi che non sapeva in che mani sarebbero finiti.

Un paio di settimane più tardi la zia ci annunciò che avevano ottenuto un visto per il Canada e il marito aveva deciso di lasciare l'Iran appena possibile.

Mia madre sospirò:

«Magari potessimo andarci anche noi!».

Ma nonna si arrabbiò:

«Neanche per sogno, il nostro posto è qui e dobbiamo tornare alla nostra casa e alle nostre vite!».

«Quale vita?!» rispose mia madre fra le lacrime.

Zia Badri si dava da fare dando ordini d'impacchettare le sue cose. Ma aveva centinaia di ciotole, brocche, piatti e statuette e non poteva portarseli via, se non altro perché era proibito far uscire gli oggetti antichi. Aveva ammassato tutto sul tavolo da pranzo e guardava pensierosa.

«Che ne farai?» chiese nonna.

Zia sospirò, come se gli oggetti antichi fossero parte di lei:

«Se uno solo di loro andasse perduto o rotto ne morirei!».

E mia madre:

«E allora che vadano persi tutti, se io fossi al tuo posto getterei ogni cosa nel bidone della spazzatura!».

«Ciascuno di loro ha un valore inestimabile, un valore sentimentale, un valore artistico: questa statuetta di Visnu ha tremila anni, è il dio dell'esistenza!».

Nonna rivolse uno sguardo sprezzante alla statuetta:

«Questo coso annerito con quattro braccia e quattro gambe è un dio?».

Mi domandavo perché, invece di litigare con zia Badri, non le chiedevamo invece quale destino ci attendeva una volta che lei fosse partita: dove saremmo andate?

Zia Badri aveva la risposta, e qualche giorno dopo la presentò alla nonna che le aveva fatto la domanda:

«Per voi non c'è posto migliore della casa di Humayun!».

Zio Humayun! Proprio lui! Certo, adoravo questo zio, ma era un tipo particolare che non apriva la porta di casa sua a nessuno. Aveva vissuto per anni in India, coltivando una filosofia e delle idee tutte particolari. Mi dissi che, quando fosse venuto a conoscenza dei piani di zia Badri, se ne sarebbe tornato dritto filato in India a piantare le tende sulle rive del Gange.

Nonna, che s'era stancata di stare a casa della zia, batté le mani felice:

«Ci andiamo oggi stesso, morirei per mio figlio, un figlio è come la corona sulla testa di una madre!».

«La tua corona sulla testa non ci accetterà mai, s'è troppo abituato a vivere da solo» obiettò mia madre.

Di nuovo, nonna la rimproverò:

«Ma che dici?! Forse che anche noi non eravamo abituate a vivere nella comodità? E guarda adesso come siamo ridotte. Le persone si abituano a qualsiasi cosa. E Humayun si abituerà a noi».

«Povero Humayun, la sua vita sta per essere sconvolta!» insistette mia madre.

«Perché noi non siamo forse sconvolte?! L'intero mondo è sottosopra, con i piedi nel cielo e la testa per terra...».

Zio Humayun non sapeva nulla delle nostre vicissitudini. Non ascoltava le notizie alla radio, non aveva né telefono né televisione; e manco leggeva i giornali. Gli mandammo, quindi, un messaggero con una breve nota, temendo che non avrebbe visto neppure quella. Invece, per fortuna, la lesse, e appena saputo della nostra situazione si precipitò a casa di zia Badri. Baciò la nonna sulle mani e me sulle guance, offrendoci casa sua. Ma quando la zia tentò di inchiodarlo affibbiandogli pure tutte le sue anticaglie, impallidì. Zia si mise a piangere, a implorare, a supplicare; lo zio era sconcertato, non sapeva che fare:

«È meglio che tu venda o regali tutto» disse «che te ne fai di questi oggetti adesso che te ne vai?».

«Ma sono vecchi ricordi, sono la mia vita precedente!».

Mia madre parlottava da sola; si scoprì poi che in questi momenti parlava con mio padre. Nonna non sopportava quel borbottio, non sopportava che nessuno si lagnasse.

«Alzati, va' a riposare un po'».

E poi si lanciò in difesa di zia Badri; madre e figlia tanto dissero e tanto fecero che il povero zio s'arrese. Zio Humayun voleva solo liberarsi del brontolare della madre e delle suppliche della sorella, ma sapeva che trasportare quegli oggetti fragili e preziosi non era cosa da poco. Se avessimo attirato l'attenzione delle Guardie Rivoluzionarie, queste avrebbero confiscato tutto e anche noi saremmo stati in pericolo. Dovevamo fare grande attenzione. Cominciammo a portare fuori, a una a una, ciotole e brocche antiche, vassoi d'argento, statuette indiane, candelabri russi, e centinaia di altre chincaglierie, che stipammo nel bagagliaio dell'auto per trasportarle più tardi a casa dello zio, col favore delle tenebre. Nascondemmo poi nelle borsette alcuni piatti e le statuette più piccole e leggere, e ci incamminammo come niente fosse. Mia madre era sottile come uno stuzzicadenti, e barcollante a causa di tutti i tranquillanti che prendeva, per cui le affidammo solo alcuni oggetti leggeri, nascondendoli nella sua sacca sportiva, e cacciandole un racchetta da tennis sotto l'altro braccio. Ogni tanto si fermava davanti alla porta di qualcuno con aria assopita, come se si fosse perduta…

Non ci fidavamo di nessuno. Lo sguardo di un vicino bastava a farmi tremare. Finalmente, nonostante tutte le nostre paure, portammo l'ultimo carico a casa dello zio, e sistemammo tutto sulla tavola in sala da pranzo. Pensavamo di nascondere gli oggetti nello scantinato, ma nonna era contraria, aveva paura che qualcosa andasse perduto. Ogni giorno contava tutto: tante ciotole a fiori e uccelli, tante ciotole cinesi antiche, tanti vassoi d'argento indiani, tanti candelabri russi, tanti... non si fidava neppure di Hajji, il cameriere dello zio, e lo teneva sotto stretto controllo.

Zia Badri pianse quando fu il momento di partire. Mi abbracciò stringendomi al petto. La guardai, era sempre lei, ma qualcosa nel suo sguardo e nella sua voce era cambiato. Forse si trattava di rabbia, o, forse, di paura dell'esilio.

Zio Humayun pose due condizioni al nostro soggiorno a casa sua: primo, portarci solo l'indispensabile, niente cose inutili. Secondo, dovevamo mangiare cibi semplici, verdure, frutta, pane, formaggio, noci: in quella casa era proibito cucinare carne di animali.

Nonna protestò immediatamente:

«Pensi forse che siamo dei fachiri?! Allora facci anche dormire su un letto di chiodi! Queste storie non le capisco, io sono abituata a dormire in un letto caldo e morbido. Ho la schiena malandata. E poi devo mangiare carne e pesce, è un ordine del medico!».

Zio era un tipo gentile, che parlava sommesso:

«Carne in questa casa non ne entra» ripeté.

E nonna:

«Ma che, siamo in caserma?! Anche se così fosse io sono il generale in capo e tu, caro figlio, un soldato semplice!».

Zio Humayun era sistemato al piano superiore, insieme a Hajji. La sua stanza era piena di libri e profumava d'incenso. Si vestiva con camicia e pantaloni bianchi, all'indiana, e teneva i lunghi capelli sale e pepe raccolti in una coda di cavallo.

Aveva regalato un paio dei suoi completi a Hajji, il quale indossava le camicie indiane su pantaloni alla curda. Il maggiordomo passava le giornate passando da una stanza all'altra, spolverando sedie e tavoli con aria stizzita. Era diventato duro d'orecchi e capiva a rovescio ogni cosa che dicevamo, ci dava risposte senza senso. L'unico essere con cui intratteneva dei rapporti era Jimmy, il cagnone peloso dello zio, che comunicava con Hajji con lo sguardo, scuotendo la coda e facendo le feste. Aveva addirittura imparato a ridere. Quando Hajji lo guardava era chiaro che s'intendevano con un'occhiata.

Avevamo piazzato il materasso di nonna in salotto, ma questa soluzione non le piaceva e ogni sera strillava:

«Hajji, imbecille, sistema il mio materasso!».

«Ha bisogno di qualcosa?» rispondeva quell'altro, facendo infuriare la nonna ancora di più. Era afflitta da una paresi al lato sinistro, non riusciva più a stare dritta e per camminare doveva appoggiarsi al muro o sostenersi ai bordi dei tavoli. La prima notte che trascorremmo dallo zio si comportò peggio di una bimba di due anni: dovemmo prenderla sottobraccio e fu solo con grandi sforzi che riuscimmo a farla sedere sul materasso. Zio Humayun era magrissimo e a malapena sosteneva il peso della nonna, che lo investiva di male parole:

«Ah Humayun, maledizione a te, perché diavolo sei diventato un santone, che il diavolo si porti via l'India! Tuo padre s'è consunto per il dolore che gli hai dato, voleva che tu studiassi giurisprudenza, che diventassi avvocato, invece sei andato a stare in India e sei diventato erbivoro. Visto come ti sei ridotto?! Sei una capra malandata...».

Hajji sistemò la canna da passeggio di nonna accanto a lei e ne ricevette un primo colpo sulla caviglia: non se l'aspettava, si ripiegò su se stesso, la bocca mezza aperta, guardando esterrefatto verso lo zio.

«Che ti possano accecare!» lo maledì nonna, riponendo la canna accanto al letto.

Da quando si svegliava al mattino non faceva che impartire ordini a Hajji, sbraitando non appena il cane di zio osava introdurre una zampa in salotto. S'era fatta portare da Hajji un sacco di sassi, che aveva accatastato di fianco al letto. Quando Jimmy arrivava, ignaro, scodinzolando felice, si beccava un sasso in testa, e allora rinculava guaendo. Il temperamento di nonna era assai peggiorato, perché avrebbe voluto essere il comandante supremo della casa, come un tempo, ma non era più possibile. Ora le dolevano le gambe ed era costretta all'immobilità. Ogni giorno veniva un'infermiera forzuta per aiutarla, ma nonna non intendeva dare retta a nessuno e litigava pure con lei. E chiunque le si avvicinasse troppo si beccava una sferzata di canna sulle gambe.

Trascorrevamo i giorni intorpiditi, come in stato di dormiveglia. La guerra con l'Iraq continuava. Eravamo costretti a vivere nel buio. Zio Humayun leggeva i suoi libri a lume di candela, mentre noi avevamo una lampada a petrolio. Di sera la nonna ascoltava la radiolina a pile che teneva sul cuscino.

Mia madre aveva nascosto tutti i suoi averi in borsetta, e spendevamo quei soldi con parsimonia e trepidazione. Zio Humayun era generoso, e nonostante non disponesse di grandi risorse, faceva attenzione che non ci mancasse il cibo. Ero io che andavo al negozietto all'angolo per comprare panini al pollo o cotolette per noi tre, mentre lo zio imbandiva la tavola con una gran terrina d'insalata e un cestone di frutta. Hajji mangiava solo riso in bianco con lo yogurt o con i pomodori, spartendo quanto aveva nel piatto con Jimmy.

La vita era diventata una lunga attesa: io aspettavo che l'università riaprisse; nonna, che zia Badri ritornasse; mia madre attendeva la fine della guerra e l'opportunità per emigrare. Zio Humayun era l'unico a non far parola del passato e a non pensare al futuro, per lui solo il presente sembrava esistere. L'unico a correre dietro al tempo era un orologio rimasto appeso al muro. Io, mia madre e nonna eravamo tre esseri immoti, muti, sprofondati in un sonno antico. Aspettavamo un evento o qualcuno che venisse a scuoterci dal nostro torpore. E un giorno i nostri desideri vennero esauditi.

Il salotto aveva una porta a vetri che si apriva sul giardino. Una sera, mentre mi preparavo per andare a dormire, udii qualcuno bussare a quella porta. Accesi la lampada centrale, e la sua poca luce mi consentì solo di vedere un'ombra indistinta materializzarsi al di là del vetro. Guardai meglio, e allora scorsi un uomo, alto, con un cappello sulle ventitré. Ebbi un tuffo al cuore. Il mio cervello smise di funzionare, tanto che, istintivamente, socchiusi la porta; prima ancora che potessi chiedere chi era, l'uomo la spalancò ed entrò. Mi salutò. Nonna stava seduta, intenta a pregare, ma si rese conto che alle sue spalle stava succedendo qualcosa. Voltò la testa scorgendo me e lo strano ospite:

«E lei chi è?» chiese.

L'uomo si tolse il cappello in segno di rispetto verso la nonna:

«Per cortesia, state calme. Non ho nessuna intenzione di farvi del male. Mi prendo un paio di cosine da casa vostra e me ne vado».

«Parli più forte, cosa ha detto?» chiese la nonna.

L'uomo ripeté la sua richiesta a voce più alta, arrossì e chinò il capo. Tirò fuori un fazzoletto con cui s'asciugò la fronte:

«Chiedo scusa, col vostro permesso, metto qui dentro questa coppa e l'orologio da tavolo».

Nonna si alzò e afferrò la sua canna:

«Ah bene! Abbiamo visto ogni tipo di ladro, ma mai un ladro educato. Un ladro che chiede il permesso! Non è che sei matto?! Svelto, vattene fuori, altrimenti finisci dritto in prigione!». E afferrò un sasso scagliandolo verso il ladro educato. L'uomo emise un lamento portandosi le mani al naso:

«Non pensavo che lei fosse così rozza e maleducata!».

«Adesso ti faccio vedere io!» ribatté nonna, e tirò fuori il fucile da sotto il cuscino piantandolo davanti al ladro.

L'uomo rimase inchiodato sul posto:

«Rispettabile signora, per cortesia, metta via questo fucile, non è da lei!».

Nonna, raggiante, alzò di più il fucile:

«Alza le mani sulla testa!».

Il ladro obbedì.

Io non avevo mai visto un ladro prima di allora. Ero così terrorizzata che non mi potevo muovere. Al contrario, nonna era perfettamente padrona di sé:

«Adesso telefono alla polizia!» minacciò.

L'uomo abbassò le braccia:

«Per cortesia, non fatemi perder tempo, sono di fretta».

Nonna si rivolse a me:

«Hai sentito? Sua eccellenza ha fretta, deve andare a rubare in un altro paio di case!».

«Vi prego, non faccia del sarcasmo, non mi piacciono le parole pesanti» ribadì il ladro, fissando nel frattempo una delle ciotole cinesi.

Nonna si accorse del suo sguardo:

«Giù le mani da queste ciotole o ti sparo, sono di mia figlia, e io ne sono la custode!». Poi si rivolse a me che stavo ferma, come paralizzata, urlandomi:

«Stai dormendo?! Ti stai godendo lo spettacolo? Sei diventata muta? Telefona alla polizia, chiama Hajji, urla 'al ladro', avvisa tutti i vicini!».

Il ladro fece qualche passo in avanti:

«Per cortesia, non strepiti troppo o mi arrabbio!».

Nonna s'accorse che l'uomo s'era fermato a due passi da lei; gli assestò un colpo alle gambe col calcio del fucile, gridando:

«Hajji, che ti venga un colpo, alzati, c'è un ladro!».

L'intruso era tutto dolorante, e gli si era pure gonfiato il naso; prese le distanze dalla nonna, adirato, ma in quella s'accorse che il fucile era rotto. Allora scoppiò a ridere.

«Cosa ridi, disgraziato?» chiese lei.

«Rido di lei, mi piace, è una vecchia di spirito».

«Va a ridere sulla tomba di tua madre!» replicò nonna.

Il ladro divenne rosso in volto:

«Rispettabile signora, per cortesia, attenta a quello che dice, non vorrei proprio dover ricorrere alla violenza con lei!».

«Se t'acchiappo ti spacco la testa! Bravo, vieni avanti!» minacciò nonna brandendo la canna da passeggio.

Io ero tornata in me, ma tremavo da capo a piedi e non riuscivo a spiccicare parola. Il ladro se ne accorse, e ne sembrò spiaciuto:

«Signorina, non voglio farvi niente, calmi lei sua nonna: prendo solo questo candelabro e questa ciotola e me ne vado».

Nonna gridò:

«Col cavolo, pezzo di canaglia!».

Il ladro andò su tutte le furie:

«Non mi offenda, la prego, le ho detto di trattenere la lingua!».

Ora fu nonna a scoppiare a ridere:

«Ohoho, sua eccellenza s'è offeso, che scorrettezza, vi chiedo scusa… idiota, se tu fossi un galantuomo non ruberesti. Ti sei introdotto in casa altrui nel cuore della notte e fai pure il difficile?!».

Era ora che intervenissi io. La paura era un po' diminuita e avevo capito che il ladro non era poi una persona così malvagia.

«Vede, signore» dissi «questi oggetti appartengono a mia zia, lei può prendere piuttosto questo tappeto».

Nonna era furibonda:

«Brava, fai dei regali dalla sacca del Califfo? Piuttosto, tu che hai le gambe sane, molla un calcio sul sedere di quest'individuo e caccialo fuori!».

«Prima di tutto, non sono un ladro» precisò quello «ma un insegnante di matematica e non permetto a nessuno di umiliarmi!».

Nonna stava per replicare, ma la trattenni:

«Benissimo, signor insegnante, si prenda questo tappeto e se ne vada».

«Povera la scuola che ti ha come insegnante» sbottò nonna «un insegnante ladro!».

L'uomo chinò la testa, la faccia contratta, visibilmente angosciato:

«Ladro provvisorio, prego. La scuola mi ha licenziato».

Nonna lo interruppe:

«Probabilmente hai rubato i libri e i quaderni degli studenti!».

«No, ho detto che non sono un ladro da strada, e anche se prendo qualcosa da casa vostra, ve lo restituirò quando mi rimetterò in sesto».

Nonna non era soddisfatta:

«Quando quel giorno verrà io sarò già morta. E pure tu non avrai tanta vita. E neanche la situazione generale migliorerà!».

L'uomo alzò il capo:

«Non ho più la forza di tollerare le sue offese e le sue accuse!» e così dicendo si mise sotto braccio l'orologio russo col piedistallo in oro.

«Corri Hajji!» incitò la nonna.

La porta si aprì, e comparve mia madre, confusa e spaesata, con i capelli scarmigliati. Gettò uno sguardo al ladro e uno a me, ma rimase ferma, incerta sul da farsi. Per un attimo sembrò che stesse per cadere addormentata, poi si riebbe e si rivolse al ladro:

«Vai a prendermi un bicchier d'acqua».

Presi mia madre sotto braccio e l'aiutai a stendersi sul divano.

«Ma bene» disse la nonna «abbiamo un insegnante ladro e maggiordomo!».

«Vado a prendere l'acqua» dissi io.

L'uomo appoggiò l'orologio d'oro sul tavolo e mi seguì.

«Vorrei anch'io un bicchier d'acqua, col suo permesso».

«Ma strozzati! Non ho mai visto un ladro così sfacciato!» fu il commento della nonna.

Tornai subito insieme al ladro con una bottiglia d'acqua e due bicchieri. Mia madre inghiottì l'acqua e, un po' più sveglia, chiese al ladro:

«Lei chi è?».

«È un ladro» rispose nonna.

Mia madre, come al solito, non capì, dapprima sorrise, mormorando «ladro» a fior di labbra: al solito aveva preso fischi per fiaschi. Poi, improvvisamente, si rese conto, e scattò:

«Un ladro?!» e svenne.

Il ladro restò più interdetto di me. Spruzzò un po' d'acqua sul viso di mia madre, scuotendola. Intanto, Hajji era sceso dalle scale, e scorgendo il ladro, lo salutò. Mancava solo Jimmy: ma arrivò pure lui.

All'apparire del cane, il ladro cacciò un urlo correndo a nascondersi dietro a una sedia in sala da pranzo. Nonna rideva a crepapelle.

«Gradite un tè?» offrì Hajji al ladro.

Pallido come un cencio quell'altro rispose:

«Signore, la prego, ho il terrore dei cani, mi hanno morso una gamba quand'ero piccolo, la scongiuro, lo porti via!».

Mia madre aprì gli occhi, ma non era consapevole di dove fosse né di cosa fosse successo. Pensando che fosse mattina chiese:

«Hajji, hai comprato il pane? Il tè è pronto?».

A Jimmy piacevano gli sconosciuti, e andò verso il ladro

scodinzolando con l'intenzione di annusarlo. Ma il ladro urlava, nascosto dietro alla sedia come scudo, e indietreggiava.

Io ero preoccupata per mia madre, avevo paura svenisse di nuovo. Nonna, invece, ci stava prendendo gusto:

«Jimmy, prendilo, abbaia, cretino di un cane!» incitava.

Riportai mia madre in camera sua e la misi a letto, dicendole che si era trattato solo di un brutto sogno e che non c'era nessun ladro.

Dall'alto delle scale risuonò il richiamo dello zio a Jimmy.

Il ladro s'arrese:

«Vado via, non voglio niente di vostro, ma vi voglio mettere in guardia, state attenti, i veri ladri non sono come me, sono senza pietà!».

All'apparire dello zio, Jimmy si mise a fargli le feste, e nonna gli tirò un sasso, gridando al figlio:

«C'è un ladro in casa!».

Zio Humayun non capiva cosa stesse accadendo.

«Signore, abbiamo ospiti» precisò Hajji, spolverando il tavolo col suo fazzoletto unto e sporco. E mentre cercavano di spiegare allo zio tutta la faccenda, il ladro ne approfittò per scappare in camera mia chiudendosi dentro.

«E si è pure fregato qualcosa» disse nonna «Hajji corri a prenderlo!».

«Dice a me?» chiese Hajji scuotendo la testa.

Furiosa, nonna lo colpì con la canna:

«Pezzo di somaro, corri a prendere quel ladro!».

Hajji si lamentò, mentre Jimmy guaiva solidale con il suo amico.

«Ma che succede?» chiese lo zio «calmatevi e fatemi capire!».

Mia madre si era risvegliata, aveva fatto un brutto sogno, uscì dalla camera e tornò in salotto andandosi a sedere accanto alla nonna. Piangeva. Jimmy le andò vicino, strofinando il muso su una spalla. Nonna gli assestò un colpo di canna:

«Butta fuori questo sacco di immondizia, che non mi si avvicini e vada all'inferno!». Poi ruggì:

«E che ne è del ladro, dov'è finito?».

«Ma che ladro?!» chiese lo zio, completamente disorientato.

«È là» disse nonna indicando la mia camera «s'è nascosto là!».

Lo zio si diresse velocemente verso la mia stanza, ma non vide nessuno: la finestra della camera era aperta.

Raccontai allo zio quanto era successo. Humayun rimase calmo, e scuotendo la testa disse:

«Poveretto, un insegnante di matematica costretto a rubare! Avreste dovuto dargli qualcosa, aiutarlo, perché non mi avete chiamato?».

«Invece di dire queste sciocchezze, fai l'uomo, vai a scovare il ladro! Si è nascosto in camera, sotto il letto» replicò nonna.

«Se fossi stato al tuo posto avrei venduto tutte queste anticaglie mettendone il ricavato al sicuro, in cassaforte».

Nel frattempo, avevo riportato mia madre a forza in camera sua, le feci riprendere il sonno e richiusi la porta.

«Adesso andiamo tutti a dormire» disse lo zio, avviandosi su per le scale verso la sua stanza seguito da Jimmy e da Hajji.

Anch'io andai a stendermi a letto. Era stata una notte strana, ma era finita bene. Allungai la mano per spegnere la lampada, e in quella m'accorsi che la borsa di mia madre non era più al suo posto. Solitamente stava ai piedi del mio letto. Il cuore si fermò: oddio, maledizione, alla fine il ladro era riuscito nel suo intento!

Guardai sotto il letto, dappertutto: niente da fare!

Corsi fuori a piedi scalzi, precipitandomi come una pazza al piano di sopra, facendo i gradini a due a due: in quella, suonò il campanello. Jimmy balzò dalla sua cuccia, scaraventandosi giù.

*L'hanno preso!*, mi dissi. Bene, l'avevano beccato, che potessero accecarlo!

Zio Humayun uscì di stanza, richiamando Jimmy, scocciato dal trambusto di quella notte.

«Chi è? Cosa volete?» chiese, ma prima che potessimo fermarlo, Hajji aveva già aperto la porta. Erano tre tizi che dissero di essere Guardie Rivoluzionarie. Uno di loro disse:

«Un vicino ha dichiarato d'aver visto un uomo uscire dalla vostra finestra, siamo venuti a vedere che succede».

«Niente, non succede niente, come potete constatare, noi non abbiamo visto nessuno» mentì zio Humayun.

I tre tizi lanciarono allo zio uno sguardo disgustato e uno lo apostrofò:

«Il cane è impuro, mandatelo fuori!».

Zio si affrettò a spedire Jimmy in giardino. Non so perché lo zio non avesse pensato di chiedere i documenti d'identità a quegli sconosciuti: come potevamo sapere che non mentivano? Non erano vestiti in uniforme. Avrei voluto intromettermi, ma la lingua mi si era paralizzata.

I tre perlustrarono la cucina e il resto delle stanze, compreso il piano superiore, poi ritornarono in salotto. Videro gli oggetti sul tavolo: nonna colse il loro sguardo e impallidì, mentre il mento le tremava. Uno dei tre avanzò verso il tavolo, e nonna non riuscì a trattenersi:

«Signore, sono oggetti antichi, non toccateli, sono qui in custodia!».

Le Guardie s'incuriosirono ancora di più:

«E dov'è il loro proprietario?».

«In viaggio» rispose zio «ma ritorna presto».

«Se si tratta di oggetti antichi» disse uno di loro «secondo la legge sono di proprietà dello Stato. Finché non ritorna il proprietario, li preleviamo noi».

«Sono miei, non toccateli!» gridò nonna.

«Scusate mia madre, è ammalata» s'intromise lo zio «vi prego di andarvene ora».

Intanto mia madre era uscita dalla sua stanza:

«Chi siete? Che volete? Che siete venuti a fare a casa nostra?».

Da fuori, Jimmy abbaiava grattando le finestre con le unghie.

«Ma chi sono questi?» strillò mia madre.

Io e zio la prendemmo sottobraccio trascinandola fuori, verso la sua camera, e stavolta chiudemmo la sua porta a chiave.

I tre erano intenti a impacchettare i vassoi e le statue. Io ero al limite della mia pazienza, non potevo più trattenere la lingua, e mi piantai davanti a uno di loro:

«Vogliamo vedere i vostri documenti» dissi, facendo un cenno allo zio.

«Fatti da parte, sorella, e lasciami fare il mio lavoro!» rispose quello.

«Adesso chiamo la centrale e chiedo se voi lavorate là!» dissi.

«Bada a quello che dici!» abbaiò uno di loro «non scavarti la fossa con le tue stesse mani!».

Zio sembrò scosso dalla minaccia della guardia, mi fece cenno di starmene zitta e lasciar perdere. Ma io non volevo mollare, a dispetto dello zio pacifista che rifuggiva ogni situazione conflittuale. In compenso, nonna non se ne stava buona né zitta; voleva alzarsi, e non riuscendoci gridava per la frustrazione, come se le stesse per cadere il soffitto sulla testa:

«Giù le mani, è roba mia!». Ma i tre non davano retta, erano troppo occupati a impacchettare i vasi di zia Badri.

Zio allora la prese in disparte:

«Mamma cara, non ti preoccupare, ci riprenderemo indietro tutto, questo non è un furto!».

Fra gli urli di nonna, le mie richieste incessanti e le preghiere di zio perché ci calmassimo, i tre caricarono tutto in macchina e partirono. E noi rimanemmo lì, immobili, pensando a chi diavolo fossero veramente quei tre: si trattava effettivamente di Guardie Rivoluzionarie? Eravamo stati colti talmente di sorpresa da dimenticarci di chiedere i documenti di riconoscimento o qualche altra prova della loro identità prima che entrassero.

Dopo, nonna era divenuta silenziosa, si limitava a borbottare tra sé e sé. Soffriva per la fine degli oggetti antichi di zia Badri, che le erano cari quanto la zia stessa. Ogni sera, nelle sue preghiere, si lamentava chiedendo aiuto a Dio. Anche Jimmy e Hajji erano divenuti assai silenziosi, e rimanevano perlopiù confinati al piano superiore. Le spese e le pulizie erano ricadute sullo zio; ci cucinava zuppe o riso senza carne, ma nonna non fiatava più. Al contrario di lei, comunque, lo zio in cuor suo era felice d'essersi liberato delle anticaglie di zia Badri.

Ogni volta che uscivo, cercavo con gli occhi il ladro gentile; un paio di volte avevo incrociato un tipo col cappello sulle ventitré, e gli ero corsa dietro, ma poi m'ero accorta di essermi sbagliata.

Circa sei mesi dopo quella notte avventurosa, la nonna si ammalò. Le venne la febbre alta, non riconosceva più nessuno, vaneggiava e parlava con interlocutori immaginari. Un paio di volte le scappò di bocca il nome di zia Badri, insieme a dei sospiri. A mezzanotte di una fredda sera d'inverno chiuse gli occhi e il cuore cessò di batterle in petto. Accanto al suo letto c'erano ancora la canna da passeggio e il fucile rotto.

Zia Badri telefonò dal Canada, e si lamentò per un'ora. Desiderava con tutto il cuore di tornare, non le piaceva vivere all'estero, là si sentiva sola. Non le dicemmo nulla dei ladri.

L'università aveva finalmente riaperto, ma era in preda al caos. Zio Humayun era preoccupato per la mia istruzione, e insisteva perché io e mia madre lasciassimo l'Iran. Ma i documenti di mia madre erano nella sua borsetta, quella che era stata rubata la famosa notte, senza di quelli non potevamo andarcene.

Due o tre mesi dopo la morte della nonna, accadde un altro fatto straordinario, che confermò le sue parole: aveva ragione lei, per capire il nuovo corso della vita c'era bisogno di applicare una nuova logica. Un giorno, suonarono alla porta; la situazione era tale per cui il solo trillo del telefono o il suono del campanello ci gettavano nel terrore.

Zio alzò la voce:

«Hajji, apri, ma prima chiedi chi è!».

La persona dietro all'uscio non si presentò, ma tanto Hajji era sordo e non aveva sentito l'ordine dello zio, per cui aprì comunque, piano piano. Non vide nessuno, c'era solo un pacco appoggiato davanti all'uscio. Lo portò in casa.

«Non toccatelo, magari è una bomba!» strillò mia madre.

Hajji appoggiò il pacco sul tavolo, e zio strappò la carta che l'avvolgeva. Era la borsetta di mia madre. E dentro c'erano tutti i documenti di cui avevamo bisogno per espatriare, insieme a due terzi del denaro che aveva contenuto e a un biglietto di poche righe, che lo zio ci lesse:

«Egregio signore e onorate signore, non sapete quanto io mi vergogni. Ma vi avevo garantito di non essere un ladro. La vita a volte spinge la gente a comportarsi in modo contrario alla loro volontà e alla loro natura. Ho preso duecentomila *tuman*, ma appena possibile vi restituirò pure quelli. Perdonatemi».

Dopo alcuni mesi, mia madre e io partimmo per Istanbul, dove si trovava un nostro conoscente che vantava una stretta amicizia con l'ambasciatore del Canada e ci aveva assicurato di poterci procurare un visto. Era difficile lasciare lo zio, ma, d'altro canto, non era più possibile rimanere a Tehran.

«Non preoccupatevi per me» disse lui «sono cresciuto con Hajji, continueremo a prenderci cura l'uno dell'altro».

Lo abbracciai, affondando la faccia nel suo petto; la camicia odorava di incenso ed erbe indiane. Il profumo dei viaggi che aveva fatto in passato.

Sono passati quindici anni, veloci come il lampo. Ora sono al terzo anno di dottorato in religione e mitologia dell'India alla McGill University. Forse è stato proprio l'amore verso zio Humayun a spingermi su questa strada. Devo fare un breve viaggio in India, e ho in programma una tappa a Tehran per vedere lo zio; mi piacerebbe farlo venire con me in India, anche se so che ha avuto un ictus e non ha la forza di mettersi in viaggio.

Non è facile per me tornare in Iran, e cerco di non farmi prendere dalla malinconia, dallo struggimento. Durante il volo inghiotto qualcosa per dormire, e per tutto il tempo rimango mezza assopita. Mi sveglio, accorgendomi che tutti i compagni di viaggio sono già in piedi, i bagagli in mano, anche se l'aereo deve ancora atterrare e le assistenti di volo li pregano di tornare a sedersi.

L'aeroporto Imam Khomeini è una novità per me. Seguo gli altri, la maggioranza delle donne indossa un soprabito nero, a parte tre ragazze che portano dei foulard colorati. Il cuore mi batte, mi aspetto che mi capiti qualcosa di terribile: non tratterranno mica il mio passaporto?! Non è che poi mi impediranno di uscire dal Paese?! Ho paura del cognome che porto, è un nome associato al vecchio regime…

Passo il controllo passaporti in preda a un inarrestabile tremore, ma va tutto per il meglio. Ritiro il mio bagaglio e mi affretto all'uscita, salgo su un taxi, ho deciso di trascorrere questi due giorni all'hotel Sheraton, non so come si chiami adesso, ma lo sa il tassista:

«Hotel Homa».

È difficile far passare la notte. Mi sveglio cento volte, mi dico che presto vedrò lo zio, sospiro, mi sento in colpa per non essere ritornata prima. Ma sono stata presa da mia madre, che ci potevo fare?

Sono le otto del mattino e sono già sul taxi, ho l'appunto col nuovo indirizzo dello zio; qualche anno fa, prima dell'ictus, mi ha scritto di aver venduto la casa – aveva bisogno di soldi. Ha comprato un appartamentino con due stanze. Dopo la morte di Hajji ha assunto un altro maggiordomo per i lavori di casa.

Passiamo per piazza Vanak, e ci infiliamo in un vicolo stretto, fino al numero 16. È un vecchio edificio di cemento, ogni appartamento ha un balcone ricolmo di cianfrusaglie d'ogni tipo, a parte uno solo, ornato da vasi di fiori: sono sicura che quello è l'appartamento dello zio. So che la sua vecchia casa è stata abbattuta e al suo posto hanno costruito un grattacielo. Ho pure sentito che casa di zia Badri è stata trasformata in un museo di oggetti antichi. Mi dico che i suoi oggetti dovrebbero essere lì e mi riprometto di farci una capatina, dopo aver fatto visita a zio Humayun.

L'appartamento dello zio è al secondo piano. Suono il campanello sforzandomi di trattenere le lacrime. Viene ad aprire un signore distinto, coi capelli e i baffi grigi. Ora ho gli occhi inondati di lacrime e non riesco neppure a distinguere le fattezze del suo volto. Il letto dello zio è in salotto, lui è sotto le coperte, solo gli avambracci spuntano dalle lenzuola; i lunghi capelli bianchi sono raccolti in una crocchia, e pure la barba è lunga e canuta. Sembra un maestro zen. Ha gli occhi chiusi, ma dà l'impressione di essere vigile.

Il distinto signore mi offre la sua sedia, posta accanto al letto dello zio, mentre lui rimane in piedi, poco distante.

Mi siedo. Appoggio le mani su quelle dello zio. Lo chiamo, sottovoce, gli accarezzo i capelli. Gli bacio le mani e il viso:

«Zio, riesci a sentirmi?».

Scuote lentamente la testa, ha capito. È così immobile e silenzioso da dare l'impressione di essere lontano da questo mondo.

Mi guardo intorno. La stanza è semivuota, un'asse da stiro coperta di lenzuola e di abiti sta appoggiata al muro.

«Prende un tè?» mi chiede il distinto signore.

«No, grazie. Come vi siete conosciuti con lo zio?».

Stavolta lo guardo in faccia, mi pare un viso familiare. Lui si accorge del mio sguardo e abbassa la testa, arrossendo.

«È una storia lunga e strana».

«Mi sono abituata alle storie strane! Per cortesia, mi racconti!».

«È un racconto difficile. Mi vergogno. Se si ricorda, una sera sono venuto a casa vostra a rubare».

È talmente imbarazzato che gli viene da tossire. La faccia gli si inumidisce di sudore, si versa un po' d'acqua nel bicchiere; ora il suo volto antico appare nitido ai miei occhi. E sono io a fare un balzo sulla sedia; agitata, appoggio le mani su quelle dello zio, come se cercassi il suo aiuto.

«Ho preso la borsetta di sua madre, e ho prelevato del denaro, quello di cui avevo bisogno».

«Lo so bene!».

«Mia moglie era incinta, aveva bisogno del cesareo, altrimenti il bambino sarebbe morto. Ho usato quei soldi per l'operazione. Ma ero così angustiato per quello che avevo fatto che vi ho restituito il resto. Il giorno dopo, mi sono messo in cerca di lavoro. Ho bussato a ogni porta, credetemi, non ero un vero ladro. Dopo un mese, ero disperato, pronto a fare qualsiasi lavoro; un giorno, passando per viale Vali 'Asr, mi cadde l'occhio sull'insegna di un museo di antiquariato che mi fece venire in mente gli oggetti di casa vostra. Quanto s'era arrabbiata con me sua nonna! Che Dio l'abbia in gloria. Entrai, e chiesi perché non ci fosse nessun guardiano, mi risposero che quello precedente aveva rubato un oggetto prezioso, se n'erano accorti e l'avevano licenziato. Il mondo è bizzarro, sa! Andai alla direzione del museo e feci domanda per essere assunto. Sembrava mi stessero aspettando; mi fecero qualche domanda, controllarono i miei documenti, e mi dissero di tornare l'indomani. Non ci speravo, invece mi assunsero, e così sono diventato guardiano dei vostri oggetti antichi!».

«Ma come è entrato in contatto con lo zio?».

Il ladro gentiluomo ora era più rilassato:

«Un giorno ho visto per strada Hajji, si reggeva al muro per camminare. Stava cercando il cane, chiamava Jimmy. Un operaio afgano mi confessò di vederlo ogni giorno da quelle parti, veniva a cercare Jimmy. Mi misi a parlare con lui e lui mi chiese se avevo visto il suo cane. Gli diedi una mano a tornare a casa. Aveva scritto l'indirizzo di suo zio in un biglietto agganciato al colletto della giacca, altrimenti rischiava di perdersi. Lungo la strada mi raccontò che la sua onorata nonna era defunta e che lei e sua madre eravate emigrate in Canada. Arrivammo a casa, il signor Humayun stava leggendo un libro, e mi riconobbe subito. Fu gentilissimo, mi invitò a sedermi e a raccontargli le mie peripezie. Ci accordammo perché andassi di sera a lavorare per lui, una volta finito il lavoro al museo. Si trattava di scrivere le sue memorie, lui non ce la faceva, non poteva più usare le mani, troppo tremolanti; disse che così avrei pagato il mio debito nei suoi confronti».

«Ma come fa a lavorare come guardiano al museo e a trovare il tempo per scrivere le memorie dello zio?» chiedo.

«Il museo chiude alle cinque, di mattina viene mia moglie a sbrigare le faccende di casa, a volte vengono ad aiutarla la figlia di mia sorella o mio nipote. Tutti nella mia famiglia sono innamorati del signor Humayun. Oggi non è stato tanto bene, per questo sono venuto prima, fra un'ora devo andarmene, ma non si preoccupi, mi dà il cambio mio nipote, siamo diventati una sola famiglia!».

*Una sola famiglia*! *Magari fossi anch'io un membro di questa famiglia*, mi dico.

«Stira lei le lenzuola e i vestiti?» chiedo.

«A volte io, a volte mia moglie».

Adesso zio deve cenare. Il signore distinto, il ladro di un tempo, non so come chiamarlo, mi spiega che lo zio viene nutrito attraverso un tubo nello stomaco: stasera, purè di mela e carota.

«Quando suo zio è stato ricoverato, un infermiere dell'ospedale mi ha insegnato come fare. Adesso posso alimentarlo io».

Non ce la faccio a guardare. Appoggio il viso sulle mani dello zio, poi, per un attimo, lo guardo, non mi decido ad andarmene, so che la porta dietro di me si chiuderà per sempre.

«Stia tranquilla, non mi muovo dal letto di suo zio, gli sono obbligato per la vita. Vede, la vita è come la matematica: tutti gli eventi sono collegati tra loro».

So bene che nella Repubblica Islamica d'Iran baciare un uomo estraneo è peccato, ma afferro la mano del ladro gentiluomo e poi lo bacio sulla guancia. Mi arriva alle narici l'odore della sua camicia bianca, lo stesso profumo delle camicie di zio Humayun, che sanno d'incenso e dei viaggi fatti in India, l'odore di Hajji che capiva con uno sguardo e di Jimmy che aveva imparato a ridere.

# *Quell'altro*

Nonostante il diabete e la pressione alta, a settantacinque anni, quando tutti pensavano che avesse un piede nella fossa, il colonnello Zamani ebbe una figlia. Da non crederci. Una figlia?! La moglie, che non aveva più di quarantaquattro anni, aveva nascosto la gravidanza a tutti, fino al giorno in cui si sgravò, mettendo al mondo una bimbetta. Era la prima creatura che riusciva a rimanere sana e salva tutti i nove mesi nel grembo della moglie del colonnello, che prima aveva abortito dodici volte.

La chiamarono Naz Mariam, sia perché era un nome benedetto, sia perché la bimba era bella, paffuta e con la pelle bianca come un fiore di Mariam, la tuberosa. Il colonnello la soprannominò «Cuore di mandorla», perché era ghiotto di pistacchi e mandorle fresche, e in ringraziamento del miracolo donò all'orfanotrofio di Kerman una somma cospicua.

La madre di Naz Mariam aveva perso molto sangue durante il parto e ora i medici erano preoccupati per il suo stato di salute. Tossiva, aveva la febbre e di notte sudava tanto che erano costretti a cambiarle camicia e lenzuola. I dottori si convinsero che la moglie del colonnello avesse preso la tubercolosi e subito la allontanarono dalla neonata, alla quale fu data una balia, la cui figlia Gouhar sarebbe rimasta accanto a Naz Mariam per tutta la vita. La vera balia, però, era lo stesso colonnello, che si occupava di tutto quel che riguardava Naz Mariam.

Naz Mariam cresceva e le facevano vedere la madre dietro al vetro: avvicinavano il volto della donna facendole appoggiare le labbra sul vetro, così poteva baciare la figlia da lontano. La donna sollevava una mano per accarezzare una guancia della bambina, ma il braccio non ce la faceva; Naz Mariam aveva paura e girava la faccia, gridando.

Il colonnello era alto, con un nasone spigoloso e folti baffi, ma, nonostante gli stivaloni di pelle, le stellette, le medaglie e tutte le sue arie, era come cera molle nelle mani della figlioletta. Non aveva il coraggio di ribellarsi ai suoi comandi. Naz Mariam si sedeva sulle ginocchia del padre e mangiava solo se imboccata da lui. Gli si sedeva sulle spalle e gli ordinava di fare il cavalluccio per la stanza. Gli copriva gli occhi col fazzoletto, e il colonnello doveva giocare a mosca cieca, urtando sedie, tavoli e oggetti che ci stavano sopra, facendo cadere e rompere tutto.

Cuore di Mandorla rimase attaccata al padre in questo modo fino all'ultimo giorno in cui visse. Non aveva voglia di frequentare gente della sua età. Non andò a scuola, perché nessuno aveva il coraggio di svegliarla alla mattina. Nascondeva la testa sotto il cuscino e gridava e piangeva tanto che anche il colonnello scoppiava in lacrime. Chiamarono a casa dei maestri privati, ma anche questa scelta era problematica; se il maestro era un uomo, il colonnello era geloso, se era una donna, era Cuore di Mandorla a essere gelosa di ogni rapporto tra lei e il padre. Gli insegnanti non facevano a tempo ad arrivare che erano già stati licenziati. Al colonnello non rimase che diventare lui stesso precettore della figlia. Ma non si ricordava più niente di matematica e geometria, allora, di nascosto, prendeva lui lezioni private.

Una volta la settimana portava Naz Mariam al cinema, al caffè e al ristorante, e una volta al mese andavano a comprare scarpe e vestiti europei. La vita del colonnello si era allungata, forse grazie all'oppio o alla nascita della figlia. Certamente si nutriva di amore paterno, altrimenti, con tutte quelle malattie, sarebbe dovuto morire anni prima.

Il colonnello portò la figlia un paio di volte all'estero con sé. La prima fu a Parigi, per il dodicesimo compleanno di Naz Mariam; le aveva mostrato la torre Eiffel, piazza della Bastiglia, la tomba di Napoleone, l'Opéra, gli Champs-Élysées, tutto, e le aveva anche comprato un cappotto, un cappello e una serie di vestiti di tutti i colori.

La seconda volta erano andati a Londra, ma il tempo s'era fatto improvvisamente freddo e piovoso, e Cuore di Mandorla aveva preso un potente raffreddore con tanto di febbre. Il colonnello le girava attorno come un pazzo, era così agitato che, uscendo dalla camera, sbatté forte la testa sullo spigolo della porta e gli si gonfiò il naso. Chiese aiuto alla concierge, e quando arrivò il medico era più morto che vivo. Qualsiasi altro bambino avrebbe preso la medicina e si sarebbe messo a dormire. Ma Cuore di Mandorla non era un bambino qualsiasi, non le piaceva lo sciroppo per la tosse e sputò le pastiglie. Il dottore inglese era spazientito: come vuole lei...

Quando Naz Mariam compì diciotto anni il colonnello ormai ne aveva oltre novanta. Dette una festa principesca, mangiò e bevve a più non posso. Tutti avevano paura che gli venisse un colpo, ma non era ancora la sua ora. Il giorno dopo, si alzò, disse le preghiere, si fece la barba, dieci minuti di esercizi, e felice e contento si mise a tavola per la colazione. Appena vide Naz Mariam gli si riempirono gli occhi di lacrime e pensò fosse arrivato un angelo dal cielo: gli era venuto il cuore tenero, piangeva facilmente.

La bellezza di Naz Mariam era sulla bocca di tutti e la ragazza aveva decine di pretendenti. Il colonnello li allontanava tutti con pretesti diversi, e anche la figlia non sembrava gradire nessuno. Andava a passeggio e alle feste mano nella mano col padre e non sopportava nessun uomo che non fosse lui. Le zie erano molto preoccupate, non capivano perché la ragazza tenesse lontani i giovanotti di bell'aspetto e rimanesse attaccata al padre novantenne. Erano in ansia per il suo futuro, si chiedevano cosa ne sarebbe stato di lei alla morte del colonnello.

Il colonnello era sicuro che sarebbe vissuto fino ai centoventi anni, ma aveva fatto male i conti; a novantacinque anni, dopo una lauta cena in compagnia della figlia, la baciò alcune volte, si addormentò e non si svegliò più.

Cuore di Mandorla gridò, tirò giù le tende del salotto, fece a pezzi mezzo servizio di cristallo; nessuno riusciva a calmarla. Vagava per la casa tutto il giorno parlando a suo padre. Pestava i pugni sul petto di Gouhar, la giovane cameriera, le tirava i capelli. Una volta diede fuoco al letto, un'altra aprì tutti i rubinetti allagando il salotto e rovinando i tappeti. Si vestì di nero e pianse per un anno. Di notte dormiva nel letto che era stato del padre e gli parlava. La vecchia balia era morta, e la donna che stava dietro al vetro non le mandava più baci. Erano morte anche le zie paterne: le era rimasta solo una zia materna, sulla quale poteva contare, anche se era molto vecchia.

Naz Mariam non era in buoni rapporti con questa zia, non la conosceva proprio, ne aveva addirittura dimenticato il nome. Andò a casa sua un paio di volte, appoggiò sul tavolo la scatola di dolci che le aveva comprato e scappò via subito, tornandosene a casa. Aveva deciso che avrebbe vissuto per sempre nella casa di suo padre con Gouhar. Ma con che soldi? Non aveva considerato quest'aspetto. Anzi, non aveva pensato a parecchie cose, né aveva idea che il colonnello fosse in rovina, sommerso dai debiti.

Non passò molto tempo che i creditori trovarono la strada di casa. Naz Mariam li guardava allibita, non sapendo che fare: chi erano, da dove saltavano fuori? E dopo un anno di silenzio? Arrivarono in visita le cugine paterne a dirle che non c'era altra soluzione se non vendere casa e che era arrivato anche il momento di prendere marito.

*Un marito*?! E chi? Una delle cugine si offrì di aiutarla, invitando a casa uno dei suoi pretendenti. Era un uomo di mezza età, molto timido, che per tutto il tempo fissò il motivo floreale del tappeto senza alzare la testa. Aveva le labbra grosse e i denti non le toccavano, come se gli avessero ficcato una palla in bocca. Naz Mariam entrò da una porta e uscì subito dall'altra.

Il secondo pretendente era uno dei creditori. Era sfrontato, disse di avere già moglie e quattro figli, ma avrebbe comprato una casa indipendente per questa giovane moglie, che avrebbe portata con sé nei viaggi all'estero. Naz Mariam tremava di rabbia, e quando il pretendente fece per andarsene gli sbatté dietro la porta: all'uomo rimase un dito nello stipite e lanciò un urlo. Da fuori, minacciò di denunciare la promessa sposa, non l'avrebbe lasciata in pace fino a che non avesse saldato il suo debito.

I creditori non mollavano, mandarono un avviso di pagamento a Naz Mariam e la denunciarono. A Naz Mariam non restava che vendere casa e sposarsi. Li disprezzava tutti. Certo non era facile sposarsi con lei, poneva condizioni e faceva richieste: non le piacevano i bambini, aveva paura di cani, gatti e di ogni tipo di volatili. E il futuro marito avrebbe dovuto aggiungere, sotto il contratto stilato da Naz Mariam, che non avrebbe avuto né cani, né gatti, né bambini. Chiaro?

L'ingegner Safa era appena tornato dall'estero; di bell'aspetto, istruito e di buona famiglia. Aveva visto Naz Mariam e si era detto: questa ragazza è mia. Mandò sua madre a fare la richiesta di fidanzamento a casa della cugina di Naz Mariam, non curandosi delle dicerie sul comportamento bizzarro della ragazza. Ma la risposta di Naz Mariam, all'inizio, fu un secco no.

L'ingegner Safa, impaziente come tutti gli uomini innamorati, non si arrese, scrisse lettere su lettere e mandò regali su regali. Si alleò con Gouhar. Insieme tanto dissero e tanto fecero che lei, stanca, cedette e accettò: prima di vendere la casa, e poi di sposarsi. Entrambe le cose erano penose.

L'ingegner Safa non stava nella pelle per la contentezza, e, con la penna nera, aggiunse sotto il contratto preparato dalla sposa, niente cani, niente gatti, niente uccelli, niente BAMBINI. Era così eccitato che, ridendo tra sé e sé delle parole della sua futura sposa, fece tutta la strada di ritorno a casa a piedi e dette una mancia di mille *tuman* al guardiano del quartiere. Poi prese in braccio l'affettuosa micia che gli era venuta incontro, baciandola ripetutamente sulla testa, gettò un pezzo di carne con l'osso al suo adorato doberman, quindi si stese sul letto pensando che era l'uomo più fortunato sulla terra.

Naz Mariam non voleva né vestito da sposa né festa di nozze. Tanto meglio. L'ingegner Safa doveva partire per un viaggio di lavoro, c'era in ballo la firma di un contratto importante; aveva paura che la sposa si pentisse mentre lui era assente e si rimangiasse la parola. Perciò prese due piccioni con una fava, e propose di firmare direttamente il contratto di nozze prima della sua partenza. Era così innamorato che si era scordato della clausola su cani, gatti, uccelli e bambini.

La cerimonia di nozze fu celebrata a casa di Naz Mariam, alla presenza della cugina, di Gouhar e della vecchia zia materna che ogni tanto Naz Mariam andava a trovare. Della famiglia dello sposo erano presenti solo la madre e la sorella. La sposa si trasferì poi a casa dello sposo, senza tante cerimonie.

La notte delle nozze Naz Mariam disse di essere ammalata, e forse lo era sul serio: tossiva, starnutiva, le dolevano le ossa. Frenò gli ardori dell'eccitato ingegnere, non permettendogli neppure un bacetto prima del suo ritorno dal viaggio di lavoro. L'ingegner Safa era disperato per l'astinenza e, affranto, riuscì a passare la notte grazie alle pillole per dormire, mordendo i lembi del cuscino. L'indomani, con gli occhi traboccanti d'amore e di desiderio, mandò un sacco di baci alla sposa e partì.

Mentre il marito era via, Naz Mariam mise in strada l'adorata gatta, che sparì in un attimo, e regalò l'uccellino con tanto di gabbia allo spazzino. Rimaneva da vedere che fare del grosso cane, cui non aveva neppure il coraggio di avvicinarsi.

Telefonò a un amico del padre che aveva un giardino a Karaj: arrivarono, presero il cane, lo caricarono sul camioncino e lo portarono via. Ora la casa era sicura e a posto.

L'ingegner Safa tornò dal viaggio, fischiettando felice e contento. Entrò in casa con un gran mazzo di fiori e allacciò al collo della moglie una collana di perle che le aveva comprato. Si sedette sul bordo del letto, fissando Naz Mariam, pregustandosi il bocconcino con gran piacere. Casualmente, si guardò intorno, cercando con lo sguardo la gatta.

Ringraziando per la collana, Cuore di Mandorla disse:

«Ho lasciato uscire la gatta. È andata in strada e non è più tornata».

Il fortunato ingegnere, in stato di grazia, rise, non credeva alle parole della moglie, pensava scherzasse. Si accucciò a cercare la gatta sotto il letto e allora capì che la bestiola era veramente scomparsa. Pishi Khanum non era una gatta qualsiasi, era di valore ed era la compagna del giovane ingegnere perché trascorreva le notti nelle sue braccia facendo le fusa.

Con gran sangue freddo, Naz Mariam gli ricordò le condizioni di nozze che lui aveva firmato. L'ingegnere non se la prese, pensando che non era successo niente e, dovunque fosse andata la gatta, sarebbe ritornata. Per un po' si scordò della sua scomparsa. Si accese una sigaretta e si rimise in contemplazione della bella moglie. La prese per mano, quando l'abbaiare del cane del vicino gli ricordò l'adorato doberman.

«Ho mandato il cane in un bel posto. Non ti preoccupare».

Questo era un colpo inaspettato per l'ingegnere e una nuvola scura gettò un'ombra sul suo cuore. Ma, di nuovo, non se la prese, e cacciò i pensieri amari dalla mente.

Naz Mariam era pallidissima, col cuore in tumulto. Chiamò

Gouhar chiedendole una tazza di acqua calda con cristalli di zucchero sciolti. Disse all'ingegnere d'aver mangiato qualcosa di guasto, e premendo le mani sul ventre si alzò con la scusa di dover correre in bagno.

«Torno subito!» e si precipitò per il corridoio.

Trascorsero dieci, venti, venticinque minuti: della sposa, nessuna notizia. L'ingegner Safa era pieno di desiderio e fantasticava sul fare l'amore con la moglie. Poi cominciò a preoccuparsi. Andò dietro alla porta del bagno, girò la maniglia, ma Naz Mariam aveva chiuso con la chiave e non apriva.

«Bella Naz Mariam, amore, stai bene?! Rispondi, sono preoccupato!».

Naz Mariam bofonchiò qualcosa di incomprensibile, ma non aprì la porta.

L'ingegner Safa era confuso, non capiva il significato delle manovre della moglie. Stava per buttare giù la porta, quando arrivò Gouhar. Gli disse che Naz Mariam era una donna casta, non si era mai avvicinata a nessun uomo, eccetto il padre, era meglio se aspettava un paio di giorni, per farle passare la paura.

«Paura di chi?» chiese l'ingegnere.

«Solo due giorni!» implorò Gouhar.

Due giorni? L'ingegner Safa emise un gemito, inghiottì la saliva e appoggiò la faccia sulla porta del bagno. Attraverso il buco della serratura rassicurò la moglie della propria devozione, mentre si diceva: il mio pulcino ha paura, ha ragione, due giorni non sono poi niente, aspetterò!

Ma la faccenda non si concluse in due giorni, e neanche in tre. Appena l'ingegnere si avvicinava a Naz Mariam, il pulcino si allontanava. L'ingegnere la rincorreva e lei fuggiva via, e finiva per rifugiarsi in camera, chiudendo la porta a chiave. Le preghiere e le suppliche dell'ingegnere non funzionavano. Ogni mattina e ogni sera era la stessa storia. Stesso piatto e stessa zuppa. L'ingegnere era stato all'estero, era un uomo civilizzato, non voleva prendere la moglie con la forza. Si era convinto che fosse una specie di civetteria, un gioco, e sorrideva. Leggeva i capricci di Naz Mariam come uno scherzo d'amore, una posa, un vezzo. Ma dopo un po' capì che era una cosa seria, altro che storie! Consultò il medico di famiglia, che suggerì di usare la gentilezza. Gentilezza? L'ingegnere non aveva più pazienza. Aveva perso la gatta e il cane e non aveva intenzione di sopportare il comportamento bizzarro della moglie. Si rivolse a uno psicologo suo conoscente e lo specialista non si dimostrò meravigliato: disse che la paura dell'amore fisico era una vera e propria malattia, connessa al passato della moglie, aveva a che fare con la vicenda del padre.

E fino a quando avrebbe dovuto aspettare?

Le terapie psichiatriche duravano anni e non avevano neppure esito certo.

L'ingegner Safa stava per dare di matto. Ogni sera si sedeva dietro alla porta chiusa della camera da letto a parlare con Naz Mariam. Voleva farle lui da psicologo. Le chiedeva del padre, ma Naz Mariam, solo a sentirlo nominare, scoppiava in lacrime. Le faceva domande sulla madre e sulla sua infanzia, e allora Naz Mariam prendeva a calci la porta. E anche questa strada non portava a nulla.

L'ingegner Safa ricorse alla poesia, alla letteratura. Parlava come un poeta, le leggeva brani da *Leila e Majnun*, poesie di Lamartine, la pregava, la supplicava di aprire la porta. Niente da fare.

Passarono sei mesi in queste condizioni. L'ingegner Safa si consumava, si mangiava le unghie. A poco a poco, la moglie divenne il suo nemico. Era mortificato, sentiva che il suo orgoglio di maschio era umiliato. Allora prese una decisione; si fece coraggio, buttò giù a calci la porta della camera della letto ed entrò. Naz Mariam si spaventò al punto di perdere la favella; aprì la bocca, ma non ne uscì nessun suono. Fece per scappare, ma l'ingegnere le bloccò la strada. Naz Mariam colse il suo sguardo adirato e voglioso e capì che questa volta i suoi trucchi femminili e le scuse non sarebbero serviti; non c'era altro che accettare la volontà del marito. Sgomenta come un bimbo caduto in un pericolo, cercò rifugio in un angolo del letto, chiamò suo padre, e svenne tra le braccia dell'ingegner Safa.

Il giorno dopo, il pulcino si alzò dal letto tutto pesto. Sembrava che l'avessero picchiata. Aveva gli occhi cerchiati di blu, le labbra gonfie. Si guardò allo specchio e cacciò un urlo. Fece a pezzi il filo di perle e gettò la bottiglia di profumo contro lo specchio. Riempì la valigia piangendo e singhiozzando e andò dalla zia.

La zia abitava in una casa a due piani, ma lei viveva nel pianterreno per via dei dolori alle gambe. Naz Mariam sistemò le sue cose al secondo piano. Si era portata dietro anche Gouhar. Non diede molte spiegazioni alla zia, le disse in breve che non andava d'accordo con suo marito e che non aveva altro posto dove andare.

La zia pensò che si trattasse di un litigio tra coniugi, che presto si sarebbero riappacificati. Chiese a Gouhar cosa era successo, ma Gouhar tenne la bocca chiusa.

I primi giorni Naz Mariam rimase a letto, le lenzuola tirate su fino alla faccia, lamentandosi e lanciando maledizioni all'ingegner Safa.

Quelli che erano venuti a sapere che Naz Mariam se n'era andata si dissero che l'ingegnere sarebbe corso dalla moglie strappandosi i capelli o sarebbe morto di dolore. Macché. Non la inseguì né morì. Disse: me ne infischio, vada dove vuole, meglio così!

La gente si meravigliò, era mai possibile? Ma poi ricordarono che la vita è piena di storie che passano in fretta e di amori che durano poco, soprattutto di quegli amori che all'inizio fanno fuoco e fiamme.

Alla prima occasione, l'ingegner Safa divorziò dalla moglie e si mise a cercarne un'altra. Andava in giro dicendosi: sono stato proprio un asino, perché non ho pensato a liberarmi prima? Ho perso la mia bella gatta per niente e non so cosa sia capitato al cane!

Naz Mariam girava sbigottita per la casa della zia. Dopo la morte del padre, la terra le si era aperta sotto i piedi, il cuore le tremava, aveva paura della vita. La sola via di scampo era dormire. Gouhar doveva svegliarla con la forza, togliendole le coperte di dosso. Allora Naz Mariam si alzava, pesta e triste, mangiava qualcosa, si faceva i tarocchi, e tornava a dormire. Con la zia, al piano di sotto, non aveva rapporti. Un giorno, alzandosi dal letto, le girò la testa e perse i sensi. Preoccupata, andò dal ginecologo. Il medico diagnosticò che era incinta e le fece le congratulazioni. Naz Mariam cacciò un urlo così potente che il medico fece un salto di due metri, mentre la sua segretaria aprì sbalordita la porta per vedere che cosa stava succedendo.

Naz Mariam tornò a casa piangendo. Prima si lanciò giù

dalle scale: sbatté violentemente la testa e le spalle sul pavimento e si ferì una mano, ma nient'altro. Si stese nella vasca da bagno piena di acqua calda, tirò su grossi pesi, bevve un bicchiere d'olio di ricino che le fece svuotare stomaco e budella, insomma, fece tutto quello che poteva per abortire, ma il feto non si staccò. Quella sera, Gouhar vide in sogno il colonnello, sembrava molto dispiaciuto. Raccontò il sogno a Naz Mariam, che ne rimase sconvolta. Capì che non c'era altro da fare se non accettare il destino.

Al quarto mese di gravidanza, il ginecologo le comunicò felice che sentiva un doppio battito cardiaco, senz'altro si trattava di una coppia di gemelli.

Gemelli!

Naz Mariam rientrò a casa come impazzita, aveva deciso di impiccarsi o di tagliarsi le vene. Gouhar e la zia le si gettarono ai piedi:

«Un figlio lo tieni tu e l'altro lo dai a me» disse la zia.

«Tieniteli tutti e due, sono figli di quel disgraziato!».

Il padre disgraziato era in America e nessuno aveva il suo indirizzo. Che poteva fare? Naz Mariam non aveva altra scelta che arrendersi al destino. Fu deciso che dopo il parto non avrebbe visto i figli e ne avrebbe scelto uno a occhi chiusi.

La gravidanza trascorse fra pianti, sospiri, vomito. La zia e Gouhar si davano da fare per sistemare il piano terra; imbiancarono i muri, piantarono fiori davanti ai balconi, comprarono lenzuolini, coperte, abiti per il corredino dei neonati, latte in polvere. Poi si misero in attesa.

A una settimana dalla data presunta, cominciarono le doglie e Naz Mariam si mise a gridare; tirava giù la casa invocando il padre e maledicendo l'ingegner Safa. Tormentò medici e infermiere nella sala parto dell'ospedale. Le fortunate puerpere che allattavano i neonati si lamentavano delle grida spaventose di Naz Mariam. Fortunatamente i gemelli, due maschietti, vennero fuori facilmente e senza problemi, e la quiete fu parzialmente ristabilita nel reparto di ostetricia e pediatria. Portarono i bambini alla madre perché li vedesse. Terrorizzata, Naz Mariam aprì un mezzo occhio, e appena vide uno dei neonati gridò:

«Oddio, questo ha la forma di una tarantola, non voglio guardarlo!».

Le fecero vedere l'altro, ma Naz Mariam non apriva gli occhi, lo toccava solo con la mano.

La zia le gridò di vergognarsi e Gouhar scoppiò a piangere. Naz Mariam si era coperta il viso con le mani. Alla fine, con gli occhi pieni di lacrime gettò un rapido sguardo al bimbo e rimase in silenzio. Questo era paffuto e aveva i capelli. Apriva e chiudeva la bocca dirigendosi verso il seno materno. Con una voce che sembrava venire dall'oltretomba, Naz Mariam disse:

«Va bene, tu prenditi quell'altro».

Io sono quell'altro. Sono cresciuto tra le braccia della zia e di Gouhar e penso che nessun altro bambino sia stato fortunato quanto me. La zia mi voleva un gran bene.

Mi lavava i piedi, mi massaggiava il corpo con l'olio. Più tardi Gouhar mi spiegò che ero un bambino di buon appetito, mangiavo qualsiasi cosa mi dessero. Di sera mi addormentavo accanto alla zia o sulle ginocchia di Gouhar, che mi cantava la ninna nanna accarezzandomi la testa. Di tanto in tanto mia mamma mi mandava i vestiti vecchi di mio fratello, ma non veniva mai a trovarmi.

Piano piano diventai grande e non ci fu più bisogno che Gouhar mi raccontasse la storia della mia vita. Vedevo e capivo tutto da solo, anche se ero minuto e piccolino per la mia età. Avevo i capelli ricci e due grandi orecchie. Mi erano anche spuntati due dentoni, la zia rideva dicendo che sembravo un coniglio, faceva ridere anche me. Ero costretto a farlo, quando la gente mi vedeva per la strada scoppiava a ridere, ma mi pizzicava una guancia con gentilezza.

Di giorno Gouhar stava di sopra, ma di sera scendeva da me. Era giovane e brava a ballare, e insegnò anche a me. Ballavamo insieme mentre la zia batteva le mani. C'era un gatto calvo nel vicolo che si metteva a sedere dietro alle nostre finestre e anche un cane randagio che aveva fatto amicizia con me e il gatto.

La zia era brava a fare figurine con la carta, preparava i pupazzetti che metteva su un vassoio e poi lo scuoteva facendoli ballare.

Una sera, Gouhar si coprì gli occhi con un fazzoletto e poi cominciò a girare cercandomi. Anche la zia si mise a giocare con noi, e cominciammo a girare in tondo. Il volume della radio era alto. D'un tratto, si aprì la porta e Gouhar mi sussurrò all'orecchio:

«È tua madre».

Rimasi di pietra. Anche Gouhar non fiatava. La zia era l'unica a non avere paura di mia madre.

«Che succede? Siete matti? La casa sta ballando!» gridò.

Poi si rivolse a Gouhar:

«Chiudi questa radio e vieni di sopra!».

Non mi rivolse uno sguardo. Sbatté la porta, andandosene. Avevo un nodo in gola, ma non volevo piangere.

La zia s'infilò svelta le scarpe:

«Prendi la bicicletta, andiamo in strada così giochi con gli altri bambini».

Era una vecchia bici, troppo grande per me che non riuscivo a sedermi sulla sella, dovevo pedalare stando in piedi. Alla zia piaceva rimanere sulla porta a guardare. E lei piaceva ai bambini, che le stavano intorno sapendo che aveva le tasche piene di cioccolatini e caramelle.

Quella sera, dopo che mia madre era scesa a rimproverare la zia, ero di cattivo umore. Volevo salire a vedere mio fratello.

«Lascia stare caro, tuo fratello ha un brutto carattere, è grasso perché sta sempre seduto a mangiare davanti al televisore. È solo, mi spiace proprio per lui» disse Gouhar.

«E perché non viene a cercarmi?».

Gouhar non rispose in modo diretto:

«Aspetta, quando viene il momento di andare a scuola tutto s'aggiusta».

«Gouhar, e il mio papà dov'è?».

La zia lo sapeva:

«È all'estero, in un'altra città, si è risposato, ha altri figli, bambini con gli occhi azzurri».

Bambini con gli occhi azzurri! Anche il signor Aran aveva gli occhi azzurri. È un amico della zia, veniva a trovarci una volta al mese. Era polacco e grasso. Molto, molto grasso. Era innamorato della zia. Gouhar lo conosceva da molto tempo. Mi raccontò che il signor Aran era innamorato della zia fin dai tempi in cui era giovane, ma alla zia piaceva un suo cugino, e si era fidanzata con lui.

Il signor Aran ci portava cioccolato, latte condensato, formaggio olandese. La zia indossava gli abiti più belli e tutti e tre andavamo a passeggio. Ero un bambino fortunato e avrei voluto che anche mio fratello venisse con noi, ma mia madre non gli dava il permesso. A volte lo vedevamo mentre stava dietro alla finestra a guardare in strada. Quando l'occhio gli cadeva su di me, si ritirava indietro.

Avevamo sei anni, quell'autunno avremmo cominciato la scuola. Io ero felice, avevo detto a Gouhar che mi sarei seduto nella classe accanto a mio fratello.

«Tuo fratello è grasso, non esce dalla stanza, si vergogna, dice che non vuole andare a scuola».

«Gouhar, mia madre gli vuole bene?».

«No».

Mentiva, non voleva ferirmi, ma io avevo capito.

Gouhar mi portò un completo di mio fratello perché lo indossassi il primo giorno di scuola. Mi era molto grande, i pantaloni mi ballavano alla cintura ed erano troppo lunghi. La zia si arrabbiò:

«Ti compero io giacca e pantaloni nuovi, non c'è bisogno che metti quelli vecchi di tuo fratello».

Ci mettemmo d'accordo con il signor Aran per andare insieme in via Lalezar. Quando zia si addormentò, indossai gli abiti di mio fratello e passeggiai per la stanza. Le mie mani si perdevano nelle lunghe maniche, i pantaloni spazzolavano il pavimento, ma mi pareva di abbracciare mio fratello o di essere diventato come lui. Nonostante tutto, eravamo due gemelli, avevamo giocato insieme nella pancia di nostra madre. Mi stesi sul letto accanto alla zia e piansi in silenzio.

Il giorno dopo, arrivò il signor Aran. Chiamammo un taxi

e andammo in via Istanbul. Mangiammo un dolce alla panna e bevemmo limonata, la zia mi diede anche il suo dolce e ne comperò uno per Gouhar. Ne prese anche uno per il gatto calvo. Camminavo con una mano in quella della zia e l'altra in quella del signor Aran, che scelse per me pantaloni grigi e camicia azzurra. Quel giorno Gouhar mi aveva lavato i capelli pettinandomi con la riga in parte e mi pareva di essere diventato bello. Anche la zia lo aveva detto. Mi sarebbe tanto piaciuto mostrarmi così a mia madre.

Un giorno, mentre ero in strada, vidi mia madre con mio fratello; lui teneva la testa bassa, non guardava nessuno. Mia madre mi vide ma secondo me non mi riconobbe, o, almeno, fece finta. Stavo per andare da loro, ma Gouhar mi prese per le spalle e mi portò via.

Ero furioso. La zia mi supplicava di mangiare qualcosa, ma io non volevo niente. Allora lei andò di sopra. Bussò e ribussò, mia madre non rispondeva. Allora scese e telefonò al signor Aran. Gouhar mi rimproverò:

«Non essere testardo, non far arrabbiare la zia!».

Niente da fare, non mangiavo, mi sedetti in un angolo della stanza con la testa fra le ginocchia, senza parlare. Verso sera arrivò il signor Aran, che mi abbracciò e accarezzò. Aveva portato del cioccolato, fece tutto il possibile per farmi tornare il sorriso. Niente da fare.

«Guarda un po' che ti ho portato!».

Era un pezzo di legno lungo, con dei buchi. Se l'appoggiò sulle labbra soffiandoci dentro:

«Si chiama piffero, ci puoi suonare delle belle canzoni».

E cominciò a soffiare nel piffero, era capace di suonare, suonò una bella melodia.

La zia applaudì e Gouhar mi baciò sulle guance.

Il signor Aran mi sollevò posandomi sul tavolo. Lui si sedette su una sedia. Non riuscivo a distogliere gli occhi dal piffero, avevo un solo pensiero in testa, riuscire a suonare una bella canzone per mia madre.

Il signor Aran veniva tre volte alla settimana a insegnarmi a suonare: come appoggiare le dita sui buchi, come toglierle, come soffiare. Imparavo. Adesso potevo suonare una melodia facile. Quando suonavo, Gouhar piangeva. Invece la zia rideva, e mi dava una moneta di cioccolato. Imparai altre canzoni. Un giorno, dopo che la zia s'era ritirata per la pennichella, andai su per le scale, mi sedetti dietro alla porta e cominciai a suonare.

Nessuno venne ad aprire. Mi venne una gran rabbia e presi a calci la porta. Poi tolsi la campana di vetro della lampada che stava lì accanto e la scaraventai per terra. No, non volevo questa madre. Arrivò Gouhar, mi impedì di gridare, mi afferrò una mano e mi riportò giù. La zia non dormiva, stava tossendo. Quella sera il signor Aran ci portò in un bel parco pieno di alberi a mangiare gli spiedini. Comprammo anche uno spiedino per Gouhar, lo stendemmo sopra il pane e glielo portammo. Gouhar mi disse:

«Anche tuo fratello vuole il piffero, ha insistito tanto che tua madre glielo ha comprato, ma non è capace di suonarlo».

Un paio di giorni dopo arrivò la notizia che mia madre aveva preso un maestro di piffero per mio fratello. Da quel momento, ogni volta che suonavo, mio fratello, dall'alto, rispondeva. La nostra amicizia cominciò così. Nessuno interferiva e noi parlavamo attraverso i nostri strumenti.

S'avvicinava il primo giorno di scuola, e io ero pronto per fare amicizia con mio fratello.

Il primo giorno di scuola mi accompagnò il signor Aran, la zia aveva male alle gambe e rimase a casa. Camminavo dandogli la mano. Il cuore mi batteva forte, ero felice ma avevo anche paura. Mi voltavo ogni due passi per vedere se mio fratello stava arrivando o no. Poi mi dissi che senza dubbio era arrivato prima di me. Io camminavo piano e in punta di piedi per non impolverare le scarpe. I bambini si erano messi in fila nel cortile della scuola, il signor Aran adesso doveva andare, ma non volevo lasciare la sua mano. Tutti i bambini della mia età piangevano. La direttrice urlò di fare silenzio e i bambini piansero più forte. Cercavo con gli occhi mio fratello.

Entrammo in classe. Mi fecero sedere davanti perché ero il più piccolo. Tirai fuori il quaderno, la matita e il piffero e li appoggiai sul banco.

La maestra mi chiese:

«Cos'è questo? Mettilo in cartella».

Non lo feci, allora gridò:

«Mettilo nella cartella!».

Ubbidii.

Alla campanella della ricreazione mi misi a suonare il piffero, aspettavo che mio fratello rispondesse, ero certo che, ovunque fosse, mi avrebbe sentito e mi avrebbe risposto. I bambini fecero capannello attorno a me, battevano le mani, ma mio fratello non c'era.

La zia venne a prendermi, anche se stava male e continuava a tossire. Era arrabbiata, ero sicuro che fosse successo qualcosa di brutto, ma per quanto la interrogassi, lei non rispose finché non arrivammo a casa.

Gouhar mi disse che mio padre era tornato e si era portato via mio fratello per qualche giorno. Voleva vedere anche me, sarebbe tornato. Ogni giorno, a scuola, aspettavo che arrivassero mio padre e mio fratello. Al suono di campanella mi precipitavo alla porta e stavo lì a sbirciare, volevo veder arrivare mio padre. Non sapevo nemmeno come fosse fatto.

Un giorno, tornando da scuola, trovai la zia in piedi in corridoio, mentre dal piano di sopra venivano strepiti e pianti. Buttai per terra la cartella, pensando che fosse capitato qualcosa di brutto a mio fratello. Corsi su per le scale, la porta di casa di mia madre era aperta, entrai, ma mi fermai subito: mia madre era seduta al tavolo da pranzo e piangeva. C'era anche mio fratello, sano e salvo. Mi tranquillizzai. C'era anche un uomo con gli occhiali e i baffi neri. Gouhar venne da me dicendomi all'orecchio:

«Va', saluta tuo padre».

Il cuore mi tremava, mio fratello aveva la testa china e non parlava.

Mio padre fu gentile:

«Allora tu sei quell'altro?».

Sembrava che gli piacessi. Non so perché mia madre piangeva.

«Vuoi venire con me in America?».

«No signore, voglio restare con la zia».

Mia madre mi guardò male, come se volesse bastonarmi, poi strillò:

«La zia è vecchia, fra un anno muore e resti da solo, qualsiasi altro bambino pregherebbe il Signore per andare in America!».

Afferrai la mano di Gouhar, tremavo, ma dissi:

«Voglio stare qui, con la zia» e, detto questo, scappai giù per le scale.

Gouhar, pallidissima, portò giù la notizia:

«Vuole portare uno di voi due in America».

Arrivavano le grida di protesta di mia madre, che supplicava:

«Porta via quell'altro, lascia questo qui con me!».

Io mi ero appiccicato alla zia, avevo paura che alla fine mi consegnassero a mio padre, volevo scappare, rifugiarmi a casa di un amico che abitava nel vicinato, o nascondermi sotto il letto, o dietro a una tenda.

La zia mi strinse la mano:

«Non aver paura tesoro, non lascio che ti portino via da me. Stai tranquillo».

Gouhar andava su e giù per le scale, finché portò la notizia che la faccenda era chiusa. Il signore aveva fatto indossare a mio fratello la giacca e lo stava portando via. La signora era sdraiata sul letto a piangere.

Mi arrampicai su una sedia, dalla finestra si vedeva la strada, dove mia madre si era precipitata, mentre mio padre e mio fratello erano saliti in macchina. Non so perché mio fratello non diceva niente, non protestava, sembrava che si muovese come in un sogno.

Con la partenza di mio fratello, mia madre era rimasta sola.

Gouhar diceva che stava a letto fino a mezzogiorno, poi si sedeva al tavolo da pranzo e si faceva i tarocchi sul futuro. A volte usciva, e io la guardavo dalla fessura della porta. Barcollava, come una che fosse disorientata.

Io andavo a scuola, tornavo a casa, facevo i compiti, ma tenevo sempre l'orecchio teso ai rumori al piano di sopra. Mi piangeva il cuore che mia madre cenasse da sola. Nonostante non mi avesse voluto, era in pena per lei e non volevo soffrisse.

Il signor Aran era il nostro solo amico. Mi portava una volta alla settimana alla scuola di musica, ormai avevo lasciato il piffero e suonavo il flauto.

Sentivo la mancanza di mio fratello. Anche se eravamo distanti, non c'era giorno che non pensassi a lui. Non sapevo dov'era e cosa stava facendo. Gouhar diceva che arrivavano lettere dall'America. Ogni volta che ne riceveva una, mia madre se la portava a letto e la rileggeva parecchie volte. Poi l'appoggiava sul petto o sotto il cuscino e si addormentava. Diceva che le lettere avevano l'odore di mio fratello.

Una volta vidi mia madre per la strada, volevo andare a salutarla, ma non ne avevo il coraggio. Mi passò vicino, aveva gli occhi gonfi e rossi, non mi riconobbe; aveva ragione, erano passati tre anni da quando mio fratello era partito e tutto d'un tratto ero diventato alto. Erano cambiate molte cose. Il gatto calvo era finito sotto una macchina. Gouhar non aveva più la pazienza di un tempo e la zia continuava ad avere accessi di tosse, quando succedeva si stendeva a letto e chiudeva gli occhi.

Ero all'ultimo anno di liceo quando cominciarono le marce contro il regime dello Shah. Gouhar aveva paura e chiudeva le finestre. Non metteva piede fuori casa. Le scuole erano in subbuglio e io, come tutti in città, ero fuori, per strada. Gouhar tentava di fermarmi, ma la zia non diceva una parola. Non voleva tenermi in prigione. Adesso ero incaricato di fare la spesa; la zia dava metà del cibo a Gouhar perché lo portasse su a mia madre.

Arrivò la guerra. Eravamo obbligati a tenere le luci spente e a coprire le finestre con la carta di giornale. Vivevamo al buio. Io andavo su, rimanevo dietro alla porta aspettando di sentire la voce di mia madre. Una volta scattò l'allarme rosso, l'altoparlante diceva di andare subito nel rifugio perché era in corso un bombardamento aereo. Mia madre aveva degli ospiti con cui giocava a carte. Vennero tutti giù nel nostro appartamento. Si misero attorno al tavolo e ricominciarono a giocare. Gouhar accese qualche candela. Io stavo per morire di contentezza, ero seduto vicino alla zia e non riuscivo a staccare gli occhi dal viso di mia madre. Sentii uno degli ospiti chiedere sottovoce e additandomi:

«Questo qui è quell'altro?».

Mi madre non rispose, ma mi guardò con l'angolo dell'occhio.

Portai una scatola di dolci e li offrii agli ospiti, soprattutto a mia madre, che non ne volle ma mi ringraziò. Gli ospiti ne presero invece una manciata e li mangiarono in fretta. Mi tremava la mano. Ero alto, i denti ora erano piccoli e ben formati. Non ero brutto. Secondo me adesso assomigliavo a mio fratello. Mia madre mi guardava da dietro alle carte, forse perché assomigliavo a mio fratello. Ma non diceva una parola.

Accendemmo una candela dietro l'altra, finché non arrivò il boato di un'esplosione e tutti fecero un balzo. La zia mi chiamò, Gouhar lanciò un urlo e andò a nascondersi in un armadio. Mia madre non si mosse. Una delle signore si cacciò sotto il tavolo. Ci volle una mezz'ora, poi la luce dell'allarme divenne bianca.

Tutto era nuovo per me. Conoscevo solo la vita con mia zia. Adesso vedevo un'altra cosa. Pregavo Dio che arrivasse un altro bombardamento e che mia madre cercasse rifugio nel nostro appartamento.

La zia ormai aveva una tosse costante e non riusciva a dormire. Aveva acqua nei polmoni e la portammo all'ospedale. Il signor Aran era diventato più vecchio e più grasso, non ce la faceva a camminare bene, ma nonostante ciò ogni giorno veniva a trovare la zia e le portava dei limoni dolci. La zia non sarebbe guarita. Mia madre era stata avvisata e veniva a trovarla regolarmente. Un giorno, quando arrivai dall'università all'ospedale, vidi mia madre in piedi, dietro al vetro della camera della zia; teneva la testa bassa e non riusciva a guardarmi. Era serissima. C'era anche il signor Aran che piangeva, e capii che la zia era morta. Non so perché non riuscii a piangere. Forse perché non volevo farlo davanti a mia madre; oppure perché il mio dolore era così grande che mi impediva di piangere. Ero impietrito. Per la prima volta, mia madre mi guardava preoccupata. Andandosene mi disse:

«Vieni su a cenare, non rimanere giù».

Ma non ci andai. Chiusi la porta dell'appartamento a chiave. Non lasciai entrare neppure Gouhar. Dormii sul letto della zia e piansi finché non mi addormentai.

Per tre mesi, Gouhar venne giù a portarmi da mangiare. Andavo all'università e tornavo a casa. Mettevo i pupazzi di carta della zia su un vassoio e li facevo ballare.

Un giorno Gouhar scese a dirmi che mia madre era caduta e si era fratturata una gamba. Corsi su. Mia madre era sul letto che si lamentava, gli occhi pieni di lacrime. Si vergognava di guardarmi in faccia. La presi in braccio, era leggera come un bimbo. La feci sedere al tavolo e Gouhar le portò la colazione.

«Siediti, anche tu devi mangiare».

Non avevo fame, ma mi venne. Era la prima volta che facevo colazione con mia madre. Cominciai a parlare, in fretta, come se qualcuno mi stesse inseguendo, mia madre ascoltava. Le raccontai dell'università, dei professori, dei miei compagni, degli ultimi libri che avevo letto. Gouhar mi aveva detto che mia madre non vedeva più bene e non poteva leggere libri.

«Puoi leggermi un libro?» mi chiese.

Grazie a Dio. Portai su un pacco di libri e li misi vicino al letto. Io però continuavo a vivere nell'appartamento sotto, fino al giorno in cui mia madre insistette perché mi trasferissi sopra. Ma non volevo andare nella camera di mio fratello; in fondo al corridoio c'era una stanza più piccola, Gouhar me la sistemò, ci portai le mie cose e i miei libri.

La vita al piano superiore non era facile per me, ero entrato in un mondo nuovo, un mondo che fino a quel momento era stato al di là della mia vita reale, irraggiungibile. E non ero in confidenza con mia madre, la guardavo da lontano, in cerca di un segno, di un particolare minuscolo di somiglianza fra lei e me. Non riuscivo a trovare niente. Di lei avevo in mente un'altra immagine, adesso era come l'ombra di un'altra donna, di quella che era nei miei sogni. Aveva mani piccole, dita sottili e delicate; le mani di una bimba magra. Mi piacevano i suoi occhi, grandi e tristi. Teneva i capelli corti, li aveva tagliati lei stessa, in modo irregolare. Fumava una sigaretta dietro l'altra, avevo paura le venisse la tubercolosi e morisse. Tossiva e volevo toglierle di mano la sigaretta, ma non ne avevo il coraggio. Ero pur sempre quell'altro e non mi concedevo il permesso di entrare nella vita di mia madre.

Gouhar diceva:

«Dio ti ha dato un gran cuore, un altro non si sarebbe riconciliato con sua madre!».

Forse diceva il vero, ma la zia mi aveva dato tanto di quell'amore che non mi era rimasto posto per l'odio o per il rancore.

Le prime settimane mia madre non mi aveva parlato. E mi guardava poco. Volevo comprarle un uccellino ma Gouhar mi ricordò che mia madre aveva paura dei volatili e dei gatti. Non guardava neppure la televisione. Pensava a mio fratello. Non mi vedeva. Poi, a poco a poco cominciò a parlare. Aveva sognato suo padre. Piangeva. Prese le foto del padre e me le portò. Le sparse tutte sul tavolo da pranzo, come fossero un mazzo di carte. Disponeva le foto come carte per predire il futuro, poi, per un po', rimase a fissarle a una a una. Abbozzava un broncio o un sorriso, secondo i ricordi risvegliati dalla foto. Poi, fece un mazzo delle foto, lo mise da parte, e tirò fuori le foto di mio fratello e le sparse sul tavolo. Passava la mano con dolcezza sopra le foto mentre parlava di lui. Io non avevo visto quel fratello, non lo conoscevo, ma pur non sapendo dove fosse, nei nostri pensieri, nei nostri cuori, nei nostri sogni, eravamo uniti. Guardavo quelle foto scattate a varie età, e ricostruivo la sua vita nella mia mente.

Il signor Aran era mezzo vivo, lo invitavo a cena da noi una volta la settimana. Quando veniva, suonavo il flauto per lui.

Facevo tutto per mia madre, la portavo a passeggio, le davo le medicine, giocavamo a carte insieme, ridevamo un po'. A poco a poco, mia madre si era abituata a me, tanto che se un giorno ritardavo si preoccupava.

Un giorno Gouhar annunciò di voler tornare al suo villaggio e mia madre andò nel panico: come avrebbe fatto senza Gouhar? La tranquillizzai, mi sarei occupato io delle spese, della cucina e delle pulizie di casa. Studiavo di sera, aspettavo che mia madre si addormentasse.

Ero alla fine dell'università, facevo medicina. Una volta alla settimana veniva una signora ad aiutare mia madre a fare il bagno. Ero fortunato, l'unico dolore era la lontananza di mio fratello. Di quell'altro.

Settimane e mesi passavano veloci come il fulmine. Ero così occupato tra lo studio e la cura di mia madre che mi dimenticavo che giorno della settimana o che mese fosse. Era lei il calendario della mia vita, percepivo il trascorrere del tempo guardando i suoi capelli grigi e le rughe sul viso. Mi accorsi che invecchiava in fretta e che dimenticava i suoi ricordi, le sue memorie. A volte mi prendeva per mio fratello ed era contenta che fosse tornato. Poi si dimenticò anche di lui.

Le leggevo le lettere di mio fratello. Stava ad ascoltare, ma non ero sicuro che capisse. Ero io a vivere di quelle lettere. Sapevo che giocava a football nella squadra universitaria, che era arrivato primo nella gara di sci.

Mi sforzavo di non pensare a mio padre, alla zia, al gatto calvo e al passato. Ero giovane e avevo un futuro davanti. Non avevo altro pensiero che andare in America da mio fratello, mi dicevo che ci avrei portato anche mia madre. Mio padre a volte ci mandava dei dollari che io mettevo da parte per le spese del viaggio.

Era l'inizio dell'estate, quando arrivò una breve lettera di mio padre, diceva che mio fratello era morto in un incidente di macchina. Quando? Dove? Non c'era nessuna spiegazione. E non c'era neppure una data sulla lettera.

Non lo dissi a nessuno. A nessuno. Di sera passeggiavo, cercando di stare calmo. Mi nascondevo dietro gli alberi a piangere. Ero contento che mia madre, nonostante non avesse più di cinquant'anni, non fosse più in sé, che il cervello non le funzionasse bene. La sua perdita di memoria era una benedizione. A volte mi stringeva al petto, non so a quale di noi due stesse pensando. Forse a me. Poi si dimenticò anche di me.

Era il mio venticinquesimo compleanno. Comprai una piccola torta alle fragole dal pasticcere del quartiere; invitai il signor Aran e Gouhar, venuta per qualche giorno in città. Mia madre era su un altro pianeta. Guardava e sorrideva. Il signor Aran era diventato sordo, non sentiva niente.

Cambiai il vestito a mia madre, le lavai i capelli. Lei mi lasciava fare, l'Alzheimer era in fase avanzata. Le pulii le mani con un asciugamani bagnato e spalmai la crema di bellezza sulla sua faccia. Aveva un buon odore. Ogni volta che gliela massaggiavo sul viso e sul collo, mi stringeva la mano; io le baciavo la testa, il viso, le mani. Le accarezzavo i capelli.

Accesi le candeline, Gouhar batté le mani, mia madre fissava la fiamma. Apriva e chiudeva la bocca, voleva dire qualcosa, ma non usciva alcun suono. Spensi le candeline, un paio si spensero da sole. Misi nel piatto una bella fetta di torta alle fragole per Gouhar e una più piccola per mia madre. Il signor Aran aveva il diabete, poteva solo assaggiarne un pezzettino, con la punta della forchetta. Gouhar mangiò la torta con le mani e poi si addormentò là, sulla sedia.

Era una festa di compleanno senza trambusto, in completo

silenzio, sembrava più una veglia che una festa. Finché mia madre, tutto d'un tratto, sollevò la testa. Si mise a battere le mani e a ridere. Era da un po' che si era dimenticata di ridere. Spostò la coperta dai piedi, era raro che camminasse o che parlasse. La presi sotto braccio. Fece un cenno con la testa verso la finestra. Mosse qualche passo fino alla finestra e indicò il cielo.

Guardai anch'io. Le stelle sembravano più grandi del solito, così vicine che sarebbe bastato un salto per prenderne in mano una.

«Lo senti?» mi chiese.

«Che cosa?».

«Ascolta!».

La guardai.

«C'è qualcuno, lontano, che suona il flauto».

«Dove?».

«Dietro alle stelle».

Il signor Aran era sordo. Ma sentì anche lui. Gouhar dormiva; anche lei però aveva sentito, nel sonno.

Mia madre chiese ancora:

«Lo senti?».

«Io lo sento» rispose il signor Aran.

Mezza addormentata, Gouhar disse:

«Anch'io lo sento».

Mia madre appoggiò la testa sulla mia spalla. Bisbigliava qualcosa a fior di labbra, in una lingua sconosciuta. Le brillavano gli occhi. Non l'avevo mai vista così felice.

# *La gara mai finita*

Aeroporto di Orly, volo 766, Iran Air.

Il volo Parigi-Tehran è pieno. Non serve chiedere, supplicare, lei non sa chi sono io. Non c'è posto per nessuno. Per nessuno. Nemmeno per i ricchi, nemmeno per i poveri, per i vecchi, per i moribondi, e per gli occidentali. Perfino per i francesi. Tuttavia, i viaggiatori senza posto, per qualche motivo, forse per innato ottimismo e fede nella divina provvidenza, non si muovono da là. L'impossibile non esiste, nessuna porta è ermeticamente chiusa. Un signore che ripone fede in questa porta recita a fior di labbra:

*Quando Dio nella sua saggezza chiude una porta*
*nella sua clemenza ne apre un'altra.*

Anche altri passeggeri attendono l'altra porta. Non solo non se ne vanno dal bancone, ma facendo finta di niente, mentre parlottano, spingono avanti i bagagli. Fossimo all'Air France o alla Lufthansa se ne sarebbero già andati, quelle compagnie non hanno la porta magica. Le compagnie occidentali hanno una porta meccanica che si apre e si chiude secondo principi scientifici e non hanno niente a che vedere con la misericordia divina.

Pare che la settimana scorsa ci fosse ancora più affollamento di oggi con un numero di posti disponibili inferiore. All'ultimo istante si era verificato il solito miracolo (avevano messo un aereo più grande? Avevano moltiplicato le poltrone? Non si sa). Fosse quel che fosse, si erano imbarcati tutti. Anche i viaggiatori di oggi sono convinti che all'ultimo minuto qualcosa succederà e in qualche modo si farà. Come? Nessuno lo sa, poiché è qualcosa che travalica la scienza e la matematica. Certamente questi posti non piovono dal cielo né sono un dono divino. E nemmeno sono destinati a tutti. Sono piuttosto riservati a persone speciali e capaci, a quelli abili che sanno come funziona il sistema. La cosa migliore è trovare un conoscente che abbia potere dietro le quinte o improvvisare un racconto strappalacrime. Regola prima e ultima è andare avanti rispetto a chi ti sta a fianco, con un sorriso o con un cazzotto non fa differenza. Basta andare avanti. Con insistenza e perseveranza, a passi agili e calci, sgomitando, a morsi, con la forza.

Una ragazza affannata, con strane labbra rosse e un sovrappiù di bagaglio (due valigie, tre borsette, due sacchetti di plastica traboccanti di ciarpame) mi salta sui piedi e si lancia avanti. È impacciata, agitata e non dà retta ai rimbrotti che la seguono.

«La fine della coda è di là, qui è la testa, rispetti la precedenza gentile signorina, per cortesia torni indietro».

Le orecchie della gentile signorina sono chiuse e non sentono le proteste. Ripete che sua madre è ammalata, può morire da un momento all'altro, devono farla salire, solo lei, è disposta a sedersi per terra, a stare in piedi, è disposta a stare attaccata all'ala dell'aereo, o addirittura nella stiva, con le merci. È disposta a fare qualsiasi cosa purché la imbarchino, solo lei.

Questa Solo Lei, nonostante sia anche arrivata in ritardo, con lo sguardo timido e il sorriso mesto, passa avanti a tutti. La sua presenza palpabile cui non si può dire di no come un velo leggero si estende su tutto, compresi gli addetti della compagnia aerea.

Si fa avanti un altro, uno studente, anche lui trema d'ansia, vera o presunta. Suo padre ha perso la memoria, è da un po' che non lo trovano più; era andato al cinema ma non ne è mai uscito, hanno cercato dappertutto, il cinema aveva un solo ingresso, sono usciti tutti eccetto il padre. Ha bisogno di andare a Tehran a cercarlo. Chiede di essere imbarcato a qualsiasi condizione. Solo lui.

Ora Solo Lei e Solo Lui sono una di fronte all'altro, incuranti degli altri passeggeri e si scambiano occhiate di fuoco.

«Gentile signore, avrebbe dovuto arrivare prima. Prima di perdere suo padre. E lei avrebbe dovuto arrivare prima che sua madre morisse. Queste cose vanno pensate prima!».

Gli altri sono curiosi, parlano tra loro, com'è che il padre s'è perso al cinema?

«Hanno guardato sotto le poltrone?» chiede uno.

«Certo, anche dietro alle quinte, sotto le scale, hanno cercato dappertutto!».

Un signore pessimista, dietro gli occhiali fumé, interviene:

«Certamente suo padre è stato rapito». Lo dice come se conoscesse la verità segreta.

Il giovane si preoccupa, è perplesso, non gli piace questa ipotesi.

«Mio padre ha ottantasei anni, perché avrebbero dovuto rapirlo?!».

Il pessimista scuote la testa con rincrescimento:

«Per mille e un motivo!». E guarda il giovane con fare misterioso.

L'altoparlante ripete ai gentili viaggiatori che il volo è pieno. Non c'è posto. Capito? Volo Pieno. Sillabano p-i-e-n-o. Non insistete, andate via.

Ma nessuno indietreggia di un passo.

«Signore, signori, non c'è posto!».

Le signore e i signori sono sordi. Tutti fermi, immobili.

Una signora assonnata (viene da lontano, certamente dall'America) spinge il suo trolley in avanti. Chiedendo scusa a tutti va avanti. La borsetta è aperta, lascia cadere a terra chiavi e monete.

Mi fermo a guardarla in faccia. Il mio sguardo scorre sulle sue labbra, sul contorno del collo e si spinge con particolare curiosità sui suoi occhi. Mi piacerebbe che si togliesse gli occhiali da sole. Io conosco questa donna. La sua faccia mi è familiare. L'ho vista da qualche parte. La fisso con attenzione e non capisco perché quest'incontro mi renda triste e angosciata. Un sassolino ha squarciato la membrana dei ricordi, come una pietra gettata nello stagno. La signora che mi pare di conoscere è molto sicura di sé, non ha patemi, ha in mano un biglietto, lei il posto ce l'ha, non ha bisogno di contrattare.

Ma chi è?

Un'immagine sbiadita m'attraversa la mente, una sagoma consunta, priva di colori, frammentata. Ho un nome sulla punta della lingua, vari ricordi si scompongono, svaniscono.

Spingono una sedia a rotelle con un giovane, sulle ginocchia tiene un sitar, ha barba e capelli lunghi, occhi scuri e timidi. Tiene la testa bassa, non guarda nessuno, la folla gli si apre intorno. La donna che mi pare di conoscere ora sembra perplessa, cerca qualcosa in borsa, nelle tasche. Le faccio un cenno da lontano. Ha uno sguardo attonito, esitante, cerca il passaporto, con espressione inquieta, stanca, arrabbiata. Ora ha ritrovato il passaporto, ride. Una risata timida ma sincera, molto giovanile per una della sua età. Quanti anni avrà? Cinquanta? La sua bocca aperta nella risata riesce a pescare un'immagine dallo strato di ricordi lontani e sedimentati della mia memoria. Ho un tuffo al cuore: è Azadeh Derakhshan?! Forse!

La guardo di soppiatto, senza farmi vedere, con la coda dell'occhio, da dietro, in fianco, davanti. L'ansia mi pervade mentre sono sommersa da una sorta di sentimento dolce e antico, risalente a quando avevo quindici, sedici anni, al tempo del liceo Anushirvan Dadgar. È il ricordo delle gare sportive, del negozio di sandwich André, dei ragazzi del quartiere, di via Lalezar e del cinema Iran. È il tempo di Azadeh Derakhshan, campionessa di ogni sport, invincibile, l'eroina dei miei sogni. Al mattino mi svegliavo solo per vederla. Ero pazza al punto di prendere la borsa e scaraventarmi sul bus per Shemiran, dove il più delle volte c'era anche Azadeh Derakhshan intenta a leggere. Lei era un paio di classi più avanti di me, mi faceva un cenno di riconoscimento con la testa e poi risprofondava nel suo libro. Era la campionessa della scuola, difficilmente prestava attenzione a qualcuno.

I viaggiatori fortunati hanno caricato i bagagli e come un esercito vittorioso marciano accanto agli altri. Spingo da parte i due Solo Io, ignoro le loro proteste, raggiungo la testa della fila.

«Signore!».

Il signore è molto occupato e non mi risponde. Devo fabbricare una storia, qualcosa di strappalacrime che mi garantisca un buon posto. Ma non ce la faccio, la testa non mi funziona, sono arrabbiata, voglio aprire quella porta a qualsiasi costo. Imploro con voce supplichevole e melliflua:

«Caro signore!».

I «caro» non funzionano. Devo aspettare. Il mio è l'ultimo nome nella lista d'attesa.

Una signora sta cercando un passeggero caritatevole e gentile che porti a sua madre un sacchetto di medicine:

«Se mia madre non ha queste medicine entro ventiquattro ore muore!».

Nessuno ci sta. La vecchia madre è destinata a morire.

La supposta Azadeh Derakhshan (non sono ancora sicura della sua identità) accetta il sacchetto, si appunta il nome e l'indirizzo della destinataria. Chiunque sia, questa donna è precisa e ordinata, certo è una persona degna di fiducia. Per tutto il tempo, il mio sguardo la segue involontariamente, ostinatamente, mentre al contempo fruga fra le pieghe del tempo, vola da un luogo all'altro, cercando l'immagine immaginata di Azadeh Derakhshan.

È lei, al cento per cento!

Ha i suoi occhi, il suo sguardo, volto e corpo sembrano i suoi. No, non è lei. No, proprio no. Azadeh Derakhshan era bella, snella, agile. Certamente molti erano belli, ma sono passati più di trent'anni e i belli sono cambiati, o morti. Mettiamo anche che sia Azadeh Derakhshan, e allora? Che importa? Se lo è, bene. Vorrei finirla, al diavolo Azadeh Derakhshan, voglio liberarmi da quel pensiero, ma non ci riesco. E se fosse lei? Quest'incontro, incerto e dubbioso, mi trafigge come lo spuntare doloroso di un dente del giudizio, non mi dà pace.

Arriva il grande capo della compagnia aerea, è lui che decide. È tutto un assalto, una spinta, un'agitazione, una lite. Due signori litigano in persiano misto a inglese, un guazzabuglio di errori. Gli altri si mettono in mezzo. Non si capisce perché litighino e chi abbia ragione. Uno dice:

«Signori, dovreste vergognarvi di comportarvi così in mezzo agli stranieri, diranno che siamo gente primitiva!».

E un altro gli risponde:

«Ma che vadano all'inferno, duemila anni fa dormivamo con le lenzuola di seta e mangiavamo su piatti d'oro e loro neanche esistevano!».

Una signora scoppia a ridere:

«Adesso siamo noi a non esistere, e loro dormono con le lenzuola di velluto!».

Allora si leva un sonetto in risposta:

*Gli arabi nel deserto mangiano cavallette*
*mentre anche un cane a Isfahan beve acqua fresca!*

Nasce un parapiglia. Quelli che sono per la giustizia universale protestano, sta per scoppiare una rissa.

Io intanto penso solo a trovare un posto, quando l'occhio mi cade su un impiegato dell'Iran Air che conosco. Ecco la mia porta di misericordia, mi dico!

Da sotto lo strato sottile di modernità e civiltà tiro fuori l'indole antica, da terzo mondo, da Solo Io, di prepotenza. Con un balzo, afferro l'impiegato per il bavero, mi appiccico a lui, lo saluto con espressioni di reverenza e di preghiera, con un misto di timidezza e di insistenza molesta, finché alla fine questo conoscente che mi guarda senza riconoscermi e non sa neppure come mi chiamo (forse questa signora si sbaglia, e mi ha preso per un altro?!), per buona educazione e per decenza, mi fa una mezza promessa. Mi aggrappo a quella promessa come fosse una stampella, e con l'aiuto dell'impiegato riesco a infilare me stessa e il mio bagaglio nell'areo. Anche gli altri, quelli che sperano nella «porta della misericordia» son riusciti a entrare; stanchi, grondanti di sudore, si lasciano cadere sulla prima sedia vuota, nessuno bada ai numeri. Non so dove sia il mio posto, e non mi importa, lo scopo era entrare. Alla mia sinistra, accanto al finestrino, c'è un uomo pio che sta pregando a fior di labbra e a occhi chiusi; nuove la testa lentamente, fa girare il lungo rosario attorno alle dita. Lo gira e lo rigira in continuazione, senza sosta. Mi volto dall'altra parte, ma i grani gialli del rosario sono come un vortice nella mia testa, si avvolgono attorno ai miei pensieri, vorticano finché la testa mi gira al punto che decido di cambiare posto.

Azadeh Derakhshan cerca il suo posto. Legge i numeri con attenzione raffrontandoli con la sua carta d'imbarco. Il posto è in fondo all'aereo, nel reparto fumatori. Si sente la sua voce alzarsi, protesta, lei non fuma. Ora rombano i motori e dall'altoparlante esce una preghiera di buon auspicio che invoca misericordia e compassione. Un'anziana soffia tre volte intorno a sé, mentre un altro, seduto più in là, rivolge invocazioni alla famiglia del Profeta. C'è ancora un gruppetto in piedi che cerca un buco per borse e bagagli in eccesso. Tutte le cappelliere sono piene: appena si apre uno sportello esplode fuori una montagna di bagagli.

Chiedo alla hostess:

«Posso cambiare posto?».

Scuote la testa facendo cenno al segnale di allacciare le cinture. Una vecchia sta cercando la sala per la preghiera, inciampa, quasi cade.

L'aereo dell'Iran Air, così caotico, è un luogo familiare, un mondo a sé. Sembra il ponte di Tajrish com'era un tempo, quando la gente, uomini, donne, bambini, vecchi e giovani, si ritrovava a mucchi davanti alla gelateria Vila, oppure all'incrocio di via Sa'adabad, a mangiare pannocchie e gelato e a chiacchierare. C'è un gran via vai, un gran vociferare, una grande confusione. La gente parla, scherza, si scambia versi di poesie. L'aereo si riempie di fogli di giornale, di pacchetti di sigarette vuoti, di fazzoletti di carta pestati sotto i piedi, mentre le hostess si affannano a mostrarci le uscite di sicurezza, ci insegnano a usare i giubbotti di salvataggio in caso di esplosione e il pilota ci informa sull'altitudine, la rotta e la temperatura esterna. Molti non si preoccupano di sedersi, né di allacciare la cintura o far attenzione alla luce rossa e ai segnali di pericolo. La maggior parte di loro ha fede, crede nel destino, nel fato, in quello che deve essere e sarà. Le istruzioni di sicurezza non cambieranno nulla.

La prima fila, vicino all'uscita d'emergenza, è un luogo complicato: uno spazio minuto, due metri quadri, è luogo di riunione degli uomini con le loro discussioni politiche. È anche lo spazio dove i bambini giocano a nascondino e dove le vecchie, che vanno spesso in bagno, passano in continuazione dal momento del decollo fino a quello dell'atterraggio.

L'areo balla per le turbolenze, ma i passeggeri non si preoccupano, non pensano a una possibile caduta o a morire. Si parla di quanto cari siano pollo e carne, del cambio del dollaro e del prezzo della terra; e come si fa a passare la dogana e dove sia meglio nascondere le riviste di moda, le cassette di musica occidentale e i video (sotto la giacca, sul fondo della borsetta, sotto la camicia, dentro la pancera?).

Dietro di me stanno litigando per una coperta. Sono finite, insieme ai cuscini, dopo l'imbarco e un signore protesta:

«Che sistema è? Ci sono duecento passeggeri e non avete neanche trenta coperte?».

L'hostess spiega dispiaciuta che i passeggeri nel corso del tempo hanno portato via coperte e cuscini, o, meglio, li hanno rubati, e filosoficamente alza le spalle. Una signora dietro di me ne ha due, di coperte, stese sulle gambe, dice di essere ammalata. Si copre la testa con la coperta e, che sia ammalata sul serio o no, tossisce. Anche la passeggera seduta alla sua destra non sta bene, starnutisce. Quell'altra passeggera, in risposta, sbotta a tossire, avvolgendosi nella coperta. Quella col raffreddore non si mette a litigare.

Dei bambini corrono spintonandosi, li apostrofo:

«Scimmie, se mi pestate un'altra volta i piedi vi levo la pelle!».

Un bimbo mi guarda, indietreggia, gira dietro alla toilette e mi fa le boccacce. Bambino farabutto.

Magari mi venisse sonno. Sono stanca e i piedi mi si sono gonfiati nelle scarpe. Chiudo gli occhi. Sono colta da un'improvvisa tristezza, il senso di oppressione serpeggia. L'immagine di Azadeh Derakhshan fluttua dietro alle mie palpebre, dondola tra i miei pensieri, salta da un ricordo all'altro, viaggia da un anno all'altro, appare e scompare fra vari ostacoli. Tempo fa l'avevo sognata, dopo chissà quanti anni: lei era in bicicletta, io la rincorrevo a piedi. Eravamo in riva al mare, insieme. Lei era campionessa di nuoto, ma nel sogno scompariva tra i flutti per non riemergere. Era rimasta la bicicletta, io l'avevo inforcata e avevo pedalato a tutta velocità. Poi mi ero svegliata piangendo: che significava? Non lo sapevo nemmeno io.

Azadeh Derakhshan è campionessa di corsa e di salto, è campionessa in tutte le specialità dell'atletica. Nessuno le tiene testa. È la studentessa più popolare della scuola e, ai miei occhi, l'essere più perfetto al mondo. Desidero raggiungerla, superare tutti e lei. Vorrei prendere un 10 in educazione fisica e attaccare il mio risultato su tutti i muri del mondo. Tutte vorrebbero essere come lei, avere il suo fisico, la sua statura, essere al suo posto. Con quei capelli corti e castani e il fazzoletto a quadretti legato al collo, la pelle ambrata, baciata dal sole, gli zigomi alti. So bene di essere anni luce diversa da lei. Per cominciare, sono più piccola di due anni, ho mezzo metro di altezza in meno, e il mio voto in educazione fisica è 0.

Cammino dietro di lei lungo via Shah Reza fino a via Pahlavi, tenendomi a venti metri di distanza. Mi fermo dove si ferma lei. Guardo quello che guarda lei. Metto i piedi sopra gli stessi solchi, le stesse fessure dell'asfalto, le stesse buche dove passa lei. Tengo le spalle dritte, la testa alta, una mano in tasca e l'altra libera come fa lei.

L'hostess annuncia che fra un po' serviranno un delizioso pasto caldo. Sentendo parlare di cibo tutti si siedono all'istante. Il passeggero a sinistra fa un balzo, sta male, gli cade il rosario, tira fuori di tasca un fazzoletto e se lo mette davanti alla bocca.

Ecco la cena. L'assistente di volo è stanca e spazientita, ma sorride, ha una faccia buona, semplice:

«Pollo col riso o spiedino?».

Il passeggero vicino a me scuote la testa e affonda la faccia dentro il fazzoletto.

Chiedo il pollo, ma lo stomaco mi si chiude, non ho certo voglia di mangiare in quella situazione.

Il bambino maleducato sta di nuovo correndo nell'area dei bagni, urta tutti. Quando mi arriva vicino lo prendo per un orecchio e tiro. Lui caccia un urlo.

«Chi sono i genitori di questo bambino?».

Nessuno lo sa.

«Chi sono?».

Nessuno risponde, il bambino non ha genitori.

«È suo figlio?».

«No».

«È suo?».

«No».

L'assistente di volo l'ha preso per mano e passa fila dopo fila mostrandolo a tutti, nessuno lo conosce, pare non abbia i genitori, o, se ci sono, non si fanno vivi.

«Deve essersi imbarcato al posto di un altro» suggerisce un passeggero.

«Dov'è il tuo biglietto?».

Il bimbo resta muto, non risponde, tiene la bocca chiusa e mi guarda storto, nel suo sguardo luccica una promessa pericolosa.

Dopo cena spengono le luci per proiettare un film. Penso a Azadeh Derakhshan. Quella donna stanca e spossata che siede qualche fila distante da me è forse l'eroina della mia adolescenza? È possibile?

Le immagini del film sono scure e spezzate, lo interrompono, la gente protesta, lo fanno partire, ma questa volta non c'è l'audio. Altre proteste, qualcuno ride, s'accendono le luci, la gente applaude.

Il mio vicino s'è addormentato e dalla gola gli esce un suono fastidioso, mi guardo intorno, devo cambiare posto. Prendo la borsetta, nel corridoio di sinistra c'è una poltrona vuota, in realtà non so se sia proprio libera o se il legittimo proprietario sia solo in giro. Lo chiedo alla hostess, ma lei è spazientita, stanca dei passeggeri:

«Signora, si trovi un posto e si sieda!».

C'è un posto libero, un paio di file più indietro, proprio vicino alla sconosciuta che potrebbe essere Azadeh Derakhshan. È seduta accanto al finestrino e sta sonnecchiando, si è tolta gli occhiali.

Mi siedo o no? Sono incerta, ma non c'è altro posto, nel frattempo sul mio s'è seduto un altro, sono tutti in movimento a scambiarsi i posti. Mi siedo, allaccio la cintura e le getto uno sguardo veloce: ha lunghe ciglia, la fronte liscia con due piccoli solchi, mentre gli occhi sono contornati da una ragnatela di rughette.

I passeggeri fumatori sono raggruppati qui vicino. La donna seduta vicino a me tossisce coprendosi la bocca con un angolo del foulard. È seduta in un brutto posto, chiama l'assistente di volo per protestare.

La sua voce bassa mi suona familiare, si mescola ai suoni che popolano i miei ricordi, come un campanello che giunge da lontano, il campanello dell'inizio delle lezioni, il campanello della ricreazione unito alle grida degli studenti, ai fischi d'inizio delle gare.

Le poltrone sono strette e scomode, il suo braccio esercita una minima pressione sul mio e questo contatto, questo tocco leggero e passeggero, infila le perle dei mie ricordi sparsi come se fosse un filo da collana, ne compone i frammenti.

Azadeh Derakhshan (pronuncio il suo nome con determinazione, mi rende più tranquilla) mi rivolge un'occhiata di sbieco, con sguardo assonnato e vuoto. Chiude il libro che ha sulle ginocchia, un libro in inglese, e si mette a guardare fuori dal finestrino.

Gli occhi sono tristi, le mani inquiete e stanche, consunte dal lavoro, solcate da vene blu. Mezza addormentata, il libro le scivola sulle ginocchia mentre lei appoggia la testa sul finestrino e sospira, un sospiro profondo che viene dal cuore e si mescola ad alcune parole incomprensibili mormorate a fior di labbra e a uno sbadiglio incompiuto.

Si toglie il foulard di seta (gli stessi capelli corti e brillanti, con un tocco di sale e pepe) e se lo risistema. Annoda bene le cocche sotto il mento. Per un istante dal suo volto che invecchia emerge l'espressione di un tempo, fresca e giovane e liscia, per poi ritirarsi dietro a una maschera di tristezza.

Non ho il coraggio di rivolgerle la parola. Mi vergogno. Faccio qualche prova dentro di me: mi scusi, lei è Azadeh Derakhshan? No, così no. Mi scusi, lei… è troppo formale, troppo libresco, devo fare una domanda diretta, semplice, diretta: Azadeh Derakhshan? Ecco là, semplice e diretta, come se niente fosse.

E se non mi risponde? Se mi dice che mi sono sbagliata?

La signora misteriosa prende una cartolina dalla borsetta e si mette a scrivere, è mancina. Anche Azadeh Derakhshan impugnava la racchetta da ping pong con la sinistra. Allora è lei. Senza dubbio. Ma c'è qualcosa che non va, il suo aspetto è consunto, polveroso, sbiadito, come un quadro prezioso lasciato per anni in una cantina umida. Nonostante ciò, sono rimaste le vestigia della sua semplice bellezza e del suo orgoglioso profilo.

Il giovane invalido è seduto una fila più avanti, con lo stesso sguardo basso e vergognoso. Ha sempre il suo strumento sulle ginocchia. Un signore minuto, calvo, con mani e piedi piccoli, gli chiede di poter vedere lo strumento. Il giovane non ha nulla da obiettare, e quell'altro apre l'astuccio del sitar, lo prende, è un musicista, i passeggeri gli si fanno intorno, gli chiedono di suonare una ballata. Mentre suona, qualcuno canta sommessamente alcune strofe della canzone.

Azadeh Derakhshan, con lo sguardo imbambolato, sottovoce canta «e la chiamano Patria», è chiaro che ne è stata a lungo lontana e ha nostalgia. Toglie lo sguardo dal musicista e lo sposta su di me. Ha le palpebre chiuse ma è sveglia, non sbatte le ciglia, a che sta pensando? Non sa che la viaggiatrice accanto a lei, una persona qualunque, conosce il suo passato e conosce a memoria la sua giovinezza, come se fosse un libro stampato.

Cortile del liceo Anushirvan Dadgar. L'ispettrice Banu, una signora zoroastriana, armata di lunga canna, sta passando in rassegna gli studenti. È proibito indossare calzini corti, e Azadeh Derakhshan è in calzini corti e scarpe da ginnastica di cotone bianco. La signora Banu le colpisce le gambe nude con la canna, poi è il mio turno. Affonda la canna nella mia lunga chioma e mi fa girare per il cortile come fossi un fagotto attaccato a un bastone.

Azadeh sa l'inglese, se non altro meglio di noi tutti e meglio del volume *Essential English*, e legge riviste straniere. O forse no, ma comunque le ha sempre con sé e, quando suona la campana della ricreazione, si siede sui gradini nel cortile e le sfoglia. Il cortile è pieno della sua presenza, nessuno cattura il mio sguardo tranne lei. Perfino gli insegnanti perdono la loro autorità; accanto a lei, gli altri studenti si trasformano in pallide ombre. È diversa da tutti, soprattutto da me, che sono timida e impacciata e per quanto mi sforzi di diventare un campione di serie B in qualche sport, ping pong, corsa, salto, basket, non arrivo da nessuna parte. Abbiamo il permesso di rimanere a scuola dopo le lezioni per esercitarci, io ho scelto lancio del disco. Io che sono appena guarita dalla polmonite, rimanendo così indebolita e macilenta che cado se qualcuno mi alita contro. Ma voglio superare l'ostacolo invisibile. Voglio conquistare la medaglia d'oro e mostrarla ad Azadeh Derakhshan. Nonostante tutti gli sforzi e gli allenamenti, il disco di ferro cade subito davanti ai miei piedi. Non ce la faccio a lanciarlo neanche a mezzo metro. Lascio perdere e mi dedico al salto. Arrivo ultima. Mi do al nuoto. Non ho fiato e mi viene la tachicardia. Mi torna anche la polmonite e devo stare a letto un altro mese.

Azadeh Derakhshan, ignara delle mie tristi prestazioni, cammina a due metri da terra, e cento mila metri più avanti. Fuma e parla di politica. Legge libri di sinistra e ha le sue idee. Dicono che diventerà una grande scrittrice. Alcune sue poesie sono state pubblicate nella pagina letteraria del giornale *Tehran-e Mosavvar* e gli insegnanti la guardano con rispetto. Nessuno può rivaleggiare con lei.

Abitiamo nello stesso quartiere, Shemiran, quando saliamo in bus la osservo sempre di sottecchi, la guardo tanto che se ne accorge e sorride. I suoi denti bianchi brillano. Il suo sguardo mi trapassa, in un punto indefinito fra il liceo Anushirvan Dadgar e l'autobus di Shemiran. Scende una fermata prima di me. Ma il suo sguardo vittorioso e il suo sorriso orgoglioso rimangono con me fino al giorno dopo e anche per tutti i giorni successivi.

Da dove viene? Perché è ingrassata così tanto? Grassa e triste. La sua stanchezza non è dovuta al viaggio e alla mancanza di sonno, è il frutto di anni, di anni difficili. I solchi sulla fronte, la ragnatela di rughe intorno agli occhi e le vene protuberanti sulle mani non sono temporanei. Sono segni del tempo, di dolori nascosti, della rabbia che ondeggia nel suo sguardo, frutto del dolore che le agita le mani.

Mi lancia uno sguardo rapido, poi si scosta, lasciandomi più spazio. Io m'aspetto uno sguardo di riconoscimento, un saluto amichevole, un'espressione di sorpresa mista a gioia. Ma rimango in attesa. Azadeh Derakhshan è assonnata e distante, persa nei suoi pensieri. Non si ricorda di me, del liceo Anushirvan Dadgar, le partite di ping pong, il bus per Shemiran, la signora Banu e le ispezioni con la sua lunga canna ma col cuore gentile, non si ricorda gli insegnanti, gli esami, i nostri trucchi per passarli, non si ricorda quei giorni di gioventù. Scorre il suo sguardo piatto e indifferente sul mio viso senza riconoscermi.

Devo essere cambiata, come lei, forse più ancora di lei!

Mi specchio nel suo sguardo fisso ed estraneo, il giornale mi diventa pesante sul petto. Vorrei togliermi il velo del tempo dal viso, e mostrarlo a lei com'era in quegli anni distanti. Non avevo idea che il tempo fosse trascorso anche dentro di me.

Dovevamo fare una gara di scherma alla presenza dell'imperatrice Soraia. Era il suo compleanno, e i licei gareggiavano tra di loro. La nostra classe aveva il programma più interessante. Avevamo affittato le maschere, i guanti di pelle bianca e l'uniforme da scherma. In squadra eravamo in quattro, c'eravamo esercitate nel cortile della scuola sotto la guida dell'istruttore del liceo maschile Firuz Bahram, imparando i rudimenti d'attacco e difesa.

La regina Soraia è in abito rigato e occhiali scuri fra i dignitari di corte, seduta al posto d'onore. Lo stadio è al colmo dell'eccitazione, le grida delle ragazze assordanti. L'imperatrice Soraia non è divertita e non sorride. Io penso ad Azadeh Derakhshan, non vedo che lei. È il nostro turno. Entriamo nell'arena mentre i nostri compagni di classe battono le mani incitandoci. Siamo allineate spalla a spalla, a testa alta, spalle indietro, sicure di noi come i cavalieri della tavola rotonda. Salutiamo con le spade. Tre volte: a destra, a sinistra, davanti. Poi cominciamo, dapprima lentamente, poi sempre più forte, cominciamo a correre, l'erba è soffice sotto i nostri piedi. Dovevamo arrivare davanti all'imperatrice e inchinarci a lei. Avevamo ripetuto quell'esercizio cento volte, lo sapevamo a memoria. La medaglia d'oro sarebbe stata nostra, al cento per cento. Felici e orgogliose, teniamo le nostre armi davanti a noi. Le maschere sporche ci limitano la visuale, come una spessa tenda. Stiamo correndo verso il luogo designato, quando accade qualcosa, che neppure noi abbiamo capito. Improvvisamente tutte quattro capitomboliamo. Un tuffo a pancia ingiù, faccia a terra, prone sull'erba. Avevano tirato un filo d'acciaio sottile a pochi centimetri da terra, non venimmo mai a sapere se intenzionalmente o incidentalmente. La sottile rete di ferro della maschera si piega verso l'interno e ci ferisce il naso, la bocca, gli occhi.

Per la prima volta, l'imperatrice Soraia ride, anche il suo seguito è felice. Danno a ognuna di noi una medaglia di bronzo, solo per aver fatto ridere la sovrana d'Iran. Invece Azadeh Derakhshan diviene campionessa di corsa e salto. Riceve la medaglia d'oro dalle mani della sovrana, cancellando la vergogna del nostro liceo.

Prendo una scorciatoia fra i miei ricordi, arrivo al giorno in cui Azadeh Derakhshan gareggia a ping pong con una ragazza del liceo Nurbakhsh. Sono in ansia, mi batte il cuore. Azadeh è in me, nei miei pensieri, nelle mie paure. Vorrei correre con lei, con le mie gambe giovani e magre, davanti a tutti. E se perde? La sua sconfitta è la mia sconfitta. Anzi, di tutti gli studenti. Col liceo Nurbakhsh c'è una vecchia rivalità, noi del liceo Anushirvan siamo tutte in palestra. Il cuore mi batte forte. La pallina è in mano ad Azadeh. Comincia il gioco. Uno a due. Tre a tre. Parità. Sono pari, poi Azadeh Derakhshan resta indietro. È una cascata di schiacciate. Azadeh perde il primo set. Vince il secondo. Il sudore le cola sul viso. Ha le guance rosse, ansima, le narici tremano. Nella mia testa rimbombano le grida degli studenti, gli evviva, i battimano, il rumore dei piedi pestati per terra. Seguiamo con gli occhi la pallina, come il pendolo di un orologio impazzito, da destra a sinistra, va da una parte e torna dall'altra. Azadeh Derakhshan conduce. Poi di nuovo resta indietro. Venti a sedici, Azadeh è indietro. Venti a diciassette. A diciotto. Venti a diciannove. Venti a venti. Di nuovo pari.

La pallina del destino è in mano ad Azadeh. Di nuovo pari.

Per tre volte. Venti a venti. Azadeh Derakhshan ora assomiglia a un lupo. Si è morsa un labbro e un po' di sangue scorre all'angolo della bocca. Deve vincere. Deve. Deve. A qualsiasi prezzo. Vuole mangiarsi l'avversaria in un boccone. Farla a pezzi. Senza pietà. Ma accade l'inaspettato. L'altra si ferma, si accascia, è senza fiato, non trova il respiro, diventa blu in viso, sembra che stia per morire. Azadeh Derakhshan non se n'è accorta e, anche se se ne fosse accorta, non le importa, all'inferno, pensa solo a una cosa, che deve vincere. A ogni costo. Il podio e la medaglia d'oro sono suoi. Solo suoi.

La rivale barcolla, la racchetta le cade di mano e sviene.

Ho rivisto quella partita nei miei sogni e nei miei pensieri ogni notte, ogni notte, fino al mattino, fino alla fine dell'anno scolastico, fino alle vacanze estive e per anni e anni dopo: le mosse, il respiro affannoso, diciotto a diciotto, diciannove a diciannove, venti a venti, parità. Nella mia mente quella gara rimane non finita e a volte il ricordo mi assale con rabbia immotivata. Voglio ancora giocare e vincere.

Una turbolenza scuote l'aereo. Una densa nuvola di fumo di sigaretta avvolge la parte posteriore della cabina. Il bambino maleducato ha ripreso a correre per il corridoio, scompare e ricompare.

Voglio parlare con Azadeh Derakhshan. Sono a disagio, esito come un'adolescente timida, mi sembra di essere tornata indietro, al tempo della giovinezza, piena di ansietà, di timori e di sorrisi accennati, proprio come allora.

Azadeh ha inforcato gli occhiali, non le piace la cena dell'aereo, sfoglia il suo libro.

Mi faccio coraggio:

Lei è…?

Pronuncio il suo nome lentamente, con la vergogna di una scolaretta impacciata.

Azadeh Derakhshan mi guarda. Si toglie gli occhiali, degli occhiali microscopici, sbatte le palpebre. Io mi presento. E aspetto. Sento di essere arrossita. Il mio nome è un debole campanello per lei – deng! –, non la riconduce a nessuno in particolare. Aggrotta le sopracciglia, sorpresa, mi guarda inquieta passando lo sguardo incerto e insicuro sulla mia faccia, sul mio corpo. Sembra cerchi qualcun'altra (più giovane?) e poi, come se si fosse risvegliata da un sonno profondo, tira un gran sospiro di sollievo. Un segnale di riconoscimento le attraversa il viso, mentre negli occhi le brilla una sorta di gioia giovanile. Ripeto il mio nome, questa volta il campanello suona a lungo, più alto di prima, deng, deng, deng, deng!

Ora dalle sue labbra e dalle mie traboccano il nome del liceo Anushirvan Khosrou Dadgar, l'inno che cantavamo al mattino, nomi mezzi dimenticati e abrasi dalla mente: studenti, insegnanti, avvenimenti, follie, ricordi affastellati che si esprimono con parole spezzate e concitate. Non sembra vero che sono passati oltre trentasei anni o più dall'ultima volta che ci siamo viste, lontane e senza notizie l'una dell'altra, e che anche ora siamo in realtà due estranee. Io e Azadeh Derakhshan in questo momento siamo nel passato, e per noi, via Pahlavi, la signora Banu, le vecchie classi del liceo Anushirvan Dadgar, il negozio di sandwich André sono più reali di quest'aereo, del passeggero che fuma a due passi da noi, di questo vassoio di cibo. So bene che fra qualche ora, separandoci, il passato scomparirà, come un vecchio film scompare dallo schermo, e che, se anche avessimo di nuovo l'occasione di incontrarci, non avremmo nient'altro da dirci. Questi incontri così eccitanti e pieni di emozioni accadono solo una volta; sono irripetibili, ecco perché son così belli e piacevoli.

Io inizio con un ricordo e Azadeh Derakhshan si precipita a continuarlo e prosegue con un altro. Ridiamo. Siamo a nostro agio, stiamo bene. Siamo giovani. Non tiriamo fuori la famosa partita di ping pong, né io né lei. Tanto meglio.

Si spengono le luci, stiamo arrivando, ci azzittiamo. Ora siamo silenziose e tristi, entrambe siano tornate al presente. A mezzanotte e dieci, all'altitudine di parecchie migliaia di metri, a Tehran che giace ai nostri piedi, e al pensiero inquietante della dogana.

Azadeh Derakhshan viene dall'America. È la prima volta che torna dopo quindici anni. Ha due figli grandi, uno in Canada, l'altro in Texas. Lei è infermiera, tutto questo tempo ha lavorato in un ospedale. Ha lavorato sodo, ha lavorato duro. Mentre era via sua madre è morta. Torna per riprendersi la casa caduta in mano a estranei, per riprendersi il marito, che si è risposato, per riportare anche i figli a casa. Che programmi, che gare, che sfide!

Conosco suo marito, il mondo è piccolo, tutta la città ha saputo che il dottor tal dei tali s'è preso una moglie giovane, che potrebbe essere sua figlia. A una festa noiosa, una pettegola, una di quelle che sanno tutto di tutti, mi aveva sussurrato nell'orecchio:

«Quello lì, quello con la giacca coi bottoni dorati e le scarpe bianche, quello che si atteggia a giovincello, è il dottore che si è preso una seconda moglie giovanissima. La prima è in America, Azadeh Derakhshan, te la ricordi? Era campionessa di ping pong, era un paio di classi avanti a noi».

Azadeh Derakhshan ora è seduta accanto a me, con i resti

della sua antica bellezza. Non parla del marito, parla dei figli, del vecchio cuoco di sua madre che ha usurpato la casa che era legittimamente sua, e non ha nessuna intenzione di andarsene. Non fa parola della giovane che si è impossessata di suo marito. Non parla neppure di sé stessa, del perché i suoi capelli siano striati di grigio, del fatto che ha gli occhi contornati da occhiaie bluastre, del perché è diventata grassa e così triste. Parla dei figli, del primo che ha sposato una vietnamita e si è cambiato il nome (da Akbar è diventato Ike), e del più piccolo, che parla persiano con accento americano e ha litigato col padre, un litigio dagli strascichi illogici. Parla dell'America, della grande solitudine nella città più affollata del mondo, del suo lavoro di infermiera, delle corse che ha fatto per tirare su i figli.

Esce il carrello, si sente l'annuncio del pilota:

«I signori passeggeri sono pregati di non alzarsi dai loro posti finché l'aereo non si ferma completamente». Enfasi su sono pregati.

La gente non ascolta, più della metà è già in piedi, hanno fretta, vogliono superare gli altri. Azadeh Derakhshan è agitata, preoccupata, ha mille paure. I suoi occhi stanchi dardeggiano, sono quindici anni che aspetta questo momento. Mi chiede:

«Le cose sono cambiate, no? Molto? La gente? I nomi delle strade?».

I viaggiatori hanno riempito il corridoio, si spintonano, e l'aereo è ancora in movimento. Azadeh Derakhshan guarda imbarazzata fuori dal finestrino. Ha il cuore in subbuglio, ha paura del controllo passaporti, della possibilità di essere interrogata, di vedere i parenti; ma soprattutto, ha paura di trovarsi faccia a faccia col marito e la sua giovane moglie. Davanti a lei ha una dura guerra.

Ci salutiamo. Come due estranee. Ci appuntiamo i numeri di telefono, uscendo dall'areo promettiamo di vederci. Ci separiamo, so che le nostre strade non s'incontreranno e che non ci vedremo più. Nonostante ciò, in questo breve lasso di tempo, in questa passeggiata nel passato, qualcosa di indefinito ha preso forma dentro di me, qualcosa si è spostato dal fondo del cuore, del mio spirito. Il tempo è diventato una presenza palpabile, vedo che ha punito con dolorosa durezza l'orgoglio della mia campionessa.

Tutti hanno fretta, tutti spingono per arrivare davanti, quelli più esperti conoscono i trucchi, sanno quando fermarsi, quando correre, quando imboccare una scorciatoia e come fare a sorpassare gli altri nonostante le valigie e i pacchi. Ci vuole destrezza per montare sulla navetta. Chi sta vicino alle porte ovviamente scenderà per primo, cento passi più avanti degli altri. Corre, corre, ansima, si precipita attraverso il controllo di polizia al banco passaporti; così, passati i primi due ostacoli, si arrampica sulla scala mobile (due gradini alla volta) e arriva per primo al nastro dei bagagli.

Il signor Solo Io, che ha corso con tutte le sue forze, in affanno, con l'unico scopo di arrivare davanti agli altri, ce la fa, è il primo a presentarsi al controllo della dogana. Ha fretta. Chiude la valigia, è contento del suo successo, monta sul primo taxi e si dirige veloce verso casa. Così può dormire subito, alzarsi all'alba e arrivare al lavoro prima dei colleghi, può fare carriera, scalare i piani alti. È un vincitore, quello che arriva primo nella gara della vita e della morte. Va in pensione prima di tutti. Rincorre le notti, le mattine, le settimane, i mesi e così trascorre anno dopo anno fino alla fine del secolo prima di tutti quegli altri uomini e donne che ha superato e che sono ancora fermi alla fila della dogana. Passerà sopra di loro sulla scala della vita e arriverà primo al ponte Sirat che conduce al paradiso.

Ecco la dogana. Azadeh Derakhshan è all'inizio della fila, girando la testa il suo sguardo cade su di me ma non fa cenno di riconoscermi. È confusa, si guarda attorno attonita. Le è scivolato il foulard di lato e ha l'aria afflitta. Ogni volta che un uomo con la barba le passa accanto si spaventa.

Io ho una borsa leggera, non ho paura dell'ispezione. In valigia ho solo gli effetti personali, qualche regalo, le medicine, cibo tipico. Visto che ho rispettato le regole doganali, stando alla logica dovrei passare facilmente e senza grattacapi. Non ho bisogno di mercanteggiare. Sono sicura di me, ho l'atteggiamento di una persona che ha la coscienza a posto, e non teme nessuno. E siccome non ho bagaglio in più né oggetti proibiti né ho commesso alcun crimine (almeno secondo me) sono placida e composta. Non so che stare in questa posa, con le mani nelle tasche del soprabito con aria imperturbabile, è un gran peccato, e sono ignara del fatto che avere un aspetto tranquillo e uno sguardo che denota il mio distacco (con un tocco di inconsapevole vanteria) gioca a mio sfavore. Apro la valigia grande, e il mio atteggiamento denota la mia impazienza. Sono stanca, sbadiglio. L'incaricato della dogana sembra gentile ed educato. Ha un aspetto tranquillo:

«Signora, anche noi siamo stanchi!».

Il passeggero vicino a me vuole ingraziarselo:

«Sì, ha ragione, le chiediamo scusa, il paese appartiene a gente come voi, stia bene».

L'incaricato fa il suo lavoro, è abituato a questi furbi tentativi, ne ha le orecchie e gli occhi pieni. Mi dico che sono stata fortunata, sono capitata con un funzionario di buon cuore. Eppure, capisco di non essergli simpatica, per un motivo ignoto, forse per quella aria di fiducia in me stessa, non mi lascerà andare facilmente. Va per le lunghe, lui cerca una scusa, io cerco di essere educata, umile, sorrido, ma sorriso e umiltà suonano falsi e peggioro ulteriormente la mia posizione. Adesso controlla la mia borsetta di medicinali. Tira fuori una scatola:

«Questo farmaco è proibito».

Parla piano, sottovoce, a fior di labbra, come se si stesse rivolgendo a qualcun altro.

No, non devo arrabbiarmi, non devo protestare o dare in escandescenze. Con ogni probabilità ha ragione lui, alcuni farmaci vanno ispezionati, ma quale questione in questo paese è regolata secondo norme precise? Guarda là, quella signora passa bella come il sole con tre enormi valigie.

L'ispettore ha fretta:

«Queste medicine vanno esaminate».

«E chi deve esaminarle?».

«Vanno messe da parte, torni domani, l'incaricato stasera non c'è».

«Forse che la gente non ha niente da fare? Come se fosse facile tornare qui!».

«Non mi riguarda, sono le regole».

«E dove sono scritte?».

«Sorella cara, se insisti confisco l'intero bagaglio».

La contesa è dura, uno di noi due deve cedere. Il passeggero dopo di me ha una valigia che sembra un forziere. È la quarta volta che va e viene dall'estero quest'anno, ma come se niente fosse, a capo chino cerca di passare per la dogana comodamente e furtivamente. S'è portato anche un televisore, oltre a cento paia di calzini per bambini e cento calze da donna stipate in una decina di sacchetti di nylon. Ovviamente ne fa commercio e deve pagare le tasse doganali. E invece si mette a supplicare e a pregare, io sono il suo umile servo, mi inchino, fa il dimesso, ma le sue storie sono frottole e le sue promesse solo bugie. L'addetto alla dogana capisce quella lingua, è abituato a questo genere di cose, sa bene quel che deve fare con quest'uomo. Comincia la battaglia della negoziazione, si tolgono una po' di tasse da una parte, si prega e si supplica dall'altra, finché arrivano a un accordo. Quei personaggi sanno come funziona.

Invece, con me l'ispettore si comporta diversamente. Crede che io sia supponente (magari lo sono) e pensa che, nonostante tutto quello che è successo con la Rivoluzione, mi dia ancora delle arie.

Ma io non ho intenzione di mollare:

«Caro signore, queste sono vitamine, ecco, è scritto qua, le vitamine sono consentite!».

Non mi risponde. Prendo la scatola e gliela agito davanti agli occhi:

«Sa leggere?».

Cattiva domanda, me ne pento. Lui mi guarda, mi guarda molto male. L'ho offeso. Parla con uno accanto a lui.

Un viaggiatore che sta aspettando il suo turno, stanco, mi dice:

«Signora, non ha ancora capito?! Se ne vada e torni domani!».

«Qui sta scritto: cloro, sodio, potassio, aminoacidi!» insisto.

Il viaggiatore mi grida dietro:

«Signora, la faccia finita, parla un'altra lingua? Sia lode al Profeta!».

Arriva un facchino a disturbarci, sussurrandomi all'orecchio:

«Cinque *tuman* e le faccio passare la borsa».

Non gli do retta, non pagherò il pizzo a nessuno, ho ragione io, o forse no, ad ogni modo intendo lottare e vincere. Perché? Non lo so. Non dipende da me. Forse è una specie di malattia, o un'abitudine antica ed ereditata.

Vedo Azadeh Derakhshan, è là che gira con le sue valigie, guardandosi intorno. Tutto è nuovo per lei. Indossa un soprabito troppo lungo, è chiaro che viene dall'estero, che è estranea a tutto ciò.

Alzo la voce, dico sciocchezze, l'ispettore replica stizzito:

«Sorella, non urlare, questo farmaco è proibito».

«No che non lo è!».

«Piantala, stiamo lavorando».

«Anche io ho da fare».

«Per cortesia, gli altri aspettano».

La pallina da ping pong gira nel mio stomaco. Venti a venti, siamo pari. Devo vincere. Azadeh Derakhshan balla dietro le mie palpebre. È lei che mi dà gli ordini. Le antiche urla risuonano nelle mie orecchie, sono gli studenti che gridano, tutti mi stanno osservando.

Una signora mi apostrofa:

«Signora, lasci perdere, è già mattina!».

«Lei non s'impicci!».

Quell'altra perde la pazienza e comincia a inveire urlando. Un signore anziano prende le mie parti con aria paterna. La signora litiga anche con lui. Il vecchio, la donna, l'ispettore e io, tutti litighiamo. Il facchino ripete:

«Cinque *tuman* e le faccio passare la borsa».

Allora urlo:

«Ma che vuoi, vattene, va' al diavolo, non te ne do neppure due!».

L'ispettore mi dice:

«Vada a farsi dare il permesso dal capo dogana».

Ah, bene, almeno sento un altro.

«E dove sta il capo?».

L'ispettore fa un cenno con le mani indicando dietro le sue spalle. Mi avvio. E il facchino dietro di me. L'ufficio del capo è lì attaccato, la porta socchiusa. Busso.

«Entri» mi esorta il facchino «perché bussa?!».

Non risponde nessuno. Esce un uomo che si allontana in fretta. Ribusso, toc, toc, toc.

Il facchino insiste:

«Ma cosa ti bussi, entra, non vedi che non c'è nessuno?».

Ha ragione, nella stanza non c'è anima viva. Adesso arriva un uomo con una lettera in mano, entra. Gli chiedo informazioni, ma lui scuote la testa, ha fretta. Una signora che aspetta fuori dell'ufficio accanto mi suggerisce di andare all'ufficio informazioni.

«E dov'è?».

«Nel corridoio c'è un telefono di servizio, può chiedere là».

«E a chi devo telefonare?».

«All'ufficio interno».

«Andiamo a telefonare, so come fare» interviene il facchino.

«Telefonare a chi?».

«All'ufficio interno».

«Ma dov'è questo ufficio? Che c'entra?».

«E io che ne so?».

«Ma sei scemo?».

Il facchino s'arrabbia, ha le vene del collo ingrossate:

«Perché offendi? Che caratteraccio, mi fai solo perdere tempo con la tua testardaggine!».

Vado verso il telefono gratuito, ma arriva anche un altro tipo che allunga le mani sulla cornetta:

«Mi scusi, tocca a me».

Ha più forza di me e mi spinge via con una spallata, mentre compone un numero.

Il facchino torna alla carica:

«Dai, dammene quattro e ti faccio passare la borsa».

Litigo di brutto. Il facchino è infuriato, gli si sono di nuovo ingrossate le vene del collo:

«Ma che carattere hai! Perché te la prendi con me, che c'entro? Mica sono il sindaco! Vai a litigare con lui, vediamo se ne hai il coraggio!».

Torno al banco della dogana, l'ispettore ha la testa abbassata. Ma la zuppa è sempre quella:

«È un medicinale proibito, non si può».

«Non è proibito, si può».

«Non si può».

«Si può».

Diciotto a diciotto. Venti a venti. Pari.

«Vada a compilare il modulo di reclamo».

«Certo!» dico.

«Adesso se ne vada».

«No».

Lui dice la sua, io dico la mia, io urlo, lui urla, ho il fiato corto. Ancora il facchino:

«Ma che c'è? Dell'oro in quella scatola? Lasciala nel deposito e torna domani, l'ispettore sta facendo il suo dovere, ha detto la sua, vuoi che perda la faccia davanti a tutti?».

«Eh?!».

«Vattene a dormire signora, riposati, ti stai ammalando, ti prenderai un colpo...».

Lo sguardo mi cade su Azadeh Derakhshan, è stanca e triste. Dopo una vita spesa a correre se ne torna a mani vuote.

Sono inondata da un senso di stanchezza, unito a un'ignota inquietudine, e da un vuoto profondo che mi stringono il cuore.

La foto di Azadeh Derakhshan è sul giornale della scuola. E io l'ho attaccata sul muro di camera mia. Domani c'è la gara di ping pong. La mia avversaria è una ragazza esile e priva di talento. La batterò. Sicuramente, ne sono certa. Ma non riesco a dormire: e se perdo?

Il facchino percepisce il mio improvviso senso di pesantezza e tira un sospiro. Scuote la testa con fare filosofico:

«Anche noi abbiamo le nostre liti a casa. Litigi sanguinosi. Il padrone di casa ci ha detto che dobbiamo sgomberare per fine mese. E dove andremo, gli ho chiesto? Mia moglie mi dà sempre ordini, mi ha detto vai a scrivere un reclamo. Ma il padrone di casa è in combutta con un gruppo di questi bulli da strada. È venuto da noi sbraitando, io gli ho dato un colpo di martello sull'orecchio, allora sono arrivati i bulli e, sia come sia, mia moglie si è ritrovata col cranio spaccato. Mia moglie è molto orgogliosa, basta dirle qualcosa che salta su come una furia».

L'ispettore della dogana è stanco. Sbadiglia, ha lo sguardo provato, la sua mente è altrove, ormai è tardi, quasi tutti i passeggeri sono andati via. Qualcuno lo chiama, se ne va e un altro prende il suo posto.

«Metta le medicine in borsa e andiamocene, non dica una parola» suggerisce il facchino.

Questo nuovo ispettore è all'oscuro di quanto è accaduto. Non ha niente contro di me. Getto la scatola delle vitamine sul tavolo e chiudo la borsa. La tristezza dell'ispettore precedente mi ha contagiata. È stata una vittoria, e una sconfitta, assurda. Un litigio sul nulla. Sono stanca, e questa stanchezza ha origini antiche, è frutto di sfide interne, di vittorie, di partite mai concluse.

Il facchino, brontolando assonnato, mette le mie valigie sul carretto. Non si capacita del mio comportamento. È quasi l'alba. Gli ispettori doganali schiacciano un pisolino, è appena arrivato il volo da Damasco e frotte di donne in chador nero stanno salendo le scale. E saranno di nuovo preghiere, suppliche, trucchi, inganni per un sacchetto di calze, richieste di denaro.

«Tutto questo teatro per che cosa? Ti sei complicata la vita per niente, mi davi quattro mila *tuman* e ti sistemavo la faccenda io, e mi facevi anche del bene!».

Forse.

«E poi perché non ti sei ripresa le vitamine? Volevi solo mettere su quella scena? Anche mia moglie vuole sempre litigare, entri in casa e si è già accesa!».

Prende i suoi soldi, ma non è contento, contratta, vuole di più:

«Serve un taxi?».

«Sì».

Salgo sul taxi, gli do l'indirizzo e chiedo quant'è. Adesso, così poi non dobbiamo litigare quando arrivo.

«È mia ospite». Il tassista fa i soliti complimenti di prammatica, poi fa un cenno a uno nei pressi.

Sono troppo stanca per controbattere, mi appoggio sullo schienale e m'addormento. Mi arriva l'odore del mattino, l'odore di una buona colazione, di un buon sonno nel mio letto, caldo e morbido. L'odore di ore oziose e riposanti.

Azadeh Derakhshan sta uscendo dall'aeroporto smarrita e vacillante. Guarda l'orologio al polso, sembra tormentata, sembra che stia litigando con un fantasma. Nón voglio guardarla. Giro la testa, sento che la sua presenza celata, le sue medaglie, le sue gare, calme e silenziose stanno uscendo da me, mentre al loro posto s'insedia una piacevole mollezza, una dolce pigrizia, una resa.

Un uomo apre la portiera anteriore del taxi e si siede:

«Sono di strada, scendo fra un po', col suo permesso».

Niente in contrario. L'autista dà gas, è di buon umore:

«Questo signore scende per primo e poi porto a casa lei. E poi vado a dormire anche io. La porterò a casa sana e salva. Un po' dopo, un po' prima, ma tutti arriveremo a casa!».

Via Vali 'Asr è pulita, spazzata dalla pioggia, fiancheggiata dai platani che ospitano i nuovi passerotti. Le montagne sono sempre quelle che conosco, seppur solcate da nuovi escursionisti. Il bus per Shemiran attende alla solita fermata, vicino alla vecchia fontana. Il passeggero dice qualcosa al tassista che annuisce e si ferma davanti a un forno. Il passeggero scende a comperare del pane fresco, ne offre un pezzo enorme al conducente e poi a me. Insiste. Il profumo del pane appena sfornato invade l'auto. Ho fame. Lo benedico.

Il sole del mattino, caldo e confortevole, scivola sulle mani del passeggero, sul sedile posteriore, sull'orlo della mia gonna, poi risale tranquillo per posarsi sulle spalle del tassista.

Siamo arrivati. Il conducente continua con i suoi complimenti di prammatica, che sono sua ospite eccetera; si chiama 'Ali Yekdast, ed è genuino come il suo nome. Ha un bel viso, capelli grigi e occhi umili.

Appoggia il mio bagaglio sulla soglia, mi dà il suo numero di telefono:

«Mi chiami ogni volta che ha bisogno, lieto di servirla».

Aspetta finché sono entrata ed è sicuro che sia sana e salva.

La porta si apre piano e una bella sensazione invade il mio corpo stanco, come una copertina calda e morbida da bambini. Dietro a questa porta (un'altra di quelle porte della misericordia!) mi aspetta un mondo sicuro e conosciuto. Mani gentili prendono le mie valigie. Il cane del vicino viene ad accogliermi e strofina il muso sulle mie scarpe, mentre 'Ali Yekdast chiude lo sportello del suo taxi, e ingrana la marcia, allontanandosi. Adesso sono tranquilla. Dalla mia mente scompaiono il volo Iran Air, la sua confusione, la sua generosità congenita, i viaggiatori furbescamente perdenti, le stancanti baruffe di prammatica, la gentilezza nascosta e i finti rancori. E scompare anche Azadeh Derakhshan, e la sua gara mai finita.

# *Madame Lupo*

Tutti noi, io, i bambini e le persone che vengono di tanto in tanto a trovarci, abbiamo una fifa blu dell'inquilina del piano di sotto.

La vita da esiliati, qui a Parigi, va di pari passo con mille ansie nascoste. Nutriamo un senso di colpa per essere arrivati dall'altra parte del confine, usurpando il posto dei nativi. Dietro una smorfia di sorriso e il nostro eterno schermirci nascondiamo una rabbia repressa che non osa palesarsi. Dentro di noi, l'umiliazione pungola e attende soddisfazione, forte di un orgoglio che ci è stato instillato 2500 anni fa e che ci fa guardare dall'alto, con distacco, gli accadimenti della civiltà e ogni cambiamento, protetti dalla convinzione che noi, eredi di Ciro e Dario, anche nei momenti di decadenza e rovina, siamo comunque superiori a tutti gli altri. Perché?! Dio solo lo sa. E se siamo caduti in disgrazia e dei nostri antichi fasti non son rimaste che briciole, beh è colpa vostra: di voi occidentali, di voi sfruttatori, cultori del denaro e delle apparenze.

Anche se nessuno di questi sospetti fosse fondato, una cosa è vera, che la mia infelicità dipende dalla tipa del piano di sotto che si aggira nelle nostre esistenze caotiche come uno spirito infausto, una presenza onnipresente. Non abbiamo il coraggio di uscire, di ridere, di parlare. Siamo appena arrivati, scaraventati in questa parte del mondo e all'oscuro di come funziona la vita in occidente, strappati dalla nostra grande casa con il giardino pieno di alberi e dal calore di famigliari e amici. Ci aggiriamo come sonnambuli meravigliandoci di come possiamo vivere senza scontrarci con gli altri o provocare loro fastidio. I miei figli, uno di quattro, l'altra di cinque anni, si sono trasformati in animaletti selvaggi. Sono agitati e sfogano le loro paure e inquietudini lanciando urla che spaccano i timpani, pestando i pugni o assestando dei calci ai muri e alle porte. Mio figlio picchia mia figlia, io picchio mio figlio e la vicina allora bussa alla porta. A volte batte sul soffitto con la scopa o con un bastone lungo, o grida dalla finestra «state zitti!». Oppure sbraita al telefono talmente forte che sento la sua voce non solo attraverso la cornetta, ma anche lungo il corridoio esterno. Quest'eco rabbiosa e assidua che sembra levarsi dai quattro angoli del mondo mi fa tremare il cuore come fosse la tromba che l'angelo suona nel giorno del giudizio universale, e sconvolge quel po' di senno e di raziocinio che mi sono rimasti.

Bussa alla porta, le apro, lo sguardo vergognoso e basso, fisso a terra, la voce mi trema mentre dico parole sconnesse; la mano che ho teso resta sospesa in aria, le gambe sono proiettate indietro, pronte alla fuga, mentre il corpo privo di volontà resta inchiodato sul posto. Sono tutte prove della mia colpevolezza. Prometto alla vicina che queste urla disumane non si ripeteranno più e che i bambini, nonostante non abbiano ancora mangiato (chi se ne frega), saranno immediatamente spediti a letto a calci, e io stessa, leggera come un moscerino, volerò senza posare piede per terra e rimarrò tre giorni e tre notti sotto il materasso o, in caso sia necessario, sotto il letto, in un silenzio mortale, e farò ogni sforzo possibile per obbedire alle leggi di questa nazione e osservare gli usi degli abitanti di questa città.

L'inquilina del piano di sotto, o, come dicono i bambini, Madame Lupo, non vuole che usiamo il terrazzino e annuncia la propria disapprovazione di continuo, urlandoci «Zitti!». Intima quest'ordine in modo così secco e perentorio da strozzare la voce nelle nostre gole e gelarci il sorriso sulle labbra. Smettiamo di usare il nostro spazio verde, chiudo immediatamente la finestra e mi dico che devo rimanere calma e paziente; con dolorosa umiltà inghiotto un mio orgoglio antico, soprattutto perché sono iraniana, accusata e già condannata per ignote colpe del passato, non ho alcun diritto di protestare. In questa città la gente non si siede sul balcone a chiacchierare e ridere, non spreca il proprio preziosissimo tempo in frivolezze e sciocchi passatempi; se si vuole vedere gli amici, certamente solo per discutere di politica, di filosofia e letteratura mondiale, li si invita al *café*, dove si affronta ogni questione, in gran fretta, mentre si trangugia il caffè. Questo mio ragionare persuade me, ma per i bambini è un'altra storia. Sono stati strappati dalle braccia delle nonne, delle zie materne e paterne, da un enorme serbatoio di amore, di gentilezze, di coccole, per essere esiliati in un luogo freddo, triste e privo di affetto e non riescono a capire questa enorme ingiustizia. Non stanno nella pelle quando sentono il suono del campanello alla porta o lo squillo del telefono, addirittura preferiscono l'arrivo di Madame Lupo al silenzio e all'isolamento che imperano sulla nostra nuova casa.

I francesi non aprono facilmente le porte delle loro case. Innanzitutto guardano per bene attraverso lo spioncino della porta, per vedere chi ci sta dietro. Poi chiedono con chi hanno a che fare e che cosa vuoi da loro. Una volta che sono ben sicuri, tolgono la catenella, aprono il primo catenaccio, poi il secondo catenaccio mentre intanto controllano ancora, poi chiedono di nuovo e alla fine con circospezione fanno capolino dalla fessura della porta aperta; se siete arrivati inattesi, vi congedano su due piedi, se siete venuti per una questione urgente, la discutono in fretta e furia rimanendo lì sulla soglia.

Casa nostra non ha catenacci né spioncini. Apriamo la porta veloci come il vento agli ospiti inattesi, senza fare nessuna domanda, e i bambini invitano chiunque a entrare, compresa Madame Lupo, mentre io accendo subito il gas sotto la teiera e corro sorridente ad accogliere chi sta aspettando sulla porta. Non mi piace parlare nel corridoio, preferisco che ci sediamo, prendiamo fiato, beviamo il tè e anche se ci sono lamentele di cui discutere lo possiamo fare a tempo debito. Ma l'inquilina del piano di sotto non ha tempo per queste cose. Viene su, bussa alla porta, grida e se ne va. Anche la custode del palazzo è della stessa pasta: viene, bussa, mi consegna la posta e sparisce. Anche l'incaricato della compagnia elettrica è come loro: viene, bussa, scrive e va via. Non si usa salutare né chiedere come va.

La vicina della porta accanto è una signora di mezza età. Non è villana, non si lamenta di noi e non bussa alla nostra porta. Ma sembra non ci sia proprio, noi non esistiamo e neppure lei. Di tanto in tanto la incrocio nell'ingresso o ci troviamo insieme in ascensore. Lei non parla e neppure io. Se la saluto mi risponde, se non lo faccio, rimane zitta. Esce presto di mattina e rientra stanca alla sera. La sua solitudine m'inquieta, mi trema il cuore all'idea che qualcuno possa essere così solo nella propria città. Almeno l'inquilina del piano di sotto è viva nella sua follia, litighiamo in continuazione e questo crea un qualche tipo di rapporto. Non passa istante che io non sia consapevole della sua presenza, e non c'è nulla nella nostra vita che possa essere nominato o descritto senza questa consapevolezza.

Ho iscritto i bambini all'asilo del quartiere e sono contenta che per tutto il giorno, dalle otto alle cinque, ci sia qualcuno che li tiene; oltre il cinquanta per cento della mia contentezza è dovuto al fatto che rimangono lontani da Madame Lupo. Vorrei che l'asilo rimanesse aperto anche di domenica e fino a notte inoltrata. Portare i bambini a scuola non è una cosa semplice, non ci vogliono andare, sono terrorizzati dalla maestra e dalla lingua che lei parla e che loro non capiscono. Le mattine sono buie, perlopiù piovose, noi siamo senza auto e dobbiamo camminare prima per un lungo viale e poi per tre traverse. I bambini piagnucolano per tutto il tempo. Arrivati alla seconda traversa, si fa vivo il mal di pancia quotidiano di mio figlio, che si aggrappa alle mie gambe e vorrebbe tornare indietro. Mi piange il cuore per lui, ma al pensiero di tornare a casa mi si materializza davanti agli occhi la faccia dell'inquilina, e la sua immagine sconfigge la mia apprensione materna. Mia figlia è insonnolita e confusa, dormicchia finché arriviamo alla porta della scuola. Si siede su tutti i gradini delle case lungo il percorso, sbadiglia, starebbe a dormire lì se la lasciassi fare. Riesco a portarla a scuola a forza di dolci e cioccolatini. Appena si siede le faccio vedere la carta azzurra delle caramelle, lei si alza e fa due o tre passi, ma una volta che le ha mangiate si siede di nuovo, si addormenta. Allora la prendo per il bavero e la trascino fino alla porta della scuola. Ci si mette anche la pioggia a infastidirci. Non so chi dei due riparare sotto l'ombrello, ma so che la sera devo aspettarmi tosse, starnuti, febbre, brividi e che tutti questi rumori trapeleranno attraverso le finestre, giungendo alle sensibili orecchie della signora del piano di sotto.

Se in Iran non ci fosse la guerra tornerei subito a casa, se non avessi paura delle bombe e dei razzi non starei chiusa qui un giorno di più. In verità, anche qui è un campo di battaglia, siamo costantemente in fuga o minacciati da armi invisibili puntate verso di noi. Da quella parte del mondo c'è Saddam Hussein, qui, a un passo, abbiamo Madame Lupo. Tenendo le mani alzate sulla testa, come prigionieri di guerra, ci siamo arresi a Madame Lupo, umiliati e pieni di vergogna. E quello che ci rovina e ci sottomette è non capire e non parlare la sua lingua. Nessuna arma è più potente delle parole e le nostre bocche sono invece chiuse. La vittoria della nostra nemica è possibile proprio grazie alle sue armi fatte di parole.

La vicina ha una nuova strategia. Ci fa pervenire una lettera ufficiale, dettagliata, simile a un avviso della direzione per le esecuzioni, contenente sette-otto ordini importanti: primo, coprire immediatamente il pavimento di parquet con tappeti spessi in modo da attutire il rumore dei passi quando camminiamo. Siamo diffidati dall'indossare scarpe, soprattutto se col tacco alto, e zoccoli di legno. Non possiamo sederci sul terrazzino. Non possiamo parlare in bagno e in cucina, perché gli sfiatatoi propagano i rumori. Non dobbiamo fare la doccia di mattina presto o di sera dopo le nove, né usare lo sciacquone. Non dobbiamo sbattere le porte degli sgabuzzini. Non dobbiamo produrre suoni a voce alta, tipo starnuti, tosse o singhiozzi. L'ultimo ordine, sottolineato in penna rossa, ci esorta a rimanere in casa il meno possibile e a passare molto tempo fuori.

Non c'è altra scelta che obbedire. Ricopro immediatamente i pavimenti con una moquette spessa e spugnosa. Camminiamo scalzi e invece di parlare bisbigliamo. Gli amici che ci vengono a trovare si tolgono le scarpe prima di entrare in casa: la nostra paura ha contagiato anche loro. Abbiamo accettato di rimanere prudenti e silenziosi negando le nostre volontà. A poco a poco ci siamo dimenticati che anche noi siamo esseri umani e che ognuno è libero all'interno delle proprie mura domestiche. Abbiamo ubbidito subito, senza fiatare, agli ordini della lettera, abbiamo accettato con facilità e naturalezza la tirannia di Madame Lupo. Non siamo abituati a difendere i nostri diritti e non sappiamo quali sono in questa regione del mondo. Non li conoscevamo neppure in passato, pensavamo che ciò che avevamo fosse più del dovuto, come un residuo di eredità da parte dei nostri antenati. Madame Lupo è consapevole della sua superiorità e ogni giorno affila i denti.

Di tutti i diktat, l'ultimo è il più difficile: passare fuori casa la maggior parte del tempo. E dove andiamo? La maggior parte dei miei amici sono artisti, scrittori, pittori, senza moglie né figli. Non hanno neppure grandi mezzi a disposizione, o grandi appartamenti con la possibilità di ricevere gli amici. Ognuno di loro vive in monolocali zeppi di libri, carta o pennelli, colori e cavalletti. Le loro case non sono certo adatte a ospitare bambini. E quelli che hanno famiglia ne hanno già abbastanza dei figli loro, certo non hanno la pazienza di avere altri bambini intorno.

L'unica via di fuga, di rifugio, è il parco. Davanti a casa nostra c'è un parco male in arnese, luogo d'incontro delle vecchie del quartiere e dei camerieri arabi. Di notte ci si radunano gli ubriaconi a contare le elemosine che hanno raccolto durante il giorno. Odio questo parco, mi deprime, gli unici giochi che offre ai bambini sono una buca di sabbia e uno scivolo tutto ammaccato. I giardini del Lussemburgo sono molto belli ma lontani, è rischioso spingersi lontano nel tempo incerto di Parigi. La pioggia arriva d'improvviso, e noi, non abituati a ombrelli e cappelli, rimaniamo nudi e senza riparo, costretti a cercare rifugio per ore in un grande magazzino, per poi tornarcene bagnati fradici e a mani vuote. Per somma sfortuna piove tutte le domeniche e siamo costretti a rimanere in casa. Vorremmo andare sul nostro balconcino, ma l'ultimatum della vicina ci ha privato anche di questa possibilità.

Le ore più felici sono quelle in cui i bambini dormono, le luci del piano di sotto sono spente e sono arrivate due o tre lettere da diversi posti, scritte da parenti e amici raminghi in varie parti del mondo. Non le leggo subito quando arrivano, le lascio per la sera, quando sono a letto con una tazza di caffè bollente e l'amata sigaretta. La prima lettera è di Leila, che vive a Tehran, felice e contenta: i figli vanno a scuola, hanno duemila amici e girano nei giardini, nelle vie, nelle piazze senza paura della guerra e delle bombe. Leila lavora, non si spaventa per il *hejab* islamico, ogni sera va a casa di qualcuno o lei stessa organizza decine di ricevimenti.

La seconda lettera è di Dario A., una lettera così triste e amara che mi fa piangere. È disoccupato e senza soldi. Suo figlio è scappato. Gli amici sono spariti. Ha davanti un futuro così nero che ne sono devastata.

La terza lettera è del signor K., un reportage puntuale e densissimo di avvenimenti negativi. Hanno ucciso il nipote, figlio di un suo fratello, la cui madre ha tentato due volte di suicidarsi. I prezzi sono saliti alle stelle, presto tutti moriranno di fame. Tutte le notti gli immigrati afghani attaccano le case e decapitano donne e bambini, vecchi e giovani. I russi si sono accordati con gli americani e la balcanizzazione dell'Iran è ormai certa. I figli del giardiniere Mashhad Akbar si sono arruolati nel Komiteh del quartiere Mahmoudieh e hanno intenzione di confiscare i beni e la casa di K.

L'ultima lettera è di mia madre, lunga parecchie pagine e sembra la sceneggiatura di un film di basso livello, piena di azioni, controazioni, contraddizioni. Le persone nella lettera sono oltremodo fortunate e oltremodo disgraziate. Ricevimenti, passeggiate, spassi e divertimenti sono senza fine; tutti sono circondati da amici, mangiano e bevono e augurano ogni bene alla Repubblica Islamica. Poi, giro pagina e le righe successive raccontano una storia di privazioni; non c'è luce elettrica, non c'è acqua, la carne non si trova, è arrivato il colera, non ci sono medici né medicinali, non c'è sicurezza, non ci sono poliziotti né guardie, la vita è cara, c'è carestia, sono scesi due metri di neve e non si trova combustibile, fa un freddo assassino e, quel che è peggio, lei sta male da sola, le mancano i nipoti. La lettera si chiude con maledizioni all'Europa e a Parigi, e riprende la tesi secondo cui in Iran c'è tutto, e che la cosa migliore è essere padroni a casa propria, senza stendere le mani agli stranieri, e tutti quelli che se ne son andati hanno sbagliato, e riprende a parlare di ricevimenti, di cibo e divertimenti. In chiusura, si annuncia, con mossa tipica di mia madre, che lei intende vendere la casa e tutto quello che ha e che non ha, e trovarsi un angolo di mondo dove poter vivere in pace i giorni che le restano.

È tardi. Ma non ho sonno. Mia figlia ha preso la varicella e scotta per la febbre. Sono preoccupata e non so a chi chiedere aiuto. Vorrei scrivere qualcosa ma la penna non funziona. Sfoglio il libro che ho in mano, leggo una pagina, mi accorgo che non ritengo in mente neppure una parola. Sono due giorni che piove ininterrottamente. Magari venisse qualcuno a trovarmi. D'inverno a Tehran, anche se fa molto freddo, c'è il sole e Leila mi ha scritto delle passeggiate al venerdì mattina. Vanno tutti in montagna e si fermano a far colazione in un caffè lungo la strada. Dario A. ride a queste parole e mi scrive che perfino le montagne sono in lutto e il cielo fa ricadere neve nera sulle teste della gente.

I bambini dormono, hanno la febbre. Ho il cuore pesante. Vorrei che qualcuno venisse a trovarmi. Mi dico che devo tornare a casa. Nella mia città almeno c'è la mamma, le zie e gli zii cui posso chiedere aiuto. Non c'è nessuno che abiti sotto e neanche sopra la mia testa. Non ho paura dei vicini e posso anche urlare a casa mia. Saltare. Ridere. Piangere. Ballare. Domani stesso rientro. Il signor Dario A. è il solo che mi raccomanda di restare qui, dicendo: «mia cara, dov'è che saresti libera a casa tua? Non hai diritto di respirare, parlare, pensare, vestirti, mangiare, perfino andare al gabinetto se non in accordo alle regole e ai principi stabiliti dall'alto. Perfino l'accoppiarsi, l'innamorarsi o il morire non sono azioni libere, ogni monento, ogni attimo della vita è stato preregolato».

Che debbo fare? Tornare o restare?

Bussano alla porta. Faccio un balzo e rimango in ascolto: chi può essere? Il campanello è rotto, stanno battendo con il pugno. Il cuore mi balza in gola, dev'essere una brutta notizia, ne sono certa, e penso a mille disgrazie: è successo qualcosa a mia madre; hanno arrestato mio fratello; è la polizia; è un amico che è scappato via. Il libro mi cade di mano, inciampo nel filo della luce. Agitata, indosso una vestaglia sopra la camicia da notte. I bambini dormono, chi può essere?

«Arrivo!» dico in persiano, poi in francese. In affanno, apro la porta: chi?! È Madame Lupo del piano di sotto. Non me l'aspettavo proprio, a quest'ora della notte di solito dorme e non ha certo motivo per salire da me.

Rimango lì, confusa, ho la sensazione di essere impallidita. Il cuore continua a battere, sono imbarazzata dal mio impaccio e dal mio balbettio. Vedendo il mio nervosismo Madame Lupo s'illumina:

«Che c'è? Che state facendo?!».

«Come?!».

«Che cos'è tutta questa confusione?».

«Che confusione?!».

Sono abituata a darle ragione, per cui penso che, certamente, i bambini si sono svegliati e stanno facendo baccano. Faccio due passi in direzione della loro camera. Mi fermo, tendo l'orecchio. Silenzio totale. Due più due fa quattro: non c'è bisogno di conoscere il francese o la cultura occidentale o orientale. Questa è semplice logica umana. Non c'è nessun rumore a casa mia e l'inquilina di sotto si sbaglia. Questa volta non mi sottometto, perché ho ragione, e questo aver ragione mi dà una forza e un coraggio ineguagliabili. Alzo la testa, la voce mi esce per chiedere:

«Quale confusione?!».

Madame Lupo non s'aspettava una reazione e rimane inchiodata sul posto. Fa capolino nel mio appartamento e getta un'occhiata perplessa. Chiedo a voce più alta:

«Quale confusione?!».

L'imbarazzo di Madame Lupo mi rende più audace. Improvvisamente l'antica rabbia che avevo nascosta nelle budella risale e si espande nel mio corpo come se fosse febbre. M'incendio, sudo e caccio un urlo. L'inquilina non se l'aspettava, rimane di sasso. Divento più audace, faccio un passo avanti, le mie viscere sono in trambusto, per la prima volta la vedo per quello che è. Avevo un'altra immagine di lei, la facevo più vecchia e decrepita, con le corna e la barba, una specie di Dracula dai denti aguzzi. Niente di tutto ciò. Ha la mia età, alta come me, stessa corporatura, capelli castani e corti, unticcia e sporca, e l'abito che indossa, diversamente dalle altre donne francesi, non è elegante né in ordine. La bocca è segnata da due profonde rughe ai lati che danno al viso un'espressione amara. È stanca e nervosa ed è incinta. Assomiglia a tutte le donne tristi che vanno di mattina presto al lavoro e di sera, stanche e scoraggiate, si addormentano davanti alla televisione.

Nel mio francese approssimativo le spiego che i bambini stanno dormendo e che anche io sono a letto; improvvisamente mi viene in mente di dirglielo nella mia lingua, o in inglese, che conosco meglio. I francesi hanno paura della lingua inglese, che con orgoglio infantile e insistenza anacronistica si rifiutano d'imparare; ma si tratta solo di una posa, perché nel loro intimo sono innamorati dell'America e degli americani.

Apro la bocca, ed è come se potessi volare. Davanti alla mia porta non c'è più nessuno, sono fluente come un usignolo, nuoto nell'oceano dell'eloquenza. I miei pensieri scorrono all'unisono con la parola, non devo più abbreviare le frasi per renderle più semplici. Ho voglia di tenere un discorso. Sono inebriata dalla mia eloquenza. In inglese riesco anche a imprecare, e lo faccio, non so se Madame Lupo capisce il significato delle mie parole, ma non è importante. L'inquilina del piano di sotto capisce la prosodia del mio discorso, lo sfolgorio del mio sguardo, l'aggressività del mio comportamento, che la convincono che deve togliersi dai piedi; se osa presentarsi di nuovo davanti alla mia porta il pezzo più grande che resterà di lei sarà la punta delle sue orecchie. Donnetta mangia-merda, sudicia, miserabile, stupida, ignorante. Grido. Gesticolo, alzo i piedi come se volessi tirarle dei calci. Più grido e più Madame Lupo sembra farsi piccola, sembra una pecora che sta per offrire la testa; sento che sono io ad avere le corna e la barba, assomiglio a un drago e questo mi mette di buon umore. Se potessi me la mangerei in un boccone. Ha ha. La ficco in forno. Ha ha ha. Continuo ad attaccarla. Madame lancia dei gridolini soffocati, indietreggia verso l'ascensore. Ma non voglio lasciarla andare. Dio solo sa cosa sto dicendo. Mi beo della mia dimostrazione di forza, avrei voglia di andare al piano di sopra, bussare alle porte e lamentarmi di tutti, dare ordini a tutti, dire che non hanno diritto di parlare, di andare fuori, e graffiare le loro facce.

Appena si apre la porta dell'ascensore l'inquilina del piano di sotto si butta dentro, ansimante, e scompare. Letteralmente, scompare. Il giorno dopo, in quelli successivi, il mese dopo e nei mesi successivi di lei non c'è notizia. Sembra si sia dissolta, o sprofondata nel sottosuolo. Un bel po' di tempo dopo, c'incontriamo nell'ingresso, vicino alla porta principale del condominio, entrambe volgiamo subito la faccia dall'altra parte, e ci allontaniamo. Gli unici ricordi di lei che mi rimangono in mente sono il suo ventre prominente e i suoi occhi stanchi: deve essere alla fine della gravidanza.

La vita, priva delle presenza ingombrante di Madame Lupo, prende una piega normale. Camminiamo in casa con le scarpe, parliamo tranquilli e senza paura. Addirittura, quando c'è il sole, ci sediamo sul terrazzino e ridiamo tranquilli e senza timore. I bambini si sono calmati, l'ombra di Dracula non incombe più su di loro. Usciamo quando ci pare e non siamo costretti a rimanere fuori.

Ed ecco l'estate, una mattina vengo svegliata dal pianto monotono di un neonato. Mi metto in ascolto, il pianto viene dal piano di sotto, e me la rido. Adesso è Madame Lupo ad essere intrappolata, è il suo turno di strepiti e notti insonni.

Passano gli anni, e noi pensiamo ancora di tornare in Iran. I bambini sono cresciuti, e non fanno più storie per andare a scuola. Ci vanno da soli, e da soli tornano a casa. Le loro ansie sono diminuite e la paura dell'inquilina del piano di sotto è scomparsa.

È l'inizio dell'autunno, una di quelle domeniche così: il cielo imbronciato, tira un vento gelido. I bambini sono a casa, più tardi arrivano degli amici. Vado a far spese in uno di quei negozietti arabi che non chiudono mai. Passo accanto al parco degli accattoni. Mi cade l'occhio su Madame Lupo, seduta su una panchina, lo sguardo fisso su un punto lontano. Ha freddo, s'è tirata su il bavero del cappotto, le spalle contratte. Sulle ginocchia tiene un libro semichiuso. Fra le dita le è rimasta una sigaretta quasi spenta. Al solito, i capelli sono unti e incolti. La gamba destra è allungata, il piede è uscito dalla scarpa. Il figlio sta giocando nella buca di sabbia. È talmente triste e depressa che mi fa pena. Mi chiedo che ci faccia in quel parco malandato, con quel freddo pungente e mi viene in mente la sua lettera. Senza dubbio qualche coinquilino s'è lamentato di lei, e le ha imposto di far giocare il figlio fuori di casa. Capisco che qualche altra Madame Lupo ha affilato i denti contro di lei e ne sono rattristata. In questo bel condominio di fronte a un giardino e una chiesa, abitano una decina di pecore vestite da lupo che si rinfacciano le proprie miserie. Lupi tristi, disperati, con desideri piccini e aspettative illuse stanno in attesa di giorni migliori.

Mi chiedo se le cose potrebbero essere diverse. È possibile? Si deve sempre essere pecore o lupi e continuare con questi bisticci?

Mi cadono sulla faccia un paio di gocce di pioggia; mi affretto. L'inquilina del piano di sotto continua a stare lì seduta, immobile e con lo sguardo perso. Sotto un albero c'è un mendicante ubriaco, dorme, o forse è morto. Nessuno ci fa caso. Mi affretto. Penso agli ospiti che stanno per arrivare, e nel trambusto della spesa, di quello che devo preparare per la sera, mi dimentico della domanda che mi sono fatta poco prima.

# *I fiori di Shiraz*

Madame Yelena è una istruttrice di ballo, ha una scuola in via Naderi, vicino al negozio di *pierogi* Khosrovi. Qui si possono imparare tutte le danze del mondo: classica sulle scarpette a punta, balli folcloristici (lezgi, armeni, arabi), danza moderna americana stile Fred Astaire, balli africani e indiani, danze spagnole con le nacchere.

I Fiori di Shiraz è il nome di un gruppo di ballerini che farà uno spettacolo al Teatro Cultura: prima lì e poi, il venerdì, al Teatro Metropole.

Io e le mie amiche siamo Fiori di Shiraz: fiori cicciotti, magri, alti, capelli ricci, capelli lisci, pelle dorata. Fiori di ogni specie, di ogni colore, pieni di allegria. Frequentiamo la scuola di danza per puro divertimento. È il 1953 e siamo alle superiori. La città è in subbuglio, dimostrazioni, arresti, sparatorie. Dicono che il Primo Ministro, il dottor Mossadeq, si è alleato con i comunisti. Dicono che lo Shah è prigioniero nel suo palazzo. Dicono che l'imperatrice Soraia è fuggita dall'Iran.

Vera o falsa, ogni giorno si sparge una nuova notizia, e tutte queste voci, nel caldo dei quaranta gradi estivi, scompigliano i Fiori di Shiraz, ci agitano, ci rendono frenetiche. I nostri genitori sono in pensiero, e non ci danno il permesso di andare in bicicletta sui colli di Elahieh o di passeggiare in via Istanbul o Lalezar, ma i loro divieti non ci toccano, non li ascoltiamo. Siamo diventati grandi e abbiamo mille pretese.

Mi sono liberata dalle opprimenti lezioni di pianoforte e ne sono felice. Hanno mandato Dio sa dove il vecchio piano malandato, come un elefante malato, salvando la mia vita, quella dei maestri di pianoforte e di tutto il mondo musicale. La lezione di ballo a scuola di Madame Yelena è invece un'ottima scusa per uscire di casa. Via Istanbul e via Lalezar sono due viali paradisiaci che attraversano i nostri sogni e la nostra immaginazione, pieni di promesse deliziose e di eventi magici. Ci sono negozi di abiti (biancheria per signora, abiti trasparenti, con lustrini e paillettes, pizzi e fiocchi) e cinema con immagini di attori stranieri; via Berlino, con il suo indaffarato trambusto di bulli, perditempo e quelli che danno i pizzicotti; la libreria Ma'refat in fondo a via Lalezar, fornitissima di letteratura e poesia internazionali, zeppa di libri, con tutte quelle parole, con tutti quei pensieri, con tutta quella felicità, che ci sbalordiscono, ci confondono e ci fanno venire voglia di crescere il più in fretta possibile.

Un'ora prima della lezione di ballo ci troviamo all'inizio di via Pahlavi e corriamo al negozio di sandwich André. I Fiori di Shiraz hanno un appetito incredibile e si fanno fuori un paio di panini con gli affettati. Facciamo anche tre. Poi percorriamo a piedi via dello Shah fino a Naderi e ci cacciamo in fretta e furia nella bottega di *pierogi* Khosrovi: non possiamo fare a meno dei *pierogi*. Buttiamo giù l'ultimo boccone senza masticarlo e senza fiato arriviamo finalmente a scuola di ballo.

Siamo in ritardo e Madame Yelena s'arrabbia. Ci cambiamo in fretta ed entriamo in aula fra la puzza di aglio, cetrioli sottaceto e salame. Madame Yelena dice che i Fiori di Shiraz dovrebbero emanare buon odore e noi invece puzziamo. Contrariamente a noi, ci sono anche dei fiori che hanno un interesse serio per la danza e per l'allenamento. Riescono a sollevare le gambe portandole vicine alla testa; possono inarcarsi all'indietro toccando le ginocchia con la testa. Riescono a piroettare sulla punta dei piedi muovendo le braccia su e giù. Io e le mie amiche non siamo capaci di fare nessuna di queste cose. Abbiamo la pancia piena e ci manca il fiato. Non riusciamo a piegarci né a sollevare le gambe in alto. Mitra ha il singhiozzo e Madame Yelena, arrabbiatissima, pesta i piedi per terra. Si asciuga il naso col fazzoletto di pizzo, che poi nasconde tra le pieghe del suo vestito e sull'aria di una melodia armena che sua figlia sta suonando al piano, scandisce:

«Civettuole, ragazze, civettuole; graziose ragazze, graziose!».

E noi, Fiori di Shiraz, con le pance piene di *pierogi*, facciamo le civettuole e piroettiamo intorno a noi stesse.

Madame Yelena ha cucito con le sue mani l'abito per ciascuna di noi, di stoffa e cartone, diverso a seconda del fiore che rappresentiamo. Io sono un tulipano. Ho una gonna corta al ginocchio e la cintura contornata di petali fatti di cartone. La testa mi esce a fatica dai petali, è un abito decisamente ridicolo. Mi sembra di essere in trappola, non riesco nemmeno a respirare. Mitra, collo lungo e capelli raccolti in una coda di cavallo, è un chiodo di garofano: l'abito è a petali corti che arrivano fino al collo, e la fa sembrare un'oca che sporge la testa fuori dall'uovo.

Madame Yelena ha deciso che l'esibizione dei Fiori di Shiraz sarà accompagnata dalle musiche e dalle liriche di Rahi

Mo'aieri. Noi Fiori di Shiraz siamo amanti della poesia e dei libri, e quando ci arriva alle orecchie il nome di Rahi Mo'aieri non stiamo più nella pelle. Il giorno che viene in classe nostra diventiamo di mille colori mentre emaniamo languidi sospiri. Parivash simula uno svenimento, Mitra scoppia in lacrime. Io mi sono portata un paio di grossi volumi, che ho sistemato sottobraccio, e sfilo dinanzi a lui. Rahi Mo'aieri è alto, con gli occhi verdi, e ci guarda come se fosse innamorato di ciascuna di noi. Almeno questo è come la vediamo noi. I Fiori di Shiraz ora si attorcigliano di gelosia e rivalità e mordono rabbiosamente il panino al pollo. Si è deciso che ci sarà qualcun altro a recitare le liriche di Rahi Mo'aieri al microfono, un tipo dal nome lungo e impronunciabile, con gli occhi tondi e neri, il quale, ogni volta che ci avviciniamo, ci molla dei pizzicotti sulle braccia o alla cintura. I Fiori di Shiraz si tengono ben lontani da lui.

Madame Yelena, oltre ai corsi di ballo, ne ha aperto anche uno di scherma. Il maestro d'armi è un giovane in scarpe e giubba bianchi e calzoni così attillati che non riesce neppure a sedersi. Rahi Mo'aieri sparisce dai nostri pensieri, ora siamo tutte innamorate del maestro di scherma.

I Fiori di Shiraz s'interessano anche di politica e di dibattici politici. Io e altre due teniamo per il dottor Mossadeq. Altre tre di noi sono invece pro Shah. Jena M. è una *tudehi* e sta con i poveri. Dice che il padre fa il minatore e che la madre è stata arrestata per aver distribuito propaganda antigovernativa. È una fanfarona, crede che noi tutte siamo delle somare. La suola delle sue scarpe è bucata, ma l'ha bucata lei, e si è anche sfilacciato l'orlo della sottana. Vuole andare in Russia e unirsi al corpo di ballo sovietico.

Madame Yelena ci ha proibito di fare politica durante le lezioni, noi obbediamo, ma alla prima occasione ne parliamo tra di noi. Le sostenitrici dello Shah stanno nell'ultima fila, e ci danno dei calci da dietro.

In classe c'è anche una ragazza col broncio perenne, che parla poco, si chiama Gol-e Mariam. Prima di iniziare a ballare facciamo mezz'ora di stretching e di esercizi propedeutici. Gol-e Mariam partecipa a questa attività, ma non le piace ballare e non è tipo da «ragazze fate le civettuole». Si mette da parte a guardare e Madame Yelena la lascia fare. È un'amante di libri e giornali, ha sempre la borsa piena di carte e riviste. Mi piacerebbe molto parlarne con lei, ma non mi dà corda. Viene accompagnata da un'auto con l'autista privato e non prende parte alle nostre discussioni politiche. Non mangia neppure i *pierogi*. Non piace agli altri Fiori di Shiraz, che non la degnano di sguardo: una che arriva e se ne va con l'autista privato, che non prende parte alle discussioni politiche, che non fa cagnara non è pane per i nostri denti, è di un'altra razza.

Abbiamo dieci minuti di pausa ogni mezz'ora di esercizio. Gol-e Mariam li impiega sedendosi in un angolo a leggere un libro. Mentre legge sbatte rapidamente le ciglia e si morde le unghie. È pallida e magra, con grandi occhi scuri e lunghe ciglia. È bella, di una bellezza particolare. Sembra mezza europea, mezza francese o mezza russa. Anche il nome è bello, Tuberosa, ha la pelle candida come le tuberose e, contrariamente ai Fiori di Shiraz, emana un buon odore. Madame Yelena l'adora e non capisce perché non voglia ballare in pubblico.

Vorrei proprio saperne di più su di lei. È troppo silenziosa. Troppo solitaria. Mi dico che devo fare amicizia e attaccare bottone con qualche scusa. Ma come? Arriva giusta per la lezione e se ne va via subito. Nessuno sa dove abiti né ha il suo numero di telefono. Però ho notato che, anche se non si interessa alle discussioni, non è invece indifferente alle barzellette e alle storielle che racconto. Soffoca le risate nascondendosi dietro al libro. Capisco che presto questa ragazza mi darà semaforo verde. Ho ragione.

Sono all'incrocio di via Pahlavi, aspetto l'autobus per Shemiran quando una macchina mi frena davanti. Gol-e Mariam è seduta vicino al finestrino e mi fa un cenno con la testa: questa ragazza è proprio incapace di sorridere! Mi invita a salire. Benissimo! Andiamo nella stessa direzione, viviamo tutte e due nel quartiere Mahmoudieh e casa sua è sulla discesa del Parco Ferdousi. Sarò passata cento volte in bicicletta su quel pendio e non l'ho mai vista. Sembra non esca mai di casa. Sono in amicizia o almeno conosco ragazzi e ragazze d'ambo i lati del parco, Homaiun e Parviz sono i due belloni più famosi della zona, glieli descrivo.

«No, non li conosco» dice, aggrottando le sopracciglia.

«Oggi pomeriggio andiamo in bici con i miei cugini e qualcuna dei Fiori di Shiraz, partiamo da Parco Ferdousi verso le colline di Elahieh, tagliamo per i campi, andiamo fino al ponte Rumi e poi torniamo indietro».

Rimane zitta e cerca qualcosa nella tasca del vestito. Una macchina accanto suona il clacson, stipata di ragazzetti magri e brutti che guardano me e Gol-e Mariam ridendo. Agitano le mani fuori del finestrino, tengono la sigaretta tra le dita, sbuffano il fumo verso di noi. Gol-e Mariam arretra sul sedile, batte la mano sulle spalle del suo autista chiedendogli di accelerare. I ragazzi ci fischiano dietro e ci salutano con la mano. Poi danno gas, e s'affiancano a un'altra macchina.

«Vieni con noi in bici?».

«No, mio padre non mi dà il permesso». E arrossisce.

«E al cinema? Al cinema Bahar, quello vicino al ponte di Tajrish, danno un film americano».

Scuote la testa. Non sa dove sia il cinema Bahar e non sa che cosa stia succedendo nel mondo.

«Non importa, non dirlo a tuo padre!».

Mi guarda allibita, sembra che dalla mia bocca sia uscita la peggior parolaccia al mondo. Mi spiega che il suo è il miglior padre che esista e che fa bene a essere severo. In vita sua non gli ha mai detto una bugia e mai lo farà. La bicicletta non ce l'ha. I ragazzi del quartiere sono sciocchi e sfacciati. Le colline di Elahieh sono deserte e pericolose, piene di gente matta e di uomini viziosi. La parola viziosi le piace, la ripete due volte.

«Come vuoi, noi ci andiamo perché ci piace moltissimo!».

Casa mia è in via Pahlavi, prima della fermata del bus di Mahmoudieh. Gliela indico, guarda con la coda dell'occhio, forse si aspetta che la inviti, ma non ne ho proprio voglia. Questa ragazza è di un'altra razza, troppo riservata e timida, i Fiori di Shiraz scavalcano muri e ostacoli, amano la vita e hanno grandi progetti.

La città è in subbuglio. Si sentono grida, il suono dei clacson delle macchine è un delirio. Un gruppo grida slogan in difesa del dottor Mossadeq. Madame Yelena chiude il catenaccio della porta d'ingresso e non dà il permesso di uscire a nessuna. I genitori delle ragazze suonano, si vengono a prendere le figlie. Nessuno è contento che continuiamo ad andare a scuola di ballo o che giriamo per le strade in questi giorni e in queste condizioni, ma prediche e minacce non funzionano. Il concerto dei Fiori di Shiraz è un avvenimento importante e dobbiamo partecipare. Gol-e Mariam sta aspettando la sua macchina, ma dell'autista non c'è traccia. Telefona a suo padre, apprende che la strada da Shemiran al centro è bloccata. Bisogna aspettare, non c'è scelta. Lei ha paura e l'ansia la fa avvicinare alle altre ragazze; qualsiasi cosa facciamo, la fa anche lei.

Madame Yelena accende la radio della sala, sentiamo che ci sono stati spari in piazza Baharestan, alcune persone sono rimaste ferite. Forse ci sono anche dei morti. Quelle che sostengono lo Shah ci sputano addosso, stiamo per venire alle mani. Mitra-chiodo-di-garofano tira fuori dalla borsa il giornale, che riporta un sacco di foto del dottor Mossadeq, lo arrotola e lo dà sulla testa a Parivash, che è una sostenitrice dello Shah. Parivash approfitta della situazione per piazzare un calcio sullo stinco di Gol-e Mariam; allora io, che la difendo, prendo Parivash per il colletto e la spingo via. Madame Yelena ci richiama all'ordine battendo le mani, sventola il fazzoletto di pizzo e grida:

«Buone!».

È talmente arrabbiata che le viene un accesso di tosse.

Bussano alla porta, è il signor Javad, l'autista di Gol-e Mariam. Ha parcheggiato lontano, è venuto fino qui a piedi. Gol-e Mariam dice a Madame Yelena che possono darmi un passaggio. Io telefono a mia madre, le dico che non sono sola, che non stia in pensiero; lei parla col signor Javad e gli fa mille raccomandazioni.

Il trambusto s'è acquietato, via Istanbul è calma. Ci avviamo, abbiamo un bel po' di strada per raggiungere la macchina di Gol-e Mariam. Il negozio di *pirogi* Khosrovi è chiuso, la maggior parte dei negozi ha le saracinesche abbassate. Non siamo neanche arrivati all'incrocio di Lalezar che vediamo dei gruppi di persone armate di mazze e bastoni, a piedi o stipati su un camion, che hanno bloccato le strade. Siamo davanti al cinema Maiak:

«Correte dentro!» ci dice il signor Javad. Ci spinge dentro, compra tre biglietti e ci segue. Il cinema è pieno, non ci sono sedili disponibili e il film è già cominciato. Avanziamo a tastoni finché non arriviamo alla prima fila, e ci appiattiamo sul muro. La maggior parte degli spettatori è in piedi e grida slogan antibritannici. È un film politico, sulla vita di Churchill, l'attore sembra un maiale; è seduto a tavola, mangia e intanto butta grandi pezzi di carne al suo cane, nonostante ci siano inglesi che muoiono di fame. Gli spettatori agitano i pugni chiusi in aria, le loro grida «O Mossadeq o morte» scuotono la sala. Anche Gol-e Mariam trema, mi stringe forte la mano, vede che anch'io e il signor Javad gridiamo «evviva» o «abbasso» e non sa che fare. È timida e si vergogna, non ha coraggio di esporsi in questo modo. Trova una sedia libera, si siede. Entra la polizia, si sentono i fischi dei poliziotti e le luci della sala si accendono. Interrompono la proiezione, la gente protesta, stanno per fare a botte, il signor Javad prende Gol-e Mariam e me per mano e usciamo. Gol-e Mariam ha le guance rosse e il viso sudato, è preoccupata per il padre e ha fretta di rientrare a casa. Non nomina mai la madre. Osserva con terrore e meraviglia le foto degli attori, la gente, qualsiasi cosa che le stia intorno. Le donne le sbattono addosso e i bambini la scalciano, non ha idea di come difendersi, non sa come liberarsi dalla calca o come rispondere per le rime ai ragazzotti che danno pizzicotti. I Fiori di Shiraz invece girano con dei lunghi aghi e se un uomo osa allungare le mani e toccarle sul petto o sui fianchi lo infilzano.

È un pomeriggio pieno di eventi. Si sta facendo buio, fra un po' sarà sera, e io penso che avevo in programma di andare al ponte di Tajrish. Il luogo d'incontro con i miei amici è di fronte alla gelateria Vila. Chiedo a Gol-e Mariam se vuole venire con noi.

«Dove? Con chi?».

Scuote la testa.

«No, mio padre è solo».

Quando finalmente arriviamo alla macchina e ci saliamo, mi ripete che a suo padre non piace che lei frequenti uomini sconosciuti, che qualcuno si immischi nella loro vita tranquilla, non gli piace che lei perda tempo in modo frivolo e… lungo tutta la strada fino a Shemiran parla di suo padre. È tutta eccitata e surriscaldata, gli eventi di oggi per lei sono inusuali, il suo corpo è in ebollizione. Le scottano le mani e ansima. Le si è sciolta la lingua, vuole raccontarmi tutta la sua vita prima di arrivare alla fermata del bus a Mahmoudieh. In realtà la sua vita non è un granché interessante, parla sempre del padre. Questo padre, che è il migliore del mondo, è un medico, ma sono anni che ha chiuso lo studio e non riceve più nessuno. All'inizio odiava la professione medica, avrebbe voluto studiare filosofia, ma suo padre, cioè il nonno di Gol-e Mariam, s'era messo di traverso. Era stato anni all'estero, aveva vissuto in Francia, in Svizzera e in Belgio; sapeva parlare diverse lingue e aveva letto migliaia e migliaia di libri. Quand'era tornato da Parigi aveva trasformato un piano della casa in studio medico. Ma poi era successo qualcosa di brutto. Molto brutto. Una paziente, una ragazza giovanissima, aveva una malattia nervosa, non mangiava nulla, non dormiva, piangeva sempre. Una notte aveva inghiottito tutte le sue pillole antidepressive ed era morta. Il padre ne era uscito pazzo, si dava la colpa di quel gesto, era entrato in lutto per la paziente e aveva chiuso l'ambulatorio. Era andato in pensione. Ogni notte sognava la paziente, gli sembrava di sentirne la voce, s'intratteneva col suo fantasma. Un parente conosceva un medium in grado di parlare con gli spiriti e il padre lo aveva invitato per evocare il fantasma della ragazza. Aveva detto che stava bene, che era in un posto bellissimo.

Incredibile: a casa mia nessuno parla di queste cose. Hasan Aqa, il cuoco, crede nei *jinn* e nelle fate, ma mio fratello lo prende in giro e neppure io credo alle sue storie.

«Ma lo spirito parla?».

«Certo che parla! Dà dei segni, gli fai una domanda e lui ti risponde».

Sono attonita:

«Che forma ha? Come lo capisci?».

«Scuote il tavolo, lo fa girare, spegne e accende le luci della stanza, o sbatte la porta. Succedono mille cose».

Non riesco a trattenere la lingua e la curiosità. Questa ragazza parla solo del padre, che ne è della madre?

«Mia madre è morta. In un incidente d'auto».

Così. Rimane zitta, una gran tristezza si spande sul suo viso. Ho il cuore oppresso, sono contenta che fra un po' siamo arrivati e posso scendere.

Mia madre è in piedi fuori della porta, guarda le auto con apprensione. So di aver fatto tardi e che prenderò una sgridata. Alla mia età essere sgridata significa dover rimanere in casa, non poter andare fino al ponte o in bicicletta con gli amici del quartiere.

Un paio di settimane dopo, Gol-e Mariam mi invita a casa sua. Ci vado o no? Accetto la sfida. Sono curiosa, voglio vedere da vicino questo padre migliore del mondo. Quel pomeriggio, Gol-e Mariam viene a prendermi con l'autista. Hanno comprato una macchina nuova, una Cadillac nera che sembra una di quelle dello Shah o di qualche altro personaggio importante e misterioso. I vetri dei finestrini sono grigio fumé, così da fuori non si può vedere all'interno. Non so di chi abbia paura il signor dottore e da chi voglia nascondersi dietro a quei vetri oscurati. Gol-e Mariam mi ha detto che sono anni che il padre non esce, neppure una volta, e che nessuno va a trovarli. Tutte le faccende le sbriga il signor Javad. Dopo il suicidio della giovane paziente e l'incidente d'auto della madre, la loro vita è cambiata. Soprattutto dopo che è arrivato lo spirito.

«Mio padre è un medico, ha vissuto la maggior parte della sua vita all'estero, in Francia, ha sempre avuto una mentalità scientifica, razionale, come gli europei, finché non è arrivato lo spirito di mia madre a muovere il tavolo».

Siamo arrivate. Homaiun e Parviz, i bellocci di Parco Ferdousi, sono ai piedi del pendio, sono vicini di Gol-e Mariam. Ci conosciamo e mi fanno un cenno da lontano.

«Non li conosci?».

Scuote la testa, senza guardare.

«Abitano qui. Un paio di case più in là. Fanno parte del mio gruppo di amici con la bicicletta».

Gol-e Mariam scende dalla macchina, Javad le ha aperto la portiera, entra in casa senza guardare indietro. Intanto i due ragazzi mi hanno raggiunta, conoscono Gol-e Mariam e sanno che non dà confidenza a nessuno, soprattutto a loro due.

«Che ci fai qui? Sei amica sua? Di questo iceberg?».

«Non ho niente contro di lei» aggiunge Homaiun «la ignoro. Vorrei solo farle un bel dispetto».

«Dille che venga in bici con noi!».

Il signor Javad mi aspetta sulla porta, entro. La casa, al contrario della mia, è buia e tranquilla. Tutt'intorno è circondata da un giardino folto di alti pini e di mura ricoperte di rampicante mezzo secco. L'acqua della vasca ha un brutto colore, sembra che siano anni che non viene cambiata. È piena di pesciazzi, grandi e grigi, tipo quelli che vendono al mercato.

Gol-e Mariam mi chiama, è nell'ingresso, ai piedi della scala. A sinistra ci sono il salotto e la sala da pranzo; i mobili sono coperti da lenzuola bianche. Come se i padroni di casa fossero in viaggio o stessero per vendere tutto. Vorrei accendere le luci dell'ingresso o almeno tirare le tende alle finestre, mi dico: Questa è una casa degli spiriti, se sbattono la porta o aprono e chiudono le luci me la batto!

Gol-e Mariam ha fretta di vedere il padre; la porta della sua stanza è chiusa, e lei batte più volte, con forza. Nessuna risposta. Mi fa cenno con un dito sulle labbra sussurrandomi all'orecchio:

«Dorme!».

Stiamo per girare i tacchi quando arriva il suono della tosse del dottore. E una voce assonnata dice:

«Entra mia cara!».

*Mia cara!* Non ho mai sentito queste parole dalla bocca di mio padre. Voglio andarmene, non sono abituata a queste parole né a questi comportamenti. Sono a disagio. Mi sento strana, imbarazzata. Sono in camicia e pantaloni maschili e scarpe di tela, sono convinta che non piacerò al dottore.

Invece Gol-e Mariam è tutta contenta, con le braccia cinge il collo del padre e gli si siede sulle ginocchia:

«Ecco, questa è una delle mie amiche, è il Tulipano!» e ride forte.

Il dottore ha il viso gentile e gli occhi gonfi. È in abiti da casa, camicia e pantaloni di seta blu col collo giallo squillante. La sua stanza odora di acqua di colonia e sigari. Il suo bicchiere di whisky è mezzo pieno e lui è mezzo insonnolito e mezzo ubriaco. Ci sono libri e riviste dappertutto, dal pavimento fino al soffitto. I quattro muri della stanza sono ricoperti da scaffali di libri, scaffali di libri e scaffali di libri. Sul tavolino ai piedi del letto c'è una gigantografia incorniciata del dottor Mossadeq e una serie di foto piccole e grandi di una giovane donna, in cornici d'argento. Assomiglia a Gol-e Mariam, gli stessi occhi, lo stesso naso sottile, lo stesso sguardo serio e gelido.

«Vieni a vedere quest'altra stanza!».

Quest'altra stanza sembra un museo. Non c'è traccia di libri, ma fin dove arriva l'occhio si vedono sui tavoli, e in espositori di vetro, ogni tipo di orologi antichi, pietre grandi e piccole, cristalli colorati, portaprofumo di vetro, monete straniere e centinaia di pipe di ogni tipo, normali e ad acqua, e portasigarette. C'è anche una vetrina colma di vecchi dischi.

«Mio padre è appassionato di polizieschi e di musica, ecco perché non esce mai di casa».

«E tu? Anche a te piace rimanere a casa?».

Gol-e Mariam solleva le spalle:

«Hai visto com'è là fuori, c'è mancato poco che una banda di teppisti ci picchiasse. Non voglio lasciare solo mio padre. Gli voglio bene. Leggiamo i libri insieme, parliamo, ce la passiamo bene».

«Una volta vieni in bicicletta o al cinema, c'è il cinema Iran in via Lalezar, c'è il Rex, danno i migliori film. E non sai come ci divertiamo al venerdì sera al ponte di Tajrish!».

Mi guarda senza dire niente: no, non lascerà suo padre da solo. Impossibile. Questo capisco dal suo sguardo freddo e dalla sua espressione arcigna.

Ceniamo col padre, nella sua stanza, in un angolo c'è un tavolino con tre sedie. Il dottore è vegetariano, mangia insalata e verdure cotte. Per me e Gol-e Mariam c'è pesce lesso con patate bollite; ho l'impressione che sia uno dei pesci della vasca. È tutto senza sale, tutto senza sapore.

C'è anche una governante che porta e ritira i piatti, brontolando. Il dottore ci racconta delle storie carine del periodo della sua giovinezza, quando stava in Francia a studiare. Gol-e Mariam, che le ha sentite già centinaia di volte, ascolta con piacere e attenzione e ride molto più forte di me. Il programma della serata prevede, dopo cena, un album di foto: foto del dottore ritratto in varie città del mondo, in impermeabile e ombrello davanti a una chiesa, in costume in riva al mare, in frac e camicia di prammatica, a braccetto con una signora bionda, in bicicletta, a cavallo, nel parco, nel bosco, al museo, mentre dorme, in piedi, seduto. Gol-e Mariam viaggia attraverso queste foto, conosce la gente che sta accanto al padre: questo è il professor Jean Michel Latour, sindaco del sesto *arrondissement*; questa è madame Jacqueline Mercier, insegnante di chimica; questo è Jacque, è ancora vivo, abita in America; questo è morto; questo è mezzo morto; questo è scomparso; questo si è sposato tre volte; questo ha otto figli; questo qui, questo qui, questo... ogni tanto Gol-e Mariam fa una pausa, scambia i nomi delle persone o dei luoghi e allora interviene il dottore. Parlano insieme, osservano insieme, e non si accorgono che, poveretta me, ho la testa come un pallone, e che la vita e la morte di persone che non conosco non mi interessa per niente. È tutta gente che è morta cinquant'anni fa o più.

Ho fame e sete. La cena era un paio di bocconi di cibo, freddo e senza sale, mi brontola la pancia, mi scoppia la testa, non ascolto più. Il dottore non toglie lo sguardo dal viso della figlia. Ogni tanto le accarezza i capelli, o le passa la mano sulla guancia o sulle spalle. Sbadiglio, non ho più pazienza, sono stanca di tutte questo foto e reminiscenze. In questo momento i Fiori di Shiraz sono al ponte di Tajrish a divertirsi e a mangiare pannocchie e gelato. Magari sono andati a vedersi un film d'avventura o si sono innamorati per la centesima volta, e ne sono felici. Fuori di questa casa c'è la guerra.

Ci sono sparatorie. C'è il matrimonio della figlia della signora Shokat. Il concerto di Madame Yelena. C'è un mondo di persone vere, di gente viva.

Mi alzo, guardo l'orologio, dico che s'è fatto tardi, devo andare. Gol-e Mariam ha ancora decine di foto da mostrarmi e migliaia di storie da raccontare, le storie di suo padre. Ha capito il mio malumore e la mia insofferenza e conclude dicendo che per quella sera – solo per quella sera – l'esibizione delle foto è finita.

«La settimana prossima abbiamo una seduta spiritica, puoi parlare con lo spirito di tuo nonno o di qualsiasi altra persona tu voglia».

Ho fretta di andarmene, di scappare da lì. Mi accompagna il signor Javad. Le vie di Shemiran sono affollate, ci sono ingorghi, gli automobilisti suonano il clacson per niente. È una notte calda. Una mendicante infila la mano nel finestrino, chiede l'elemosina, non c'è verso di liberarsene, il signor Javad le allontana la mano e lei impreca a fior di labbra. Poi si avvicina a un'altra macchina.

Sono arrivata, mi dico che non tornerò più a casa di Gol-e Mariam. È una mezza promessa, perché la seduta spiritica mi tenta. E un paio di giorni dopo, le telefono. Le dico che ci andrò, ma a un patto, che lei partecipi a uno dei miei giochi. *Quale gioco? Dove?* Dapprima dice di no. Poi ci pensa, è incerta, deve chiedere a suo padre, poi alla fine, con mille trepidazioni accetta. Viene presto e se ne andrà via presto.

«Forse vengo con mio padre».

«Ma va là, sei matta?! Tuo padre in bici con noi?!».

Ride e riattacca.

Il giovedì pomeriggio arriva puntualissima in via Za'faranieh, accompagnata da Javad. Non ha la bici e sembra indecisa. Manda via Javad e sta impalata vicino a me come una che non ha mai visto una strada, un'auto, gente con due gambe. Ha paura di attraversare la strada. Grida e si aggrappa al sellino della mia bici. Il nostro gruppo è composto da qualche compagno di classe, un paio di Fiori di Shiraz (al momento solo ragazze), un paio di miei cugini e alcuni ragazzi del quartiere, inclusi Homaiun e Parviz. Gol-e Mariam è spaesata. S'è pentita di essere venuta ma non può andarsene. È molto più felice con suo padre, le foto, gli spiriti. Per lei gli scherzi, le barzellette, le grida, le parole del gruppo sono tutte cose nuove. Non parla la nostra lingua. E, cosa peggiore di tutte, non ha la bici. Siede dietro di me, esita, ha paura, vuole scendere. All'angolo, fa per scendere prima ancora che mi possa fermare, perde l'equilibrio e cade. Ci fermiamo, i miei cugini brontolano. Si è ferita la mano e un ginocchio, zoppica. Parviz la sostiene, tira fuori un fazzoletto e glielo lega attorno al ginocchio. I Fiori di Shiraz ridono, una risatina che sa di invidia e di gelosia. La bici di Parviz è grande, ci facciamo sedere Gol-e Mariam, dietro a lui. Lei si vergogna, è impacciata, non sa dove mettere le mani. Tiene le gambe lontane dalla ruota posteriore e non ha il coraggio di aggrapparsi a Parviz. Sono sicura che finiranno entrambi per terra.

Proseguo, mi arriva all'orecchio il grido di Gol-e Mariam, non mi volto, andiamo a tutta velocità giù per la discesa di Parco Ferdousi. Acceleriamo, Parviz è davanti a tutti. Gol-e Mariam ha gli occhi spalancati di terrore e la bocca pronta a urlare mentre guarda davanti. Stringe le mani attorno alla cintura di Parviz e gli sta appiccicata. Il vento le alza i capelli e la gonna e i Fiori di Shiraz la osservano, ridendo maliziosi. I vialetti di Elahieh sono pieni di ombra deliziosa. Ci fermiamo davanti al giardino Amini. Sotto gli alberi e lungo il muro scorre un grosso rivolo d'acqua, fresca e chiara, viene dal canale della signora Fakhroddouleh. Ci togliamo le scarpe e ci sciacquiamo mani e viso. Gol-e Mariam ha le guance rosse, ansima, si getta una manciata d'acqua sul viso e poi si toglie le scarpe, come gli altri, si bagna le gambe. I Fiori di Shiraz si tirano l'acqua addosso rincorrendosi, è un gioco divertente e piacevole in quella calura. Gol-e Mariam si nasconde dietro a un grosso albero, mi dico che fra un po' scoppia in lacrime, invece no: balza da un albero a un altro, si nasconde, getta una manciata d'acqua in faccia a Parviz e ride.

Arrivati al ponte Rumi giriamo e torniamo indietro.

Il programma per la sera di venerdì è di andare fino al ponte di Tajrish.

«Ci verrai?».

Non lo sa. Guarda Parviz e diventa tutta rossa.

Javad la sta aspettando sulla porta. È tardi, è l'ora in cui suo padre cena, entra in casa di corsa.

Parviz si pavoneggia del suo taglio di capelli e dei suoi baffi accennati, è convinto che tutte le ragazze della città fino a Shemiran siano innamorate di lui. Si ritiene il capo dei ragazzi del quartiere e fa discorsi politici. I genitori la pensano all'occidentale, gli danno il permesso di fare feste, di invitare chi vuole, di ballare con le ragazze delle sua età o più grandi. Ci riuniamo a casa sua di venerdì pomeriggio, organizziamo sedute politiche o letterarie, Parviz ci presta libri che ha letto e ci spiega le parole troppo grandi per i nostri giovani cervelli. In camera sua tiene appesa una foto di Lenin e vuole cambiare il mondo. I genitori sono membri del Tudeh e fumano. Amano Parviz e ci dicono che in futuro diverrà qualcuno di importante.

Parviz adesso è tutto preso da Gol-e Mariam. Ha telefonato tre volte a casa sua, ma ha messo giù perché ha sempre risposto Javad.

Non abbiamo più notizie di Gol-e Mariam fino al giorno della lezione di ballo. Mi sussurra all'orecchio che quella sera ha la seduta spiritica, e mi viene in mente che le avevo promesso di partecipare.

Accidenti, c'è la seduta spiritica, devo andare in quella casa, la casa dei morti! Però sono curiosa. Sul serio si muoverà il tavolo? E lo spirito esiste? Mi faccio coraggio, accetto. Ho il permesso di cenare fuori tre sere la settimana e di rientrare alle dieci e mezza.

Dico a Gol-e Mariam che non è necessario che mi mandi la

macchina, so dove abita, ci vado con il bus. Lo dico anche a Parviz, e mi pento subito della mia stupidità, mi si appiccica dietro, vuole venire con me.

«Gol-e Mariam non ti farà entrare, ti caccerà subito!».

Ma lui non molla:

«Mi arrangio io, voglio solo parlarle».

Litighiamo finché arriviamo alla porta di casa di Gol-e Mariam. Ci apre il signor Javad. Vede Parviz e rimane perplesso. Gol-e Mariam è nella corte interna, avanza, vede Parviz e impallidisce. Sbatte le ciglia, imbarazzata.

«Io non c'entro, mi è venuto dietro, parlaci tu, non aver paura, digli che non lo vuoi qui, che tuo padre non ti dà il permesso!».

S'intromette Javad:

«Sì, stasera abbiamo ospiti, speriamo in un'altra occasione».

Gol-e Mariam si è fatta piccola, ha il labbro superiore sudato, guarda Parviz e arrossisce di nuovo:

«Sì, stasera abbiamo ospiti, facciamo un'altra sera».

Chiudo la porta in faccia a Parviz e dico a Gol-e Mariam che non deve cedere coi ragazzi, Parviz è un bravo ragazzo ma ha un'opinione di sé troppo alta.

Lei lo sa che è Parviz che telefona e poi mette giù. Sa che passa ogni giorno davanti casa e guarda la finestra di camera sua. Si ferma ai piedi delle scale:

«È terribile, avrei dovuto invitarlo, mi vergogno, è imbarazzante!».

Il dottore è in completo scuro, in attesa dei suoi ospiti:

«Voi signorine rimanete di sopra, gli ospiti sono estranei e non è bene che vi mescoliate con loro».

Gol-e Mariam continua a pensare a Parviz. Sente le parole del padre e mi sussurra: «Tengo l'altra porta aperta così possiamo sbirciare».

Suona il telefono e Gol-e Mariam afferra la cornetta, si volta dandomi le spalle. Ascolta, ma non parla. Non dovevo dare il suo numero a Parviz, è colpa mia. Non la lascerà in pace finché non si innamorerà di lui. Gli piace che tutte si innamorino di lui, le racchie, le belle, quelle che hanno dieci o vent'anni più di lui, tutte. Lo chiamiamo il don Giovanni di Parco Ferdousi. Solo Dio sa che sta sussurrando al telefono, ma il ragazzo sa il fatto suo. Non è il tipo da corteggiamento o da baci e sussurri nascosti, no, vuole che le ragazze s'innamorino perdutamente, gli scrivano lettere appassionate, si struggano piangendo per lui.

«Chi era? Parviz?» chiedo.

Nessuna risposta. Suonano alla porta. Andiamo su. Il primo ospite è un signore che balbetta e scandisce le parole.

«Questo è il medium, è lui che ha il potere di evocare gli spiriti».

Poi arrivano due signore. Gol-e Mariam si abbassa sulla balaustra per vedere meglio, non le conosce:

«E queste chi sono? Non le conosco».

Poi è la volta di un signore vecchio e grasso che zoppica. Avanza col bastone, non è ancora entrato che si è già acceso la sigaretta e comincia a tossire. Gol-e Mariam lo conosce, scuote la testa, triste:

«Poveretto, sua figlia è annegata in mare, viene ogni mercoledì, passa tutto il tempo a piangere, il medium gli dice di non farlo perché lo spirito ne soffre e allora non si fa vedere».

Il dottore chiude la porta del salotto. Gol-e Mariam mi fa

cenno di stare zitta mentre, in punta di piedi, andiamo nella stanza accanto; la porta è socchiusa, e ce n'è un'altra che dà sul salotto. Dal buco della serratura si vede il tavolo. Stiamo in ascolto. Si sente una voce:

«Salutate il Profeta sette volte, ci sono spiritelli bricconi nella stanza che potrebbero darvi fastidio, per cortesia state in silenzio. Pensate allo spirito che volete si palesi».

Gol-e Mariam mi sussurra:

«L'ultima volta lo spirito di mia madre non è venuto, era irritato, mio padre ha pianto, ha supplicato, niente da fare, il medium ha detto che lo spirito era in difficoltà, non era libero, pianti e lacrime sono come una prigione per gli spiriti, non possono volare via. Allora il medium mi ha chiamata e appena mi sono seduta al tavolo lo spirito di mia madre ha mosso il tavolo».

Mi prende la paura, sono un blocco di ghiaccio, questi discorsi sono strani, incredibili. Gol-e Mariam è abituata a queste cose e a questa vita. Parla di sua madre come se fosse ancora viva. Fossi io, sarei già morta di paura. Se racconto queste storie a Parviz si mette a ridere, non ci crede, almeno fosse qui lui a vedere coi suoi occhi! Ma per adesso Parviz è preso da Gol-e Mariam e non gli importa di spiriti, di morti e roba simile.

Gli ospiti sono seduti attorno al tavolo, il medium è al centro. Apriamo la porta, solo un dito. Una delle signore dice:

«Vorrei evocare lo spirito di Zaratustra».

«È molto difficile» dice il medium «gli spiriti grandi non accettano».

«Sono zoroastriana» insiste la signora «se lo chiamo io viene».

Il medium è incerto:

«Non sono sicuro, bisogna prima mandare uno spirito più leggero a parlarci».

Mettono tutti le mani sul tavolo, non si sente un fiato. Il medium dice:

«Credo che siano arrivati».

«Sì» conferma il dottore «il tavolo è bollente».

La signora zoroastriana, d'un tratto, sviene, e gemendo sbatte la testa sul tavolo.

L'altra ne approfitta per parlare immediatamente con lo spirito grande:

«Signor spirito, Eccellenza Zoroastro, mi dica per piacere chi è che mi ha rubato i tappeti. Se è un uomo muova il tavolo verso sinistra, se è una donna a destra».

Il medium la interrompe, adirato, agitando le mani in aria:

«Le domande private sono proibite. Si devono chiedere cose in generale, importanti!».

Il dottore annuncia che il tavolo è diventato freddo, lo spirito è fuggito via. La signora zoroastriana si alza e va a sedersi sul divano. Le portano dell'acqua.

Il padrone di casa è preoccupato per la sorte del dottor Mossadeq; chiede di evocare lo spirito del primo shah Pahlavi.

Gol-e Mariam si è stufata:

«Ma chi sono queste qui, queste donnette?! Andiamocene, mio padre ha compagnia, non rimane da solo».

Poi dice al signor Javad:

«Lei stia qui, noi siamo qui nei paraggi, non ho bisogno di guardiani».

È una di quelle sere estive calde e appiccicose. I fanali lungo le strade sono accesi. Una lunga fila di auto muove verso il ponte di Tajrish. Gol-e Mariam si guarda intorno, poi non resiste più:

«I tuoi amici, i ragazzi, dove sono?».

So che intende Parviz:

«Di sicuro sono tutti insieme al ponte, possiamo andare a piedi, non è distante».

Lo sapevo: Parviz e qualche altro sono davanti alla gelateria Vila, lì intorno è pieno di gente.

Gol-e Mariam è affascinata dalla vista di via Sa'dabad; donne dagli abiti variopinti e scarpe col tacco alto sono appoggiate alle loro auto a mangiare noci e pannocchie. Uomini in doppiopetto e scarpe ben lucidate fanno lo struscio lungo il viale. Si conoscono tutti, si scambiano sguardi e sorridono, come se fossero invitati alla più grande festa della città e quello che mangiano e bevono fosse offerto dai padroni di casa. Il ponte è diviso in due parti; quella vicino all'imboccatura del bazar e alla salita verso Darband è mezza buia e deserta. Ci vendono spiedini, fegato e trippa e ci si ritrovano i tassisti, gli autisti di bus e le donne in chador. Ogni tanto da quella parte fanno a botte. Uomini con i baffoni e teppisti si ubriacano e gridano. Io e i miei amici non abbiamo il permesso di andare da quella parte, noi ci incontriamo di fronte alla gelateria Vila. Il gelato di frutta è una novità dall'occidente, profuma di un altro mondo, del mondo dall'altra parte del confine. È la prima volta che il gelato alle visciole è arrivato a Tehran, il suo gusto è molto diverso da tutto quanto abbiamo assaggiato fino ad ora. È come il gusto del primo amore, della prima sigaretta fumata di nascosto, del primo tredici al totocalcio.

Gol-e Mariam è sulle nuvole, Parviz le ha comperato un gelato alle ciliegie e lei lo sta leccando piano piano, come sognando. Non s'è neppure accorta del gelato che si scioglie sulla sua borsa e riempie di macchie rosse la sua camicetta immacolata. Mangia il gelato, guarda Parviz, e le si chiudono le palpebre. Devo ricordarle che è ora di rientrare, fra un po' gli ospiti se ne andranno, deve andare, suo padre la aspetta. La sua preoccupazione per il padre triste e solo ha contagiato anche me. Ma lei è incerta, il suo sguardo corre dietro a Parviz, ha assaggiato il mondo fuori di casa, il mondo dei vivi, e non ha voglia di tornare in quella casa silenziosa e vuota. È tormentata, si sente in colpa. Ha preso le distanze dagli uomini di carta nell'album di foto del padre, dai ricordi del padre e ora non sa più che fare. Torna a casa, ma dopo un'ora esce di nuovo. Non è più la Gol-e Mariam vergognosa che sta in un angolo e che conoscevo, ora ha imparato a ridere, a parlare ad alta voce e in fretta, a ingannare, a mentire al padre, a sgattaiolare fuori casa. E ha imparato a sostenere lo sguardo di Parviz, guardandolo fisso negli occhi, a sedersi vicino a lui sull'autobus o al cinema.

Siamo a fine agosto. Il concerto dei Fiori di Shiraz è fissato per metà settembre. Madame Yelena ha deciso di aggiungere al programma una danza spagnola. Noi siamo fiori internazionali. Fioriamo in Spagna e in Africa, sbocciamo con facilità dovunque ci seminino. La sarta speciale di Madame Yelena ci prova acconciature e abiti spagnoli mentre Gol-e Mariam ci guarda da lontano, ridendo. Le nostre acconciature sono un'alta corona di cartoncino ricoperta di pizzo nero. La gonna ha tre strati, tutti a balze e la parte dietro finisce con uno strascico lungo fino a terra, che s'impiglia nei piedi e ci intralcia un bel po'. Ogni costume costa cento *tuman* e i genitori si sono arrabbiati, stufi di queste spese extra. Madame Yelena ci ha portato le nacchere di legno da legarci attorno alle dita. Scuotiamo le nacchere facendo un baccano come se stessimo sbattendo dei mestoli sulle pentole.

Gol-e Mariam è piegata in due dalle risate, sta morendo dal ridere. Ha imparato a ridere di cuore.

Siamo concentrate sulle nostre danze quando sentiamo rumore di gente che grida e corre in strada. Ci precipitiamo sul poggiolo così come siamo, sotto c'è un gruppo di facinorosi che sta demolendo le vetrine dei negozi con mazze di legno. Camion su camion pieni di gente armata con pale e badili vanno verso via dello Shah. Quelli che sono sul marciapiede ci hanno viste e sono rimasti esterrefatti. Dio solo sa che stanno pensando. Ci additano e ridono. Madame Yelena, svelta, ci fa allontanare tutte dal poggiolo, poi tira le tende e chiude il catenaccio alla porta. Ci cambiamo veloci di abito e ci sediamo ad aspettare. Gol-e Mariam telefona al padre, viene a sapere che la gente si sta picchiando per strada, e un gruppo di sostenitori dello Shah hanno picchiato quelli di Mossadeq. L'esercito ha occupato le strade e ha sparato a membri del Tudeh. Gol-e Mariam è addolorata, sa che suo padre ammira Mossadeq.

Alcune ore più tardi il clamore in via Istanbul si placa. Casa di mia nonna è in via Simetri, mia mamma è lì, e visto che non abbiamo notizie del signor Javad (verremo a sapere più tardi che è stato ferito nelle manifestazioni e ha una gamba rotta), porto Gol-e Mariam con me. Arriviamo di corsa a casa di mia nonna. Vediamo altra gente che corre sorreggendo sedie, tavoli, candelabri; veniamo a sapere che hanno saccheggiato la casa del dottor Mossadeq.

Prendiamo un taxi, io, mia madre e Gol-e Mariam. Appena arriviamo al parco Ferdousi vedo Parviz, so che sta aspettando Gol-e Mariam. Mia madre aspetta in taxi mentre entro in casa con Gol-e Mariam per vedere come sta suo padre.

Il dottore è sdraiato, la lampada sul comodino è spenta, mentre la radio è accesa: ha sentito il notiziario, sa che la casa di Mossadeq è stata attaccata. Mi chiedo che rapporti abbia col dottor Mossadeq quest'uomo che vive ritirato, trafficando con gli spiriti, sepolto in casa. Non è certo uno che fa politica.

Gol-e Mariam si siede accanto al letto, gli mette una mano sulla fronte, gli accarezza i capelli. Accende la lampada. Il dottore guarda la figlia con gli occhi umidi di pianto, il naso rosso, il viso gli si illumina. Non ha senso che io rimanga.

Esco. Parviz, con la camicia sbottonata fino al petto, è piantato in strada, sperando di vedere Gol-e Mariam.

•

Il Don Giovanni di Parco Ferdousi gira per il quartiere pavoneggiandosi, non c'è limite ai suoi sogni e alla sua immaginazione. Ha sedici anni e sedicimila progetti per il futuro. Fra due anni prenderà il diploma e andrà in America. Vuole diventare professore universitario. In che campo? In fisica, o economia, forse anche filosofia, o astronomia… non lo sa neppure lui. Gli piacciono anche il cinema e il teatro.

Gol-e Mariam ride:

«Il cinema di Hollywood?».

Certamente si vede anche campione di nuoto, di tennis e di ciclismo. Ah, non dimentichiamoci che farà il giro del mondo, andrà nello spazio, solcherà gli oceani e scalerà le vette. E si sposerà con Gol-e Mariam. Avranno tre figli, e… e… e…

I suoi sogni ci hanno contagiati, ogni sera prima di dormire voliamo da un ramo all'altro, e percorriamo il mondo. Il futuro ha mille porte e noi abbiamo tutte le chiavi in tasca. Ne sentiamo il tintinnio e non sappiamo quale porta aprire per prima, dove e quando.

Mancano dieci giorni all'inizio della scuola, siamo tristi, abbarbicati all'ultimo brandello di estate. Abbiamo in programma una gita in bicicletta, l'ultima, certamente, perché poi arriva l'autunno, poi l'inverno e lo studio, ancora studio, sempre studio.

Gol-e Mariam è sempre senza bici. Si siede su quella di Parviz e lo cinge come una cintura con le braccia.

Ci siamo incontrati tutti in via Za'faranieh: i Fiori di Shiraz, i miei cugini, Gol-e Mariam accompagnata da Javad col bastone, Parviz in camicia bianca e la sua massa di capelli. Parviz ha deciso tutto: Gol-e Mariam starà dietro di lui fino ai piedi delle colline Mahmoudieh e Amanieh, poi scenderà e seguirà la gara. Fior di Garofano e Fior di Violetta dicono che non parteciperanno. Ci sono anche Homaiun e Sohrab, la compagnia è più numerosa del solito.

Tutti vedono Gol-e Mariam togliersi la catenella che tiene al collo e metterla in mano a Parviz. I ragazzi fischiano e Fior di Garofano, per la rabbia e la gelosia, finisce in una buca, e cadendo rompe le lenti degli occhiali.

Si comincia. Parviz e Homaiun lasciano andare le bici pedalando a tutto spiano. Gol-e Mariam ha paura e si lamenta. Un paio di volte sbandano rischiando di rovesciarsi.

Madame Yelena ci ha raccomandato di prenderci cura della nostra salute e del nostro aspetto, non dobbiamo prendere il raffreddore, guai a ferirci la testa o il viso. I Fiori di Shiraz devono essere freschi e pimpanti.

I miei cugini sono rimasti indietro e io pedalo con affanno. La salita è dura, ci vuole fiato e io non ne ho. Gol-e Mariam è la più fortunata di tutti, ha appoggiato la faccia sulla schiena di Parviz, lo cinge con le braccia e sorride.

Cambiamo direzione. Giriamo a sinistra e arriviamo dietro le colline di Mahmoudieh. Da lì per arrivare a Amanieh c'è una larga piana senza buche e buchette. È la pista migliore per le gare. I campioni si allineano. Gol-e Mariam ha preso la macchina fotografica del padre e ci scatta una foto di gruppo. Parviz è al centro e fa le smorfie, con le mani sui fianchi, ride. Poi ne fa una a me e Parviz. Infine, una foto al Don Giovanni di Parco Ferdousi, da solo. Finite le foto, Gol-e Mariam s'avvicina a Parviz e gli stringe la mano.

Comincia la gara. Si deve arrivare dietro alla collina e tornare. Gol-e Mariam darà il fischio di inizio.

Pronti. Fischio. Via! Non ho possibilità di vincere, lo so dall'inizio, impensabile sorpassare questi giovanotti. Certo possono succedere mille cose, magari Homaiun buca, oppure Sohrab cade, o alla bici di Parviz cade la catena. Parviz è il nostro campione, lo sa. Ha la collana di Gol-e Mariam in tasca, è per amor suo che pedala, è davanti a tutti. Non si guarda indietro, non ci pensa nemmeno a fermarsi, e arriva al luogo stabilito. Prosegue, lo chiamiamo, non ci dà retta, ha rovinato il gioco e ci ha indispettito.

La seconda parte della competizione è una gara di corsa a piedi. Appoggiamo le bici per terra, tiriamo la linea di inizio, l'arrivo è dietro la terza collina davanti a noi. Qui partecipa anche Gol-e Mariam, è una che corre veloce, è magra e leggera, corre più svelta anche di Parviz. Io e i miei cugini ci fermiamo a metà. Homaiun, Parviz e Gol-e Mariam sono davanti a tutti. Salgono sulla prima collina, scendono, Gol-e Mariam è in testa, Homaiun è secondo. Di Parviz non c'è traccia. Non me lo spiego. L'avevo osservato da lontano, era arrivato quasi pari con Gol-e Mariam e poi è scomparso. Gol-e Mariam si volta, si ferma. I cugini si mettono a correre, gridano, Homaiun torna indietro ma si ferma a mezza strada. Gol-e Mariam lo raggiunge, caccia un grido. In mezzo alla piana, davanti a noi, s'apre un grande pozzo, ne avevano celata l'imboccatura ma con una protezione poco solida, che si è rotta, e Parviz è precipitato dentro. Gol-e Mariam piange, corre avanti e indietro. Noi tutti siamo attoniti attorno al pozzo, terrorizzati, non sappiamo che fare.

La voce di Parviz viene da sotto. Chiama sua madre. Dobbiamo chiedere aiuto agli adulti.

Passa un contadino, sente i nostri strepitii, si avvicina, ci dice che abbiamo bisogno di una pala, corda e torcia. Cerchiamo nelle case vicine, la gente viene al pozzo, uno si lega e si cala nel pozzo. Il pozzo ha una strozzatura, dice che non sente la voce di Parviz.

Gol-e Mariam s'è allontanata, guarda il gruppo da lontano. Anzi, ha chiuso gli occhi, trema.

Ognuno ha un suggerimento, il tempo passa. Casa di mio zio, il colonnello, è da quelle parti. Ha sentito la notizia, arriva. Si cala un altro con la pala e un sacco. Riempe il sacco di terra e lo fa tirar su. Hanno avvisato i genitori di Parviz. Arrivano, si fanno largo tra la folla. La madre sviene, il padre guarda tutti come se fosse pazzo.

Il tempo passa. Gol-e Mariam si è seduta per terra, scava

con le sue dita sottili. Cerco di rincuorarla. Sono certa che Parviz, il nostro campione, il campione di corsa, di scherma, l'eroe astronauta, lo scalatore di montagne, il capitano della nave, saprà difendersi. È lì seduto sulla terra, aspetta che lo tirino fuori. Non gli succederà niente di male. Ha sedici anni, è innamorato di Gol-e Mariam, non può morire, non può nemmeno farsi un graffio. Traduco questi pensieri con frasi veloci e spezzate.

Tirano fuori terra dal pozzo, sacco dopo sacco. La madre chiama Parviz, nessuna risposta. Si sta facendo buio. Hanno portato ogni tipo di lampade.

La folla improvvisamente caccia un urlo. Hanno tirato fuori il corpo di Parviz. Il colonnello si para davanti a me e ai miei cugini, non ci lascia guardare. I Fiori di Shiraz piangono. Nessuno ha coraggio di parlare. Nessuno ha coraggio di dire che Parviz è morto.

Gol-e Mariam chiude la porta di casa in faccia a tutti e non risponde al telefono. Il liceo ha aperto, e nuove lezioni e nuovi insegnanti riempiono lo spazio lasciato vuoto da Parviz. Io e Fior di Garofano comunichiamo a Madame Yelena che non andremo al concerto. La scuola di danza è caduta nell'oblio, ma rimaniamo fedeli al negozio di *pierogi* Khosrovi.

Sono tristissima per Gol-e Mariam e penso spesso a lei. Un giorno mi faccio coraggio, vado, busso alla porta. Il signor Javad mi apre, è contento di vedermi. Chiedo come sta Gol-e Mariam, ho voglia di vederla.

«Il signor dottore ha una seduta spiritica, entri, ma non faccia rumore».

La porta della sala è chiusa, vado nella sala dietro, ma di

Gol-e Mariam non c'è traccia. Schiaccio un occhio sul buco della serratura. La vedo seduta al tavolo, ha gli occhi chiusi.

Il medium dice:

«Lo spirito è arrivato. È uno spirito leggero, giovane, è stato facile portarlo qui».

La voce di Gol-e Mariam mi arriva all'orecchio:

«Se sei qui piega il tavolo verso di me».

Apro uno spiraglio di porta per vedere meglio. Il tavolo si piega verso Gol-e Mariam. Sento il suo lamento.

Corro in strada, e corro piangendo fino alla fermata di Mahmoudieh.

# *Un altro posto*

La vita pacifica e tranquilla di Amir Ali (lo chiameremo Amir Ali X) venne sconvolta una notte, in un momento ben preciso: era venerdì 9 ottobre 1998, undici minuti dopo mezzanotte. La ragione è sconosciuta, forse si trattò dell'attacco di una misteriosa malattia che si manifestava con ripetuti sbadigli seguiti da vomito, o di un disturbo psicologico, sebbene Amir Ali fosse pienamente in possesso delle sue facoltà mentali.

Io custodisco i suoi diari, i suoi scritti sparsi e le sue lettere. La ragione di tanta fiducia è semplice: io e Amir Ali siamo cresciuti insieme e siamo sempre stati uniti. Chi ci conosceva di lontano pensava fossimo fratelli o parenti stretti. Ci assomigliavamo pure, una somiglianza acquisita: il modo di fare, di camminare per la strada e di ridere e, soprattutto, di parlare erano uguali. Ero io a copiare da lui, senza rendermene conto, inconsciamente. Dall'inizio della nostra amicizia, ai tempi in cui eravamo compagni di classe, Amir Ali ai miei occhi era una persona importante, speciale, diversa da tutti. La vita lo aveva plasmato docile e civile, un marito devoto, dirigente di un'importante compagnia, capace di adeguarsi alle circostanze e a ogni situazione. Tuttavia, io che lo conoscevo da tanto tempo sapevo che dietro a quell'apparente cortesia e urbanità era nascosto un altro Amir Ali, imprigionato tra gli abissi silenziosi della sua natura e in attesa di scappare. Sono anni che non ho notizie di lui, ma sono certo che, dovunque sia (e solo Dio sa dov'è, dall'altra parte del mondo, al Polo Nord, in mezzo a un oceano tempestoso, in una foresta irraggiungibile e sconosciuta o in un villaggetto da qualche parte), vicino o lontano, è felice e in buona salute e un giorno ricomparirà.

Quando dico felice, intendo quel tipo di felicità peculiare connaturata alla natura di Amir Ali e alla sua filosofia di vita. Non è certo il tipo di felicità che intendiamo io e voi: io, voi e gli altri, ossia gente conservatrice, docile.

Ho sistemato le sue memorie, le lettere e le sue note sparse e tento di ordinare i miei ricordi: i giorni dell'infanzia, le estati in cui veniva in vacanza con me e la mia famiglia. I suoi discorsi, i desideri, i sogni strani, il suo amore per il firmamento e i misteri celesti (il piccolo astronomo!); la sua guerra segreta contro il padre e gli insegnanti e contro tutti quelli che volevano trasformarlo in un figlio e in uno studente esemplare; il giorno in cui è partito per l'estero per continuare gli studi, il giorno in cui è tornato, il suo matrimonio. E l'ultima volta che l'ho visto. Tento di ricostruirne la vita. Vorrei conoscerlo fino in fondo, comprendere il vero Amir Ali e, mettendo da parte le stranezze del suo carattere e del suo passato, scoprire qualcosa di nuovo sulle sue relazioni con gli altri, sul suo modo di colpire e poi scappare, sulla sua rabbia nascosta, sui suoi silenzi ostinati, sulla maschera che indossava per il resto del mondo, sugli inganni che giocava a sé stesso e agli altri. Così, per dirla tutta, scoprirei anche qualche cosa di me stessa. Ci sono molte cose che devo capire. Ci sono molte domande.

Comincio da quella sera speciale, da quella festa, dall'apparizione di un essere misterioso e indecifrabile, di quel secondo Amir Ali. Parlarne non è semplice. Mi pare di dover mostrare un film, scena dopo scena. Amir Ali sta dormendo, va a letto presto la sera e dorme di gusto. Accade di rado che faccia dei sogni, soprattutto degli incubi. Basta che chiuda gli occhi e un velo lieve si poggia sui suoi pensieri, sui suoi ricordi, come neve pesante e silenziosa che si appoggi sulla città, la neve dell'oblio. È uno di quei rari uomini che non russano, non si sveglia nel cuore della notte perché ha sete né deve andare in bagno sul far dell'alba. Di mattina poltrisce, vorrebbe dormire ancora. Mezzo assonnato, nasconde la testa sotto il lenzuolo pensando alle cose che gli piacciono, a viaggi immaginari nei deserti, alle piane coperte di neve nelle lande artiche, agli eventi cosmici e alla possibilità di scoprire forme di vita migliori in un luogo migliore. Dove? Non lo sa neppure lui. Forse proprio qua, in città, nella terra degli avi, magari in mezzo a edifici di cemento, luoghi in sintonia con i suoi pensieri, con le sue convinzioni, vicini alle cose che ama, in armonia col suo spirito e col suo vero io. Ma non si consente questi sogni. Sa che alle otto deve essere al lavoro. E questo è scolpito a lettere rosse nella sua mente. O meglio, è stato scritto da qualcuno. Prima di colazione fa ginnastica, per amor della moglie, e sempre per amor suo tiene sotto controllo la sua figura e il peso. È un uomo di bell'aspetto, dimostra almeno vent'anni in meno. La moglie, Malek Azar, ha qualche piccola gelosia, ma in complesso è tranquilla: sa che quest'uomo le appartiene, così come le appartengono i figli, la carta d'identità, la casa, tutti i suoi averi, i suoi oggetti d'antiquariato, e che senza di lei Amir Ali non ha coraggio di esporsi. Ed è questa, più o meno, l'opinione di tutti: di tutti all'infuori di me.

Dove eravamo? Ah sì, stavamo osservando la vita comune dei due coniugi. Per la prima volta, Amir Ali si gira e rigira nel letto matrimoniale. Ha la febbre, scotta, le estremità sono bollenti. Una fastidiosa zanzara gira attorno alla sua faccia, poi si allontana. Mezzo addormentato, Amir Ali aspetta che l'insetto torni e lo attacchi senza pietà. Invece, niente, respiro di sollievo. Scosta le lenzuola dal viso e proprio in quel momento gli arriva all'orecchio il fastidioso ronzio della zanzara che lo punge al collo. Amir Ali è così arrabbiato che vorrebbe scaraventare qualcosa a terra e romperla, ad esempio, il grande lampadario che pende dal soffitto, con tutte quelle gocce di cristallo; oppure la preziosa ciotola antica sul tavolino ai piedi del letto che odora di passato, di tempi remoti, e che lui detesta. Ce n'era una simile anche a casa di sua nonna e a lui ricorda la morte. Amir Ali è di una natura semplice e sensibile, gli piacciono ogni tipo di fiori e di vegetali, cose vive e rigogliose, gli orizzonti ampi. Ama dormire sul terrazzo o in giardino e gli danno fastidio le stanze affollate e col soffitto basso. Gli piacerebbe togliere da tavoli e pareti tutte le anticaglie, le preziose coppe, i dipinti Qajar, i reperti archeologici, e sostituirli con fiori e piante. Gli piacerebbe sbarazzarsi delle tende e piazzare il letto accanto alla finestra per osservare la luna e le stelle. Ma Malek Azar è una principessa, è cresciuta fra tappeti di seta e tende di velluto, ha paura delle case spoglie e delle stanze vuote. Lo spaventoso ritratto che è appeso davanti al letto è di un antenato di Malek Azar che per tutta la notte fissa Amir Ali con occhi penetranti. Malek Azar si sente sicura fra quelle anticaglie, eredità dei suoi avi, la compagnia di questi oggetti centenari le scalda il cuore. Ha una relazione amorosa con questi oggetti che le appartengono, che sono solo suoi.

Quella notte Amir Ali ha accantonato il ricordo di fiori e piante ed è solo intento a combattere con la zanzara. Si dà delle sberle sulla fronte e sul collo, finché sente qualcosa di viscido e sanguinolento fra le dita; allora fa un grande sorriso. Si stiracchia, sbadiglia, preme il viso sugli angoli freschi del cuscino. Il sonno aleggia sotto i suoi pensieri e dietro alle palpebre, mezzo cervello è già spento, ma il corpo è ancora presente e agitato. Le mani sono inquiete e non riescono a trovare la giusta posizione. Chiude gli occhi, ma vede ancora il lampadario e sente sul petto il peso di tutte quelle gocce di cristallo e delle lampadine sospese. Pensa al cielo oltre allo spesso soffitto di gesso, agli ampi spazi, agli orizzonti aperti e alla possibilità di una vita diversa.

In un altro posto.

Malek Azar si gira, le punte dei piedi ghiacciati toccano quelli del marito che rabbrividisce. I gatti del vicino lottano miagolando, la gatta chiama il compagno con un verso lamentoso. Amir Ali si mette seduto, il cuore gli batte, non riesce a respirare, pensa di aver mangiato qualcosa di guasto e che la strana tensione nel suo corpo sia dovuta all'eccesso di cibo e di stanchezza.

Quella sera c'era stata una festa a casa loro e Amir Ali non aveva fatto che sbadigliare dal tramonto fino a quando si erano seduti a tavola. Sbadigli a bocca spalancata, senza fine, che si estendevano dalle budella fino alla schiena, con tanto di stiracchiamenti. Sbadigli più da orco che da persona civilizzata, educata qual era Amir Ali, e poi uno dietro l'altro, a decine, mentre gli altri parlavano. Gli ospiti lo guardavano di sottecchi mentre Amir Ali, imbarazzato, si metteva la mano davanti alla bocca sforzandosi di tenerla chiusa. Se avesse potuto, avrebbe appoggiato la testa sul tavolo sprofondando nel sonno. Certo non era bello che il padrone di casa dormisse davanti agli ospiti. Amir Ali percepiva da lontano la preoccupazione, la disapprovazione di sua moglie e cercava di contenersi. Un paio di volte si era sforzato di ridere, a vuoto, uscendo con un'osservazione fuori posto nel mezzo di una discussione seria. Le palpebre si chiudevano nonostante tutti i suoi sforzi per tenerle alzate e far vedere di essere presente, gli occhi riuscivano a stento a rimanere aperti. Fissava la gente tentando di far vedere che era sveglio (del tipo: *sono sveglio e sono con voi*) scuotendo la testa in segno di assenso. Si sentiva strano. Gli sembrava che gli oggetti intorno, i piatti sul tavolo, gli spiedini di pollo, le gocce del lampadario si sdoppiassero. Aveva una strana stretta al cuore. Gli ospiti vicini mangiavano, ma i loro piatti non si vuotavano mai. Ogni volta che Amir Ali guardava il suo piatto gli pareva che tutto fosse intatto, le patate, le cosce di pollo, le foglie d'insalata, il riso, i ravanelli. Cosa ancor peggiore, il boccone gli rimaneva in bocca, non riusciva a inghiottirlo, lo rimpallava da una mascella all'altra e poi masticava ancora. Era come se avesse bevuto un vino cattivo o preso una medicina sbagliata. Aveva chiuso gli occhi, e per un attimo si era addormentato, con la testa penzoloni. Era tutto storto e stava per cadere dalla seggiola, quando si era svegliato di soprassalto guardandosi intorno sorpreso. «Caspita!» aveva detto una signora, e qualcuno aveva riso. Malek Azar l'aveva dardeggiato con una freccia avvelenata scoccata sopra il bicchiere di cristallo e le teste degli ospiti, dritta al cuore di Amir Ali.

Era la prima volta che l'educato e raffinato marito si comportava in modo bizzarro, non consono all'etichetta. Gli ospiti, per minimizzare l'accaduto, avevano attaccato il pollo mentre qualcuno aveva iniziato a raccontare sciocche barzellette che tutti avevano già sentito cento volte, sbellicandosi, mentre gli altri fingevano di ridere.

Amir Ali combatteva col sonno e la letargia che lo avevano assalito come un incubo. A un certo punto aveva sentito uno sbadiglio più profondo degli altri che saliva dalle viscere per arrivare in gola e poi in bocca. Aveva stretto le labbra, ma le narici si erano gonfiate come due palloncini. Senza volerlo aveva allungato le mani sul tovagliolo della signora seduta vicino a lui per coprirsi la bocca. Nonostante questo, dalla gola gli era uscito uno suono strano, una specie di *beh beh beh* da pecora che aveva lasciato la moglie di stucco. Era caduto il silenzio. Malek Azad aveva tentato una falsa risata; poi aveva fatto girare la terrina dell'insalata, mentre velocemente riempiva il piatto dei commensali di pollo al sugo di melagrana.

Annunciata dallo squillo del campanello era entrata una giovane donna sconvolta, gridando e scusandosi, e mentre si toglieva il foulard e lo spolverino riempiva di improperi il marito, colpevole di tutti i mali del mondo. Era stata fermata mentre saliva in macchina davanti a casa sua perché il suo *hejab* non era in regola, una cosa frequente. Per quanto suonasse alla porta, nessuno le apriva, il marito era intento a lavare una montagna d'uva per prepararsi il vino e non aveva nessuna voglia di aprire. Allora era ricorsa ai vicini; quello di destra le aveva aperto la porta, facendo capire a gesti e occhiate che aveva ospiti con i quali stava fumando oppio. E aveva richiuso in fretta. Neppure i vicini di sinistra (Dio solo sa che diavolo stessero facendo) le avevano aperto. Fortunatamente, era sopraggiunto un conoscente che aveva parlato alle Guardie Rivoluzionarie alle quali aveva esibito come garanzia la carta d'identità e il contratto dell'automobile, e aveva ottenuto che la discussione del caso fosse posposta.

Gli ospiti maschi dettero ragione al saggio marito: chiunque altro si sarebbe comportato allo stesso modo. La cosa fece ulteriormente infuriare la già arrabbiata signora:

«Io invece avrei aperto, anche col pericolo di essere arrestata. Questa Rivoluzione ha rivelato la vera faccia della gente, soprattutto vostra, uomini codardi e paurosi!».

Gli uomini paurosi erano scoppiati a ridere facendosi l'occhiolino, continuando a mangiare. Le altre signore avevano colto l'occasione per attaccare i propri mariti, dando subito sfogo ad accuse e lamentele:

«Siamo noi che lavoriamo!».

E dicevano la verità. Una cuciva i vestiti ai figli. Un'altra cucinava dolci, traduceva libri e scriveva critiche cinematografiche; un'altra dava lezioni d'inglese e truccava le spose per i matrimoni:

«E poi curiamo la casa, abbiamo la responsabilità dei figli, voi preziosi signori ve la siete battuta fin dal primo giorno, lamentando i vostri mille malanni psicologici e rifugiandovi ai piedi del fornello da oppio».

Invece di difendersi, i mariti sorridevano, scuotevano la testa in segno di solidarietà tra loro.

Amir Ali aveva approfittato dell'occasione, si era alzato per andare in bagno a rinfrescarsi la faccia. Si era slacciato il collo della camicia, aveva preso un respiro profondo. Si era un po' calmato, anche gli sbadigli si stavano assestando.

Preoccupata, Malek Azar si era avvicina alla porta del bagno, aveva girato la maniglia:

«Che stai facendo?».

Invece di rispondere, Amir Ali aveva tirato lo sciacquone.

Malek Azar si era preoccupata ancor più: stava per forzare la maniglia, quando aveva sentito alle sue spalle un rumore. C'era un altro ospite che voleva usare il bagno. Malek Azar aveva tirato fuori dalla tasca un fazzoletto, si era soffiata il naso, e sorridendo si era scusata con l'ospite, che era di fretta:

«Posso usare quello di sopra?».

«Certamente!».

Appena l'ospite si era allontanato aveva ripreso a bussare:

«Rispondi, stai bene?».

Era la prima volta che Amir Ali faceva queste cose. Si piegò a guardare dal buco della serratura: vide una parte del suo corpo, le mani, sentì un colpo di tosse. Ma perché non rispondeva? Gli ospiti la chiamavano e fu costretta a tornare da loro.

Amir Ali aveva aspettato un po'e poi aperto uno spiraglio di porta. Vedendo che intorno non c'era anima viva, lentamente e senza far rumore era scivolato via, in cortile, appoggiandosi a un albero. Il pesante torpore che prima gli aveva intrappolato il corpo come fosse anestetizzato era ora sostituito da una piacevole, dolce sensazione di rilassamento. Una foglia gli cadde in testa e rotolando sul suo viso scivolò giù fino alle scarpe. Una brezza umida scese sulla sua faccia e fu scosso da un piacevole brivido sottopelle. Aveva ripreso il suo respiro. Era una notte chiara e il Grande Carro luceva abbagliante. Qualcuno cantava una vecchia canzone nelle sue orecchie, era come se un altro dietro alle sue palpebre stesse osservando il firmamento. Dal fondo del cortile veniva un buon odore e così anche dai giardini dei vicini. Le stelle. L'Orsa Maggiore. Aveva letto da qualche parte che l'umanità era stata generata da corpi celesti e che i satelliti erano i genitori ancestrali. Da bambino dormiva sul terrazzo per contare le stelle, le contava e le ricontava, fino a confondersi, dimenticava dov'era arrivato. Allora ricominciava dall'altro lato del cielo. Amir Ali era figlio dei pianeti, del cielo. Il suo essere con la testa fra le nuvole proveniva dal suo amore per il firmamento, dall'osservazione dei suoi fenomeni. La sua testa non poteva contenere la vastità del cielo, ma lui desiderava ardentemente risolvere misteri impossibili. Il primo regalo che gli feci per i suoi quattordici anni fu un piccolo telescopio che rimase ai piedi della sua finestra per anni e anni. Non aveva più di tredici o quattordici anni che era già una sorta di filosofo, di una maturità d'una spanna superiore a quella dei suoi coetanei, e migliaia di miglia più avanti in quanto a intelligenza e sapere. Aveva l'aspetto di un adulto capace di pensare. Aveva sempre la testa sui libri di storia, di storia dell'antico Egitto, di civiltà arcaiche, della genesi dell'umanità e dell'inizio della vita umana. Aveva un anno meno di me, ma si comportava come se noi, ragazzi più grandi e campioni di calcio del quartiere, non fossimo in grado di capire le sue importanti affermazioni e non avessimo un gran cervello. Ma non si dava arie. Era così. Poco ciarliero, solitario, e noi lo accettavamo così com'era. Era gentile, non si impicciava dei fatti altrui, stava nel suo mondo viaggiando in altri mondi. Aveva una carta geografica appesa in camera, conosceva i nomi di tutte le città, i porti, perfino le isolette sparse nell'oceano, li aveva sottolineati con la matita rossa. Chiudevamo gli occhi, Amir Ali era la nostra guida, era lui a decidere in che direzione viaggiare. Andavamo in macchina da Tehran in Turchia. Ci immaginavamo strade polverose, montagne, sale da tè lungo la strada, torri. La Grecia era lì al confine e Amir Ali ne conosceva tutti i luoghi da visitare, edifici antichi, templi. Mi diceva guarda, guarda bene e io lo seguivo, arrancando, incapace di vedere. Mi stancavo e prendevo sonno. Preferivo rimanere lì, fin dove arrivava il cielo di casa e la gente parlava la mia lingua. Amir Ali proseguiva il viaggio da solo, girava tutta l'Europa in treno, scendeva per montare in macchina, su un camion, e arrivava in Costa Azzurra, nel sud della Francia. Lì s'imbarcava per l'America, da lì in America Latina e anche in Africa. Da solo, con me non aveva niente da spartire, sapeva che ero un viaggiatore pauroso e mi lasciava andare. Però sua madre era sempre con lui in ogni viaggio, la portava con sé ovunque, nei viaggi della sua fantasia.

Da dietro alla finestra arrivano suoni di risate, dello sbatacchiare delle posate d'argento, della porta che si apre e chiude in continuazione e di una frase senza fine che potrebbe ripetersi fino al mattino e per giorni e giorni. Amir Ali paventa il ritorno in salotto e il ritrovarsi fra la gente. Teme che solo a rimettervi piede ricominceranno gli sbadigli e si addormenterà. Ma non c'è scelta, deve tornare. Sa che Malek Azar lo aspetta impaziente e che il suo comportamento è inaccettabile. Si muove, gira per il cortile, incerto, guarda la stanza dietro alle tende: no, non vuole tornare. Gli ospiti sono impegnati nella conversazione e Malek Azar lo sta cercando. Amir Ali cerca di raccogliere in fretta i pensieri, rientra sorridendo agli ospiti con un sorriso forzato, a bocca chiusa. Finge interesse per gli argomenti della conversazione e scuote la testa con disapprovazione o approvazione, come a dire: *sento tutte le vostre parole e sono qui con voi.* Gli ospiti capiscono che non sta bene e tagliano corto, accettano le sue affermazioni contraddittorie e gli danno ragione.

Malek Azar è una di quelle donne intelligenti e pazienti che non insistono, aspetta che il marito riesca a pronunciare qualcosa di appropriato, non dà importanza al suo comportamento: quale altro marito è migliore e più gentile del suo?

Torniamo dove eravamo rimasti. Malek Azar dorme, e il suo sonno dolce e tranquillo turba il marito. Amir Ali si agita, sta male e non sa a cosa attribuire questo malessere. Un'agitazione e una nausea mai provate gli attanagliano le budella. L'insonnia è un'esperienza nuova che lo sconvolge. Soprattutto perché la moglie dorme e non ha idea di quanto lui stia male. Vorrebbe aprire la finestra, ha bisogno di aria fresca, di dormire con la luce, ma Malek Azar si sveglia al minimo bagliore o rumore, nonostante i tappi nelle orecchie e la mascherina nera sugli occhi. Il malumore di Amir Ali aumenta istante dopo istante, una piccola ferita lo divora da dentro, il caldo, la zanzara, il cibo della serata sono tutti pretesti. Sa che la causa di quel malessere è la lettera che quella mattina è stato costretto a scrivere a un influente notabile di governo. Una lettera servile, adulatoria, piena di falsità dall'inizio alla fine e con la proposta velata di una mazzetta. La situazione della ditta non era brillante e la lettera necessaria.

Ancora più dura era stata la sua partecipazione alla preghiera del venerdì; i fratelli di Malek Azar avevano insistito, doveva farsi vedere. Non era necessario conoscere le sure del

Corano, bastava che seguisse i movimenti della preghiera altrui, alzandosi e genuflettendosi. Come facevano gli altri. Il numero di questi altri non era ingente, la maggior parte dei presenti erano musulmani osservanti e le loro preghiere sgorgavano dal cuore. I fratelli di Malek Azar indossavano camicie nere, giravano il rosario tra le dita, si genuflettevano e si alzavano al momento giusto. Si muovevano all'unisono con gli altri. Era chiaro che si erano esercitati a fondo. Saettavano Amir Ali, con occhi accigliati chiedevano che diavolo stesse facendo: perché rimaneva in piedi fermo? Chi stava fissando? Dov'era con la testa? Inginocchiati, piegati, prega, muovi le labbra, che fai? Perché stai ancora con la fronte appoggiata al sigillo di creta? Alzati! Che diavolo combini? Hai sonno? Volgi la faccia alla gente, non la schiena! Ti stanno guardando, si sono accorti che qualcosa non va, idiota, imbecille, muoviti!

Amir Ali, bianco come un fazzoletto e madido di sudore, cercava di esercitare forza sul suo corpo. Le sue azioni erano senza controllo, non riusciva ad alzarsi e abbassarsi come facevano gli altri, testa, schiena, gambe non rispondevano alla sua volontà. Era come se le sue membra fossero legate da fili invisibili tirati da un burattinaio nascosto. Era paura o vergogna? Forse era diventato pazzo?

A fine preghiera i cognati arrabbiati lo avevano preso di mira con una raffica di domande: sei impazzito? Che diavolo stavi facendo? Volevi farci mettere tutti in galera? Vuoi giocare con la tua pelle e col nostro onore?

Amir Ali era stanco, confuso, la testa gli girava, non ricordava bene cosa fosse successo, una nuvola pesante era calata sui suoi pensieri facendogli dimenticare tutto. Dal momento in cui era entrato fra la folla, fino a che ne era uscito, aveva vissuto le voci, le parole, i movimenti dei corpi che si genuflettevano e si alzavano come se fosse un sogno, separato dagli eventi reali della mattinata. Si sentiva molto strano.

A questo punto le sue note divengono confuse, è chiaro che Amir Ali non sa spiegare quanto accaduto: l'unico ricordo, l'unica cosa chiara gli fa ripetere «non dipendeva da me».

Aveva ripetuto questa frase anche alla moglie. E io sono sicuro che questa dichiarazione apparentemente semplice («non dipendeva da me»), che nessuno all'epoca prese seriamente, non capendo così quanto fosse serio il suo malessere, fu l'origine degli eventi successivi.

Amir Ali sa che metà di quello che dice è frutto di obblighi, di paura e di calcolo. Non crede in quello che fa, ma, beh, la maggior parte della gente fa cose di cui non è convinta, non ci si può far niente. Malek Azar lo consiglia, la sua frase chiave è: la politica, gli affari, perfino l'amicizia richiedono piccole bugie, bugie a fin di bene. Capisci, caro?

«Caro» non capisce, ma non si oppone, non gli piacciono liti e schermaglie faticose. Malek Azar sa usare parole pungenti, il suo cervello femminile è molto affilato. Sa tenere il punto e sa quando lasciarlo correre. Alza e abbassa la voce, assesta un fendente e si ritira. Amir Ali non è capace o non ha la pazienza di combattere con lei, si arrende. Malek Azar è una brava donna, ha mille qualità, lo appoggia, può contare su di lei. Amir Ali ha piena fiducia nella sua forza femminile e nel suo corpo solido e ne ha bisogno, è una sorta di abitudine. Anche scrivere alcune lettere adulatorie e fare qualche inchino ossequioso è per amore di Malek Azar e per il buon nome della ditta, in fondo non è la fine del mondo.

La cosa peggiore di tutte è pensare al buio. Amir Ali respira lentamente, senza muoversi, è sicuro che in pochi istanti il sonno arriverà. Una mano di Malek Azar è caduta sulla sua spalla e, contrariamente al solito, è fredda e fastidiosa.

Nelle sue orecchie sono rimasti i rumori della serata, le parole, le risate, il tintinnare dei bicchieri. Quanto gli danno fastidio quelle feste noiose; stesso cibo, stessi discorsi politici, solite barzellette dette e ridette, come il gracchiare della puntina di un vecchio grammofono inceppata sull'ultimo solco del disco.

Al contrario del marito, Malek Azar ama le feste. Non le piace rimanere a casa da sola, il peso angoscioso dei minuti e il trascorrere tangibile del tempo la tormentano. Il pensiero del futuro la disturba, teme la vecchiaia più ancora della morte. Si trucca per nascondere la sua vera faccia, le piace che gli altri ammirino la sua eterna bellezza. Le loro bugie la rincuorano. La realtà della sua esistenza dipende dallo sguardo e dall'ammirazione degli altri.

Amir Ali sente di nuovo il ronzio della zanzara e si adira. Dov'è? È pronto a colpirla. Gli occhi sbarrati nell'oscurità rincorrono l'insetto. Adesso si tira il lenzuolo sulla faccia, sta per prendere sonno, ma ha un piede che sporge e il nemico lo colpisce, lì. Non è importante, solo la puntura di una piccola zanzara, ma episodi futili sono spesso l'inizio di eventi importanti: in quell'oscurità, in quell'agitazione mentale insonne, Amir Ali sente di essere stato colpito alle spalle da un nemico invisibile.

Il prurito al piede si trasforma in un bruciore che si espande sotto la pelle. Si mette seduto, madido di sudore. Un raggio di luce bianca penetra dalle tende pesanti, di velluto, cade sulle lenzuola e sul viso di Malek Azar. Guarda la moglie, e ha un tuffo al cuore, non gli piace la sua bocca mezza aperta, non sembra lei, non ha il solito aspetto di quando è sveglia. Ha un altro viso, un viso più vecchio, l'ha sostituito rispetto al solito, questo viso è estraneo. Ciascuno di noi cambia aspetto a seconda che sia al buio o alla luce bianca della luna, è un fatto naturale, ma quella notte tutti i semplici fatti del mondo gli paiono assurdi e innaturali. Ha il cuore oppresso ed è sconvolto senza una ragione. È preso dalla rabbia, da ansie inspiegabili. E accade un fatto strano: il suo braccio destro, senza volerlo, come per ordine di qualcun altro, si solleva, lento, fino a rimanere alto sulla testa, come un ramo secco. Cosa succede? Non capisce. Rimane di sasso. Tenta di rimetterlo giù, non ci riesce. Come se il braccio non appartenesse al suo corpo. La mano è chiusa a pugno e una vena è comparsa lungo la linea del braccio. Si sforza ancora, con tutta la sua energia, di riportare il braccio lungo il corpo, niente. Con orrore e meraviglia s'accorge che questo braccio sconosciuto fa dei movimenti strani. Si alza ancora, si flette indietro e, senza che la sua volontà possa interferire, si cala sulla testa dell'amata e fragile moglie.

Con un urlo Malek Azar si sveglia e si mette seduta. Strilla, accende la luce sul comodino, chiama il marito, ma Amir Ali è più spaventato di lei. Ha perso la sensibilità nelle braccia e nelle gambe, non sa che cosa stia accadendo, guarda la moglie. Allibito. Ha la lingua immobilizzata e il corpo di ghiaccio. Malek Azar è terrorizzata, cieca di paura, pensa sia crollato un pezzo di soffitto, o che il terremoto abbia scosso la casa facendole cadere addosso un libro; o è stato un gatto selvatico a balzarle sul petto? O forse si è colpita da sola durante un incubo? Pensa a mille incredibili motivi mentre il cuore le batte forte.

Guarda Amir Ali e la paura aumenta, congelandola: il marito è bianco come un lenzuolo con la bocca aperta e gli occhi fuori dalle orbite. Le domande si tramutano in pena per lui, lo prende per il braccio (quello maledetto), lo scuote, lo chiama, si accorge che ha la lingua paralizzata e la mano è fredda come quella di un morto. Per quanto gli parli, lui non risponde.

*Ha avuto un infarto!*

Gli appoggia con cautela la testa sul cuscino, gli tocca mani e fronte, gli prende il polso, gli ausculta il cuore.

*È un infarto, è morto!*

Malek Azar trema come una foglia. Sta per telefonare a un amico medico, quando Amir Ali riacquista la parola, le prende la cornetta di mano biascicando alcuni suoni inintelligibili. Tenta una spiegazione confusa, senza capo né coda, cerca una bugia plausibile. È confuso tanto quanto la moglie. È talmente spaventato che non ha la forza di pensare. Deve calmare la moglie e impedirle di cadere nel panico. Deve minimizzare l'incidente. Balbetta una frase, guarda il braccio, s'interrompe, ha paura di sé stesso: che quel pezzo di corpo si muova, che la sua faccia si distorca. Si tocca i denti, per un attimo teme che i due canini si siano trasformati in quelli del conte Dracula; guarda il bianco collo della moglie e si copre la faccia con le mani. Deve vedersi allo specchio, rassicurarsi. Forse è solo un sogno, o ha la febbre e delira. Corre verso lo specchio a muro, cercando gli occhiali. Malek Azar non capisce cosa stia facendo, è sempre più confusa, urla, secondo la sua antica abitudine: quando è a un punto morto, quando capisce che tutte le strade davanti a lei sono sbarrate, grida.

Amir Ali si guarda attonito allo specchio: è lui, nessun segno di cambiamento particolare, i denti sono al loro posto, misura e forma usuali. Si tranquillizza. Calma le grida della moglie, le prende le mani tremanti e gliele bacia e intanto il suo cervello è al lavoro, in cerca di una spiegazione, di fabbricare una scusa, di coprire quanto è realmente avvenuto. Domani spiegherà questa notte, Dio è grande. Alla luce del giorno gli avvenimenti notturni si chiariscono. Ci si siede con calma e si ripensa a quanto accaduto. Adesso deve rasserenare la moglie. Vergognandosi, spiega che, nel tentativo di ammazzare la zanzara che l'aveva punto dappertutto – e mostra a Malek Azar viso, collo, gambe –, da cretino assonnato e intontito, ha colpito la bella e gentile testa della moglie pensando che fosse la sua. Non sa come scusarsi, come chiedere perdono.

Malek Azar, mezza intontita e confusa, lo guarda senza capire. Ha preso tanta di quella paura che non ha la forza di pensare. Lei è turbata e Amir Ali imbarazzato. Per un attimo pensa di dirle la verità. Ma non trova il coraggio. Quanto accaduto è incredibile anche per lui.

Malek Azar si massaggia le tempie, la fronte, le è venuto un gran mal di testa, la vista è annebbiata. Prende un paio di sedativi che tiene a portata di mano, appoggia il viso sulle spalle tremanti del marito, aspetta che le palpitazioni si acquietino.

Tutto le sembra strano, la festa, gli sbadigli e l'incredibile comportamento di Amir Ali, mentre gli altri si erano comportati come sempre, tutto come al solito. Però nessuno era sembrato contento, anche il cibo aveva un sapore strano. Un paio di ospiti non avevano mangiato la carne al sugo, Malek Azar notava queste cose, era attenta. Più delle metà dell'arrosto e degli spiedini erano rimasti lì e tornati in cucina, perché? I suoi ospiti erano di buon appetito e di buon umore, gente cui piace ridere e scherzare, ma quella sera no, e se ne erano andati prima del solito. Gli sbadigli di Amir Ali avevano contagiato tutti. Chiunque guardasse aveva la bocca mezza aperta e si sforzava di inghiottire lo sbadiglio. Anche lei era stanca e inquieta, preoccupata da qualche cosa d'indefinibile.

Era angustiata per il marito. E poi quello strano episodio, in realtà non era niente di particolare, la mano di lui le era caduta sulla testa, queste cose succedono quando due dormono nello stesso letto. Ci sono mariti che scalciano tutta la notte, occupano l'intero letto e parlano da soli.

Malek Azar è una donna assennata, non si agita per niente, non fa storie a vuoto. Non ha motivo per non accettare le spiegazioni del marito. Lo guarda e il cuore si stringe per la sua espressione, per il suo modo di guardarla con la coda dell'occhio come un bambino che ha commesso una marachella e cerca perdono.

*Com'è indifeso, mio Dio, che farebbe senza di me?*

Gli accarezza il collo con tocco materno.

*Ha solo colpito la mia testa invece della sua!*

È un errore amorevole, frutto del fondersi di due persone, quell'uomo le è così attaccato che è diventato una cosa sola con lei. Si ripete:

*Ha colpito la mia testa invece della sua.*

Sorride a fior di labbra. L'episodio ha sfumature d'amore, addirittura mistiche, significa l'annullamento di uno nell'altro. Grazie a questo pensiero illusorio e dolce, Malek Azar chiude gli occhi, si addormenta, cade nel sonno silenzioso delle donne fortunate.

Amir Ali era contento che gli spaventosi eventi di quella notte avessero avuto un lieto fine. Ora erano affidati all'oblio.

Anche Malek Azar, col sorriso e l'animo ben disposto, più

finti che veri, aveva attribuito gli eventi allo stato d'incoscienza del marito addormentato e al suo amore, tentando di non pensare ai sintomi manifestati a cena, gli sbadigli profondi e i sonnellini.

Queste cose succedono, c'è gente che quando dorme fa le cose più strane, cammina sul ciglio di un muretto o addirittura ammazza qualcuno. Aveva anche visto un film sul tema, anni prima, uno di qui film di serie C, non le veniva in mente il titolo né i protagonisti, ma le era rimasta impressa in modo persistente una scena agghiacciante: il protagonista (molto somigliante ad Amir Ali) strangolava la moglie nel sonno. I due si amavano e dormivano insieme, lei si stringeva a lui sorridendo, lui le accarezzava amorevolmente i capelli e le spalle, ma poi stringeva le dita attorno al collo di lei che, a occhi aperti ma svenuta, fino all'ultimo sorrideva al marito guardandolo con occhi innamorati. Da non credersi. Il marito poi saliva in macchina per andare dalla suocera e il film continuava.

L'indomani di quella notte maledetta e la settimana successiva la scena della donna sorridente strangolata dal marito continuava tornare in mente a Malek Azar; era posata sul suo cuore come polvere pesante. Si stupiva che dopo tutti quegli anni la scena del film fosse così vivida in lei. Fece spallucce: *È sempre così, i brutti ricordi non scompaiono mai!*

Cercò di sviare il pensiero e mi telefonò, come faceva sempre quando era di cattivo umore. Riservava ad Amir Ali i momenti fortunati e a me quelli infelici.

Chi non riusciva proprio a dimenticarsi di quella notte era Amir Ali. I momenti angosciosi gli tornavano in mente, lo facevano rabbrividire. Malek Azar si fidava del marito, ma non proprio completamente. Lo controllava, non lo lasciava solo un minuto mentre lui nutriva pensieri strani e insoliti. Non era stato facile addomesticare Amir Ali, c'era voluto un po' per fargli capire che diventava parte di una famiglia rispettabile e che non doveva compromettere questa posizione. C'erano delle regole, come quelle della grammatica di una lingua straniera, con una loro struttura, non si poteva pronunciare parole a caso e formare frasi senza senso. La nuova lingua richiedeva un nuovo modo di pensare, sentimenti nuovi, sguardo, voce, e perfino sogni e speranze nuovi. Così come non si poteva penetrare un nuovo territorio sedendosi al posto d'onore. Entrando in questo mondo si dovevano osservare nuove regole, nuova etichetta, e i mille modi di dare e ricevere.

Io ero pessimista sulle capacità di Amir Ali, Dio solo sa quanto aveva combattuto con se stesso e con che sacrifici era potuto diventare direttore della compagnia Filo e rocchetto. Agli occhi altrui era un uomo fortunato, nei tempi incerti e pieni d'eventi della Rivoluzione c'era chi aveva perso posizione e vita, lui invece, grazie al matrimonio di successo, aveva acquisito una vita e una posizione invidiabili. Doveva essere grato a queste circostanze e alla sua fortuna, e lo era, non era certo stupido. Non fosse stato per Malek Azar chissà ora in quale landa si sarebbe trovato, a contare le stelle e i loro movimenti nella galassia.

Passarono un paio di mesi tranquilli. La burrasca sembrava dimenticata e il tran tran di prima aveva ripreso. Ma quell'essere invisibile, quell'ombra intrusiva, stava solo aspettando l'occasione per palesarsi nuovamente.

Amir Ali compiva gli anni nello stesso mese, giorno e ora della suocera, con una differenza di vent'anni. Malek Azar attribuiva tale coincidenza al destino, considerandola il segno dell'unione tra le due famiglie. Ogni anno celebrava quel diletto evento invitando tutta la parentela e gli amici. Amir Ali non era molto contento del fatto di essere nato nello stesso giorno della suocera, perfino alla stessa ora, ma non lo dava a vedere e fingeva di esserne felice e lusingato. Neppure la suocera era contenta del genero, in cuor suo non si fidava di lui. Anche lei però non lo dava a vedere e fingeva di volergli bene. Entrambi erano consapevoli della simulazione ed entrambi sapevano che non c'era altra scelta.

Il settantacinquesimo compleanno della suocera e il cinquantacinquesimo di Amir Ali richiedevano una festa speciale, diversa dagli anni precedenti. Malek Azar voleva che lasciasse il segno. Sebbene una grande festa con conseguente chiasso avrebbe attratto l'attenzione dei vicini nonché del Comitato Rivoluzionario del quartiere, con possibili conseguenze, Malek Azar continuava nei preparativi. Era la prima volta che non prestava attenzione ad altro, per lei il compleanno del marito era importantissimo, più importante della scoperta dell'America.

Amir Ali avrebbe voluto dire «No, ti prego, lascia stare questa festa fuori luogo, per amor di Dio, lasciamo correre i soliti festeggiamenti assurdi», ma si morse la lingua. Malek Azar aveva il cuore tenero e si offendeva facilmente. E quando succedeva, non è che desse a vedere il suo dispiacere, nemmeno protestava, solo sorrideva, un sorriso finto e freddo. Prendeva le distanze, diventava estranea, un vero iceberg, e poi passava alle vendette, punizioni silenziose come torture cinesi. Si ammutoliva, inarcava le sottili sopracciglia, rispondeva urbanamente alle domande di Amir Ali e generosamente concordava con ogni sua parola e azione. Ogni secco «mio caro» con cui iniziava o finiva la frase colpiva Amir Ali peggio di cento parolacce. Aveva una maschera adatta a ogni occasione sotto la quale non mostrava i suoi veri pensieri e le emozioni. Non si sa se fosse una fortuna oppure no, comunque Amir Ali avrebbe preferito che la moglie urlasse e strepitasse come tutte le mogli del mondo, e poi la faccenda era chiusa.

Ma Malek Azar teneva un file per ogni evento, archiviato nel sottoscala buio e tortuoso del suo cervello, e lo tirava fuori al momento appropriato, riesaminandone il contenuto. Niente le sfuggiva di mente, era tutto registrato nella sua testa con ogni dettaglio e particolare collegato.

Amir Ali, invece, sorvolava facilmente, non aveva pazienza per star lì a rimuginare e dimenticava subito le arrabbiature. Questo ero uno dei suoi grossi peccati che Malek Azar non gli perdonava.

Torniamo alla festa di compleanno. Lo zio più vecchio di Malek Azar, un generale in pensione che viveva solo, avendo perduto gran parte dei suoi amici con l'avvento della Rivoluzione, per passare il tempo e dimenticare gli affanni correva da un evento all'altro. Era appassionato di feste, di matrimoni, di programmi di svago e di gioco d'azzardo. Era presente a ogni commemorazione funebre, alle nascite, alle feste di circoncisione. Ogni venerdì mattina arrivava in vetta al monte, ansimando, ma prima degli altri escursionisti. In inverno si vestiva da sciatore con occhiali, cappello, guanti e scarponi, per andare a sedersi nel caffè ai piedi delle montagne, al sole, con la sigaretta in bocca. Non sciava per paura di cadere, ma era contento di essere lì e di farsi vedere. Temeva che gli altri, belli, giovani e fortunati, si stancassero di lui mettendolo da parte. Ogni mattina, di buon'ora, chiamava tutti quelli che conosceva e con la scusa di salutarli e sentire come se la passavano, ricordava loro la sua esistenza. Se veniva a sapere che a casa del tale c'era un ricevimento cui lui non era stato invitato si ammalava dal dispiacere, faceva mille congetture e attribuiva il mancato invito a una cospirazione. Se invece lo invitavano, si agitava senza riuscire a frenare la loquacità e parlava tanto da rimbecillire sé stesso e gli altri. Il giorno della festa si svegliava all'alba e cominciava a contare le ore. Poi, il pomeriggio, si preparava, indossava l'abito da festa, lucidava le scarpe, controllava cento volte l'orologio sul muro e sé stesso allo specchio, pettinava i capelli argentati e i baffi ritoccati, si legava al collo un foulard di seta e arrivava all'appuntamento un'ora prima degli altri. Si commuoveva per un nonnulla, gli veniva il nodo alla gola per i film strappalacrime e le poesie tristi, che lo mettevano sottosopra facendolo piangere per ore. A volte invece diventava cattivo e vendicativo, non riusciva a trattenere la lingua, pronunciava parole di fuoco inimicandosi il prossimo.

Anche quella sera era arrivato in anticipo, e i padroni di casa erano ancora in attesa degli ospiti. Malek Azar era dovuta uscire dalla doccia indossando l'abito da casa. Inghiottendo un insulto nei riguardi del vecchio zio rompiscatole, s'era affrettata a prepararsi, a rifare il nodo alla cravatta del marito, protestando contro la camicia troppo ordinaria che aveva scelto e dicendogli quali pantaloni avrebbe dovuto indossare.

Allo zio non piaceva quella nipote, le sue arie da intellettuale e il suo sorriso arguto gli davano ai nervi. Nonostante ciò, spalanca le braccia:

«Mia bambolina, ti voglio bene, perdonami, sono arrivato presto, sai che...».

Avrebbe voluto continuare coi convenevoli, ma Malek Azar lo interrompe. Offre la sua guancia fredda, tenendo la bocca lontana dalla pelle grassa dello zio e baciando l'aria, nauseata dal forte odore dell'acqua di Colonia.

«Hai fatto bene, sei sempre il benvenuto».

Da lontano, uno stanco e avvilito Amir Ali guarda la scena; al pensiero di dover sopportare per almeno una decina di ore questi complimenti falsi e gli ospiti stupidi, gli viene sonno. Inghiotte uno sbadiglio, si schiarisce la voce e sente che Malek Azar lo chiama; con un sorriso tirato va a ricevere il caro zio.

Gli ospiti arrivati subito dopo sono colleghi di lavoro con le mogli. Lo zio, gran donnaiolo, prepara sempre gustose storielle e aneddoti pseudoscientifici per quelle orecchie delicate. Al generale in pensione piaceva presentarsi come uomo di mondo al passo con le scoperte scientifiche del giorno. Le sue informazioni, provenienti da riviste europee e radio estere, erano arricchite con una dose d'invenzione personale e quindi impartite agli amici. Quella sera aveva deciso di parlare di scoperte astronomiche, ma nessuno aveva voglia di discutere di astri e stelle, il tema del giorno era il processo al sindaco di Tehran e il destino delle imprese edili. Lo zio si sforzava di spostare l'oggetto della conversazione su cieli e pianeti, ma non faceva in tempo ad aprir bocca che qualcuno lo interrompeva finendo la sua frase.

La cena è servita, la conversazione prende altre pieghe. Chi è appena tornato dall'estero informa gli altri sulle novità cinematografiche. Un tipo insulta il cinema americano difendendo quello del terzo mondo. Le signore protestano. La madre di Malek Azar è un tipo singolare, non ascolta mai quello che dicono gli altri, appena uno finisce di parlare lei chiede: «Chi? Dove?».

Bisogna cominciare da capo, ma la cara signora non ascolta nemmeno stavolta e riparandosi la bocca con la mano chiede:

«Ma che film? Di che sta parlando?».

Anche quella sera era tutta una domanda e la gente si era stancata. Amir Ali interviene:

«Niente, niente, stava dormendo?».

Malek Azar aggrotta le sopracciglia rimanendo zitta per un istante e lo zio ne approfitta:

«Qualcuno ha visto il film sulla storia dell'origine del mondo?».

Nessuno l'ha visto.

«Allora ve lo racconto».

Non ha neppure cominciato che va via la luce: è il momento migliore per portare la torta di compleanno. Un ospite rompe un bicchiere e Amir Ali ne approfitta per tirare uno sbadiglio profondo. Una signora propone di mangiare la torta al suono della nona di Beethoven, e tutti sono d'accordo. Si fa un brindisi alla salute degli ospiti, in attesa che torni la luce. Arriva invece il cuoco, Ali Aqa, dicendo che se n'è andata anche l'acqua. Allora uno si mette a raccontare dei ladri penetrati in casa dei vicini che hanno decapitato un uomo e due donne. Lo zio, che rabbrividisce ad ogni cattiva notizia, prega:

«Per piacere, non fate questi discorsi!».

È sostenuto dai sommessi lamenti delle signore. Interviene Malek Azar:

«Il mondo esterno è un oceano buio, noi, grazie a Dio, in questo mondo oscuro siamo seduti su un'isola di luce e non abbiamo niente a che vedere con quanto ci circonda. Siamo sempre noi».

Interviene un ospite:

«Noi pensiamo di essere noi, ma noi, io e voi tutti, cari amici, siamo fuori dal mondo!». E stringendo i denti su queste ultime parole, le lancia fuori come fossero uno sputo.

Amir Ali non sente più la gamba sinistra, si sposta leggermente sulla sedia e dopo un po' la pianta del piede formicola, punge, fa male. Il piede si è gonfiato, stretto nella scarpa, e Amir Ali, disperato, tira un po' indietro la sedia distanziandosi dalla tavola. Intanto lo zio dice:

«Facciamo finta di essere all'inizio del mondo, il buio regna ovunque sovrano».

Il piede sinistro di Amir Ali si è sollevato da terra muovendosi da una parte all'altra.

Si agita, disobbedisce al suo padrone che, terrorizzato, cerca di tenerlo fermo. La punta del piede chiuso nella scarpa di pelle nera è come la bocca di una pistola nascosta che cerca sotto la tavola il suo bersaglio. Spaventato, Amir Ali si guarda la mano, ma la mano traditrice è ferma. Si acquieta, ma resta preoccupato per il piede. Gli duole il tallone, gli prude. L'alluce fa tanto male da stringergli il cuore. Per quanto si sforzi di tenerlo fermo a terra, non ci riesce. Di nuovo, quella volontà segreta, quel suo io nascosto comanda al suo piede e non si sa dove voglia andare a parare.

Malek Azar è seduta all'altro capo della tavola, distante dai piedi del marito. Non è in pericolo. Ma altre due persone, la venerata suocera e il caro zio, sono dalla sua parte, i loro piedi non troppo distanti. Confuso e preoccupato, con i sensi intorpiditi ma consapevole del pericolo, Amir Ali capisce che sta per accadere qualcosa di spiacevole, e decide di alzarsi e di andarsene, prima che sia troppo tardi. Appoggia le mani obbedienti sulla spalliera della sedia, ma rimane lì a mezz'aria: un piede, il sinistro, non si muove, è incollato a terra. Per quanto si sforzi di smuoverlo, niente da fare. Malek Azar lo controlla anche al buio, lui sente il peso del suo sguardo.

La luce si accende e la torta arriva al suono della sinfonia di Beethoven. Il piede di Amir Ali è agitato come un cinghiale selvatico che sta strappando il tappeto con le zanne. Si muove da solo, in modo strano, arretra e, dopo una pausa, calcia con tutta la forza la caviglia del generale in pensione: quest'ultimo fa cadere il cucchiaio colmo di dolce e caccia un urlo. La suocera di Amir Ali balza sulla sedia, mentre Malek Azar rimane incerta. La gente vocifera, c'è confusione, lo zio si sta massaggiando la gamba, si lamenta.

Amir Ali è bagnato di sudore, adesso che dirà? Come giustificare quest'atto terribile? Come uscirne? L'unica soluzione è la fuga.

Lo zio si è piegato a guardare sotto il tavolo. Qualcuno l'ha colpito, ma chi e perché? La vista delle delicate caviglie della cognata gli riporta alla mente l'immagine di un amore antico. Si arrotola i pantaloni e si massaggia, è stato un bel calcio! A quell'età le ossa sono fragili e facili a rompersi. Gli portano subito dell'acqua.

Malek Azar si accorge che il marito è sgattaiolato fuori e si sente sprofondare. Lo zio guarda stupito la madre di Malek Azar: è chiaro che il calcio gliel'ha sferrato lei. E c'è un motivo, una ragione che va indietro nel tempo, legata a un litigio amoroso, una vecchia ferita riaperta questa sera, vigilia del settantacinquesimo compleanno della signora interessata (così almeno pensa lo zio generale). Quel calcio inconsapevole sferrato al vecchio amore segreto ha un significato doloroso e delizioso al tempo. Ancora dolorante e lamentoso, il generale ferito guarda la madre di Malek Azar con uno sguardo languido che sembra dire che quel calcio è più dolce di mille carezze. Addirittura mormora un verso a fior di labbra, ma in modo che la signora possa udire:

*Sono vecchio, ma stringimi per una notte nel tuo abbraccio…*

Il resto se l'è dimenticato. Tira un sospiro. Ride, una risata mista a tristezza e rimpianto. Qualcuno gli posa la mano sulla spalla e questa inaspettata gentilezza muove il generale al pianto: appoggia la guancia su quella mano virile e comincia a singhiozzare.

Risata e lacrime convincono gli ospiti che il rispettato generale sia in crisi depressiva, senza dubbio dovuta alla Rivoluzione, alla guerra, all'esecuzione dei suoi compagni, e attribuiscono lo sguardo languido e l'esibizione poetica a una fase transitoria di follia; quindi, anche il calcio sotto la tavola non è che una storia inventata per richiamare attenzione e affetto. Un ospite, a conoscenza del passato del generale, compresi alcuni segreti, fa un sorriso complice, mentre una giovane mormora, scuotendo la testa dispiaciuta e triste, che i vecchi sono come i bambini.

Fanno alzare il caro zio, prendendolo sottobraccio, lui zoppica (ad arte, secondo gli ospiti), lo portano in salotto e lo fanno accomodare in poltrona. Lo zio lancia un sospiro di sollievo e uno sguardo languido alla madre di Malek Azar. Le manda un bacio con la punta delle dita e quindi chiude gli occhi pieni d'amore.

Malek Azar corre a cercare il marito per dirgli che lo zio è impazzito, fa cose strane, tipo ridere senza ragione, fare l'occhiolino a sua madre, mandarle baci con le dita e recitarle versi d'amore a fior di labbra. Pare che il calcio non ci sia stato, è tutta un'invenzione dello zio, povero zio, per ottenere l'attenzione, la simpatia altrui. Era tutta la sera che cercava di parlare, di mettersi in mostra e nessuno gli aveva dato retta. Poveretto. Rimaneva, però un dubbio: se il calcio non c'era stato, come mai aveva la caviglia rossa e gonfia? Malek Azar non era stupida, aveva visto coi suoi occhi la caviglia gonfia e violacea dello zio.

Amir Ali suda. Arrossisce e il rossore non sfugge agli occhi curiosi della moglie.

«Non so, hai ragione, povero zio!».

Scuote la testa, senza motivo, e fa una risata, ancora più immotivata, a bocca troppo aperta. Poi si volta, dando le spalle alla moglie, si gratta la testa e, senza preamboli, accennando a una sottile crepa sul muro dice:

«Dobbiamo far dipingere casa alla prima occasione».

Malek Azar è troppo intelligente per farsi ingannare. Se non rende la cosa più grande di quanto non sia decidendo di lasciar perdere è solo perché non vuole che gli ospiti vengano a sapere di quanto successo: qualcosa che lei stessa non aveva capito bene.

Quella sera non può e non vuole fare l'interrogatorio a zio e marito. Ma ha deciso che cercherà l'occasione per andare a fondo della faccenda.

Amir Ali, pallido e tremante, torna in salotto e borbotta delle scuse per la sua assenza. Prende una sigaretta, la tiene tra le dita, l'appoggia al labbro, cerca un fiammifero, poi rinuncia e getta la sigaretta sul tavolo. Va in cucina, apre il frigo, non sa cosa sta cercando, apre lo sportello del ghiaccio. Il cuoco lo guarda: prende un ravanello e lo mastica veloce. Chiude il frigo. Va in bagno a guardarsi nello specchio: si dà un forte pizzicotto sopra al ginocchio e sferra un gran pugno alla caviglia. La gamba risponde, avverte il dolore. La muove, l'alza, l'appoggia a terra, la comanda, tutto a posto, nessun problema, è la sua gamba di sempre.

Si taglia la torta, tutti mangiano, anche il fortunato generale; poi, visto che non avevano ascoltato prima la sinfonia di Beethoven, si decide di farlo dopo il dolce e quindi tutti torneranno a casa.

La gamba di Amir Ali è tranquilla, ma ora il suo cuore galoppa in modo strano e il corpo è in preda all'agitazione. Sa che Malek Azar non lo molla e che andrà a fondo della faccenda, come e più di un investigatore. Forse sarebbe meglio dirle la verità, cercare il suo aiuto, spiegare che il suo corpo è impazzito, posseduto da una creatura invisibile, uno spirito, un demone. No. Nessuno può credergli, lei direbbe che è matto e vuole disonorarla. Meglio aspettare, nascondere l'incidente.

La caviglia dello zio fa veramente male, un male dolce e amoroso. Abita in fondo alla strada, e Amir Ali si offre di accompagnarlo. Malek Azar guarda il marito in modo inquisitorio, sospettoso, vorrebbe trattenerlo, dirgli «vengo anch'io», ma rimane zitta. Non è ancora certa di niente. Deve aspettare, essere paziente e perspicace come al solito.

Lo zio è allegro come se avesse bevuto, e zoppicando aggrappato al braccio di Amir Ali canticchia a fior di labbra. Vorrebbe raccontargli di quell'amore antico che si è ravvivato come una fiamma, ma non ha coraggio. Accenna un paio di volte alle storie di Leila e Majnun e di Giulietta e Romeo, sospirando. Un paio di volte si ferma, si tocca la caviglia, emette un lamento che è per metà una risata.

Passa la ronda, emette un fischio e lo zio torna in sé: stringe la mano di Amir Ali e rientra contento a casa.

L'uomo di ronda saluta Amir Ali e rimane in attesa; Amir Ali dice che purtroppo non ha soldi con sé e il sorriso della guardia scompare:

«Siamo al suo servizio» dice, ma la voce non ha l'untume e il tono amichevole di prima.

Le luci sono spente, bandiere a lutto sono appese alle porte di un paio di case: fuori di casa sua è un altro mondo. Nessuno sa del compleanno suo e della suocera, nessuno festeggia i loro compleanni. Su un tetto, c'è un uomo intento a nascondere la parabola. Vede Amir Ali e si ritira scomparendo nel buio. Passa la macchina della buoncostume, frena, i poliziotti lo guardano, non dicono nulla e se ne vanno. Un uomo sta camminando davanti a casa sua, gli chiede l'ora, sono le due di notte. L'uomo è sconvolto e ha bisogno di parlare con qualcuno:

«Lei ha figli?».

Amir Ali fa un cenno d'assenso, pensa ai suoi ragazzi all'estero e il cuore gli si stringe.

«Beato lei, ho un maschio e una femmina, passo tutte le notti a camminare fino all'alba aspettando che tornino dalle feste, mica posso chiuderli in casa, ma ho paura che vengano arrestati e frustati».

*Sono fortunato, devo apprezzare la mia vita comoda.*

Gli scorrono davanti agli occhi la festa della serata, le tavole imbandite di cibo, le posate d'argento, i bicchieri di cristallo, i preziosi servizi di piatti, gli antichi oggetti preziosi, i tappeti di valore, i quadri, i tendaggi di velluto, e il cuore gli si stringe. Sente il peso di quegli oggetti sulle spalle, capisce di essere incredibilmente stanco, tuttavia non vuole rientrare. In questi vicoli bui semiselciati, in questa città chiassosa, fra quei grattacieli di mattoni, in quel mondo di finti complimenti e contraddizioni vere per lui non c'è posto, lui può solo gironzolare ai margini di quel mondo. Niente dipende da lui, se lui scomparisse non ci sarebbe nessuno con cui rallegrarsi o a cui fare le condoglianze.

Marito e moglie, quella notte e le notti successive, si coricarono in silenzio schiena contro schiena, senza prendere sonno. Entrambi pensavano a un avvenimento e quell'avvenimento rimaneva vago come un'ombra sull'acqua, sfuggente e inafferrabile.

Non sanno da dove iniziare né che dire. Al momento preferiscono non parlarne. Ma entrambi, nel silenzio della loro mente, ripercorrono quanto accaduto, da una sera all'altra, da qui a lì, da quello che ha detto lui a quello che ha detto lei, fino ad arrivare a un punto morto.

Malek Azar guarda a un passato più lontano, al momento in cui ha conosciuto il marito, avanza, rivede i dettagli, i possibili malintesi, i piccoli litigi dimenticati e le successive riappacificazioni, insegue altri pensieri, torna indietro, riapre eventi, li analizza, congettura, per poi giungere a conclusioni errate, senza approdare da nessuna parte.

Amir Ali, per paura dell'interrogatorio e di dover confessare la propria colpa (ma quale colpa?!) trova mille scuse per stare lontano dalla moglie. Sa che quanto è successo quella sera non ha niente a che vedere con lei. Non conosce i perché e non vuole pensarci, ma è sicuro che qualsiasi spiegazione alla moglie, o a sé stesso, sarebbe infondata e prematura. È solo il tempo a svelare i segreti degli eventi inaspettati che prima risultavano misteriosi e incomprensibili. Amir Ali preferisce aspettare che gli eventi si dipanino, rivelandogli le ragioni di quello che è successo. Malek Azar, invece, è inquieta, arrabbiata, incapace di comprendere il motivo del comportamento strano del marito, il suo ostinato negarsi. Il silenzio ha eretto tra loro un muro invisibile, le loro conversazioni e i loro sorrisi sono forzati, falsi. Percepiscono che qualcosa di terribile sta per accadere e nessuno vuole sollevare il velo dell'amara realtà. Entrambi mantengono le distanze, imbarazzati, senza il coraggio di rivelare i propri pensieri inquieti e angosciosi. Non vogliono riconoscere che qualcosa di indefinito è entrato nelle loro vite privilegiate e tranquille. Non ne parlano e questo non parlare diventa una ferita dolorosa che si espande nei loro corpi e nelle loro anime.

Ognuno aspetta che l'altro faccia il primo passo e l'altro non lo fa.

L'insonnia è la nuova e sconosciuta malattia di Amir Ali. Appena chiude gli occhi, il cervello comincia a lavorare, una serie d'immagini confuse si materializzano dietro alle palpebre serrate. Si guarda in continuazione mani e piedi, è diventato consapevole del proprio corpo. La mano che fino a poco tempo prima l'ha servito come una tata gentile, pettinandolo, portando il cibo alla bocca, abbottonandogli la camicia, lavandolo, allacciandogli le scarpe, quella mano capace di scrivere, di accarezzare, sempre pronta ad assecondarlo, improvvisamente, per una ragione sconosciuta, s'è trasformata in un nemico infausto che obbedisce a un essere estraneo e invisibile. Dio solo sa che gli riserva. Possono succedere milioni di cose: e se volesse afferrare il collo delicato di Malek Azar e strangolarla? Oppure prendere il pesante vaso da fiori in metallo per colpirla sulla testa? O afferrare il coltellaccio da cucina e aprirle il cranio? Come spiegare ad altri l'agonia, l'orrore, la vergogna di quelle azioni? Può forse dire che le mani non rispondono e il cervello è comandato da un altro? Nessuno gli crederebbe. La sua colpa, il suo coinvolgimento erano evidenti, l'avrebbero messo in manicomio o, peggio, l'avrebbero giustiziato impiccandolo a una gru davanti casa.

Convive con questi orrendi pensieri tutta la notte, lottando, agitandosi sotto le lenzuola, spostandosi da un angolo all'altro, insonne, travagliato. Non c'è dubbio che stia per succedere qualcosa di brutto. Amir Ali è una persona sensibile, dal cuore grande, gentile, ma dopo gli eventi di quella famosa sera non si fida più della sua indole e del suo cuore. Di sera ficca le mani sotto il corpo, ma si sveglia al minimo movimento. Una notte, due, una settimana, due mesi, fino a quando può continuare in quelle condizioni? La cosa più saggia da fare è mettere una certa distanza tra lui e Malek Azar, almeno per un po'. Dormirà nella stanza dei ragazzi, o in quella degli ospiti, non importa.

Malek Azar ascolta la strana proposta del marito e pensa di non aver capito bene. Ride. Gli accarezza la guancia affettuosamente, gli chiude il bottone del colletto. La camicia è ben stirata, di colore azzurro, gli sta bene. Sceglie lei stessa le camicie di Amir Ali, e anche le scarpe.

Imbarazzato, con gli occhi bassi, Amir Ali ripete le sue parole, fra colpi di tosse e frasi interrotte, spiegando che al momento non può dire il motivo, ma che è per il bene di entrambi. Più di così non riesce a dire, non può dire.

«Per il bene di entrambi?! Di chi? Forse che siamo separati?».

Amir Ali non sa spiegare. Ripete le tre parole «bene di entrambi» in modo che non ci sia spazio per ulteriori discussioni.

Malek Azar muore e rinasce. La testa le gira, mille pensieri e congetture. In stanze separate? Una sopra e l'altro sotto? Sono vent'anni che dormono appiccicati come due gemelli siamesi, separarsi non è semplice, è un'operazione chirurgica dolorosa. Dolorosa per entrambi, meno per Amir Ali. Non era possibile, c'era il rischio che uno dei due morisse. E poi la notizia si sarebbe diffusa, che avrebbe detto la gente? Si sarebbe sparsa la voce che tra loro c'era una guerra, che le cose andavano male, un sospetto produce mille sospetti, la loro vita sarebbe stata sulla bocca di tutti, che vergogna. Mai, mai, non era possibile, non avrebbe accettato.

Amir Ali lotta con sé stesso, sa che la moglie ha ragione, ha il cuore oppresso dalla scontentezza e dalla vergogna. Malek Azar dice che separare le camere da letto è l'inizio di una separazione reale, ci sono decine e decine di coppie che hanno cominciato col separare il letto e poi sono finite a divorziare.

Amir Ali ride affettuosamente delle paure infondate della moglie, l'abbraccia, la stringe al petto. Sta per arrendersi, per dirle «va bene, lasciamo perdere», quando l'occhio gli cade sulle forbici appoggiate sul tavolo e ha un tuffo al cuore.

*Se prendo le forbici…*

No, no, devono separarsi, non c'è altro rimedio, deve stare da solo, raccogliere le idee e trovare la causa di questa confusione, degli attacchi di follia, di questa pazzia che si è insediata nel suo corpo, nelle sue ossa, nel suo sangue. Allontana Malek Azar e, senza darle il tempo di continuare la discussione, prende pantofole e pigiama, si ripara nella grande e confortevole camera per gli ospiti. È una stanza luminosa, con sottili tende di pizzo, priva di anticaglie, di quadri, di specchi e di lampadari.

La prima notte è dura per entrambi. Dopo essersi agitato in preda ai sensi di colpa, Amir Ali prende sonno. Gli piace l'aria fresca della stanza e trova rilassante il vuoto intorno a sé. È l'unica stanza della casa in cui c'è del verde fuori della finestra, verde vivo. Malek Azar è sensibile all'odore delle piante e dei fiori, quelli nei vasi sono finti. Il letto è ampio, si possono allungare bene le gambe.

La seconda sera accende la lampada sul comodino per leggere un libro. Tira le tende, apre le imposte e dorme al chiaro di luna. Contrariamente al solito, rimane a letto fino a tardi.

Malek Azar invece si rigira, gettando via le lenzuola, spostando il cuscino da una parte all'altra. Ora ha caldo, ora ha freddo. Pensa di aver fame, desidera qualcosa di dolce. Va in cucina, apre il frigo, prende una cucchiaiata di miele o di marmellata di fragole. Mangiando, il cuore le si acquieta. Poi beve due, tre bicchieri di acqua, uno dietro l'altro. Lo stomaco si gonfia, fa male. Torna a letto, si rifugia in un angolo, si tira le lenzuola sopra il viso, tentando di dormire. Niente da fare, si gira e rigira fino a mattina.

Una notte si alza e sale le scale a piedi nudi. Il cuore le batte, trattenendo il respiro si ferma dietro la porta di Amir Ali. Mette la mano sul pomolo e rimane così. Vorrebbe bussare ed entrare, cacciarsi nel letto e appiccicarsi al marito, che egli sia costretto ad ammettere che ha avuto una buona idea. Però non ha coraggio, è l'orgoglio che non le dà coraggio. Sono in lite, non può cedere, si aspetta che sia Amir Ali, a testa bassa e pentito, a tornare a vezzeggiarla, cadendole ai piedi e chiedendo perdono. Forse lui la sta aspettando, tutto ciò è solo una richiesta di amore?! Gli uomini sono così, fanno tante storie, ma in realtà sono bambini sperduti bisognosi della mamma.

Incoraggiata da questo pensiero Malek Azar fa un bel respiro, gira la maniglia con tutta la sua forza, ma la porta è chiusa a chiave. Non è possibile! Gira due o tre volte la maniglia, il corpo le brucia, come se fosse colpito da cento coltellate. Con che diritto ha chiuso a chiave?! Con che diritto e perché? Che fare? Battere sulla porta, gridare, spaccare la serratura?

Torna giù facendo un gran chiasso, pestando i piedi, come per dire «io sono sveglia! Sono qui! capisci?!».

Accende la radio, stanno salmodiando il Corano, alza il volume, al massimo. Sbatte la porta una, due, tre volte. Mi senti?! Alzati! Insomma! Ah, mi chiudi la porta in faccia? A me, Malek Azar?!

Poi caccia un grido, accende le luci e mette su un disco, è la voce di una cantante di colore, alza il volume, la casa vibra.

Amir Ali continua a dormire. È sordo. Forse è morto, o gli è successo qualcosa? Sconvolta e in preda al panico, Malek Azar corre di sopra e colpisce la porta con i pugni. Amir Ali, assonnato e sbadigliando, apre la porta, frastornato dalla musica che giunge dal basso. È sconvolto, Malek Azar non è abituata a vederlo in quelle condizioni, ma capisce che è in salute, non gli è successo niente. Arrossisce, muta, i pensieri in subbuglio. Volta la faccia, mormora qualcosa, attende un attimo e poi si precipita giù dalle scale a due gradini alla volta, spegne la radio e le luci, vola nella sua stanza e chiude la porta. Si stende sul letto e fissa insonne il soffitto. È umiliata, offesa, non capisce cosa sia successo. Capirebbe se fosse accaduto un litigio tipico tra coniugi, se ci fosse un motivo di disaccordo, e lo accetterebbe. Se ne potrebbe parlare. Si potrebbero aggiustare le cose. Piantarla lì o continuare. Ognuna di queste opzioni sarebbe possibile se solo Amir Ali offrisse una spiegazione logica del suo comportamento. Invece niente, si nega, dice sciocchezze, posa, balbetta, si potrebbe ammazzare, ma non parla. Lascia tutto nel buio, nella penosa ambiguità delle congetture e dell'incertezza.

Malek Azar parla a sé stessa senza sosta. La lontananza da Amir Ali la ferisce, è assuefatta alla presenza di quell'uomo, all'odore del suo corpo, al gentile ritmo del suo respiro, ai suoi movimenti cauti a letto, allo stropiccio della carta del giornale che legge prima di dormire, al suono dell'acqua che beve al risveglio. Pensa che stia dormendo un sonno profondo (cosa che corrisponde a verità) e si agita di più. Caccia la testa sotto il cuscino, si lamenta, vorrebbe scagliare qualcosa per terra e romperla. Vorrebbe graffiare la faccia di Amir Ali, ferirlo, fargli qualcosa che lo preoccupi e ingelosisca privandolo del sonno. Ma forse l'arma migliore è l'indifferenza. Fingere che nulla sia accaduto, tipo «buongiorno caro, dormito bene? Ah bene, che bella giornata, che bel sole, che buon odore, che profumo di pane tostato».

Magari sarebbe riuscita anche a fischiettare o canticchiare felice; stiracchiarsi felice sulla sedia, ridere senza motivo; vestirsi accuratamente, truccarsi per bene e uscire salutando con un cenno di mano. Rientrare a casa tardi senza spiegare dov'era stata. Dire che aveva già cenato, ma non dove e con chi. Dire addirittura che aveva dormito bene, meglio di sempre e che la decisione del marito era stata ottima. E se tutte queste misure non avessero dato frutto, se queste manovre non avessero ingelosito Amir Ali, muovendolo ad agire, se fosse rimasto cieco, sordo e muto senza spiegare i motivi di ciò che non andava in lui, allora avrebbe potuto prendere la coppa di ceramica sul tavolo per rompergliela sulla testa.

Amir Ali è seduto al tavolo della colazione, assonnato e intontito, all'oscuro dei pensieri e dei piani della moglie. Le getta uno sguardo di sottecchi e respira di sollievo. S'aspettava una Malek Azar arrabbiata e triste, invece la moglie è sorridente e pimpante, truccata, fresca come una rosa. Grazie a Dio non è stato trascinato in una scenata. La sua coscienza ne è sollevata. Mangia una buona colazione senza avvedersi che negli occhi apparentemente felici della moglie ondeggia un'ira profonda.

Le sere seguenti passano uguali. Malek Azar si rigira, poi s'alza, accende una sigaretta, si siede sul letto e fissa le ombre malinconiche intorno a lei. Il sonno non arriva o comunque è troppo breve. A volte si alza di soprassalto, pensando ci sia qualcuno dietro alla porta, il cuore le batte, forse è Amir Ali. Allora finge di dormire. Aspetta, un minuto, due minuti, tre minuti, immobile, cinque minuti. Apre un occhio: cosa è successo, dov'è finito? Esce dalla stanza, cerca dappertutto, ma di Amir Ali non c'è traccia. Poi di nuovo pensa che sia stato Amir Ali che veniva da lei, e di nuovo capisce di essersi sbagliata.

È arrivata al colmo, fino a quando può andare avanti quel gioco? Non può più continuare a ostentare il sorriso, a fare il gioco delle persone felici, deve andare via qualche giorno, fare un viaggetto con sua madre e lo zio (tipo «mio caro marito non ho bisogno di te, penso a me») e lasciarlo nei guai. Molto peggio di quanto lui immagini. Deve liberarsi almeno per un attimo del pensiero del marito. Passeggiare, dormire, alzarsi, parlare, qualunque cosa faccia e dovunque vada, vede Amir Ali e le si stringe il cuore. Fingere di essere felice era ancora più doloroso del sopportare quella infelicità.

Aveva deciso di rimanere via una settimana, ma non ce l'ha fatta ed è tornata prima. Amir Ali non è in casa: deve essere dalla madre. Telefona, con grande sangue freddo ed educazione s'informa sulla salute della suocera, poi chiede alla cameriera di passarle il marito. Questa risponde che la signora sta male e che Amir Ali non c'è.

Non importa. Certo è a casa di qualche amico, alla fine lo troverà. Mica è morto. Sette e mezza, otto, il signore non rientra all'ora in cui avrebbe dovuto. Le nove, niente. Scenari da incubo si parano dinanzi agli occhi di Malek Azar, il corpo le duole dalla tensione.

*Dove può essere?*

Sente il rumore di un'auto che si ferma, salta su:

*È arrivato!*

Il cuore si mette a battere all'impazzata. Niente da fare, era la macchina del vicino. Si perde d'animo, si dispera, biasima sé stessa, non vuole diventare preda dello scoramento, dei sospetti, di tutto e di niente. Alza le spalle, sfoglia una rivista, ma il cuore è in tumulto. Mente a sé stessa, ma stanca del gioco.

Mi telefona, mi chiede come sto, svolazza da un argomento

all'altro, lancia un paio di strali, di quelli amari e antichi, e si mette a ridere. Finché non arriva al punto:

«Amir Ali è lì?».

Sapeva che non era da me. Condivide con me la sua ansia, la sua rabbia, le preoccupazioni, io ero quello con cui sfogarsi. Con me non aveva bisogno della maschera, era sé stessa. Riattacca.

*Ma dov'è? Dove, dove?*

Queste domande, quest'ansia, questo turbamento interno sono nuovi per Malek Azar, prima pensava che tutte le cose nella sua vita fossero al loro posto, tutto preordinato e fissato. Quel genere di cose accadevano agli altri, la morte bussava solo alla porta dei vicini. E adesso, improvvisamente, tutto è cambiato, la terra le trema sotto i piedi, un dado ribelle nell'ingranaggio della logica è rotto. Non sa dov'è il guasto; o forse c'era un difetto fin dall'inizio?

Si sente il rumore di una chiave nella toppa, le orecchie di Malek Azar si drizzano, ma è il cuoco, Ali Aqa, che rientra. Guarda di nuovo l'orologio, il tempo non passa, le lancette non si spostano. Appoggia la mano sulla cornetta del telefono e aspetta:

*Suona, suona, suona, suona, suona…*

E suonò. Non ci poteva credere, non aveva il coraggio di rispondere.

Si calma, vuole sembrare fredda e compassata, decide di non rispondere per punire il marito, fargli capire che anche lei aveva dei programmi e non rimaneva sempre a casa. Conta sei squilli, alza la cornetta, le batte il cuore. È lo zio:

«Ciao bellezza, mia bambolina, pronto….».

Malek Azar caccia un grido e riattacca, vorrebbe prendere

lo zio per il collo e strangolarlo. Suona di nuovo, è lo zio che vuole sapere che è successo.

«Lasciami perdere!» grida Malek Azar e riattacca in modo così violento che il telefono cade a terra e si rompe. Dio solo sa che sarebbe successo se in quel momento non si fosse sentito il rumore della tosse di Amir Ali nel corridoio. A Malek Azar occorrono un paio di istanti per ricomporsi. Il corpo era caldo, ma mani e piedi erano esangui.

*Ero certa che sarebbe tornato.*

Vorrebbe gridare e insultarlo ma si trattiene. Vorrebbe anche lasciar perdere, baciarlo, dimostrargli quant'è felice che sia tornato. Fa un passo, si avvicina, non è ancora arrivata da lui che si immobilizza. Abbassa lo sguardo, copre i propri sentimenti. Perché dovrebbe abbassarsi? Aspetta. Aspetterà finché Amir Ali cede, alla fine lui si stancherà e le cadrà ai piedi.

Trascorsero settimane e la pazienza di Malek Azar era finita: non era possibile continuare con quel gioco né ingannare sé stessa mettendo la testa sotto la neve come una pernice. Per quanto amara, la verità era meglio di quella messa in scena. Voleva sapere tutto subito, sentire la verità dalla bocca di suo marito. Cosa passava nella testa di quell'uomo? Cosa era successo? E prima che Amir Ali uscisse da casa, lo raggiunse. Chiuse la porta della camera, lo fece sedere sulla sedia, gli appoggiò una mano sulla spalla in modo che non si alzasse e si sedette davanti a lui.

Amir Ali guarda l'orologio, dice di aver un appuntamento, è importante, riguarda la situazione nella ditta, va bene, parleranno quella sera, e si alza per andarsene.

Malek Azar è determinata, non ha voglia di scherzare, afferra con entrambe le mani la giacca del marito e lo fa sedere.

«Quella sera, la sera del compleanno, quando è andata via la luce, che è successo? Chi ha scalciato lo zio sotto la tavola? Sul serio è stata mia madre, la mia santa madre, a tirare un calcio sugli stinchi allo zio? E allora perché tu sei impallidito e sei corso fuori dalla stanza? Perché?».

Amir Ali, con lo sguardo di una gazzella caduta nella trappola, fa il possibile per rimanere zitto.

«Perché?».

Silenzio.

Malek Azar vede che il marito si guarda intorno cercando di fabbricare una storia plausibile e svignarsela. Sposta la sedia più vicino a lui, appoggia le sue ginocchia a quelle tremanti di lui, con una mano gli solleva il mento alzando la sua faccia imbarazzata verso di lei, come se incoraggiasse un bambino riottoso a parlare. Con voce priva di rimprovero o di rabbia chiede:

«Cos'è successo caro, anima mia, parla, sono tua moglie, sono te, sono il tuo amore, te ne sei dimenticato?».

«Anima mia» sembra proprio l'abbia dimenticato, e con la sua abituale voce ferma e decisa risponde che ognuno tiene un segreto, di diritto, in un angolo privato della propria esistenza.

Risposta inappropriata: che significa «privato»? Quale angolo privato? Forse che Amir Ali aveva un'altra vita, indipendente dalla moglie? Era una frase inopportuna che gli era scappata fuori. Neppure lui sapeva come la lingua avesse articolato quelle parole sputandole dalla bocca.

Malek Azar non si aspettava una simile risposta:

«Io sono un'estranea a tuoi occhi? Non ti fidi di me, vero?».

Amir Ali non si fida delle sue stesse parole, della sua lingua. Capisce di non avere il controllo di quanto dice e teme che dalla sua bocca escano cose contrarie alla sua volontà. Prende la bottiglia d'acqua dal tavolo e, a dispetto delle sue buone maniere, beve direttamente dal collo. Malek Azar protesta per questa mancanza di educazione.

L'acqua è fresca, ne beve ancora, glu glu glu, fino all'ultima goccia, si calma. Malek Azar ora è arrabbiata, ma si trattiene. Si dice che non è il momento dei rimproveri. Quest'uomo è come un bambino ostinato e ribelle, bisogna ingannarlo, blandirlo, gli uomini amano le adulazioni, i complimenti, perfino un uomo difficile come Amir Ali può essere ammorbidito dalle lusinghe. Ammorbidisce la voce (forse anche troppo) e ride.

Una risata che nasconde un'ira amara, una voce morbida pervasa da un'onda di falsità. Prende una mano di Amir Ali, la stessa che l'aveva colpita quella famosa sera, e l'accarezza, bacia le punte delle dita, si accorge che la mano è insensibile e ne è offesa. Si può curare ogni ferita, purché l'orgoglio sia intatto. Nonostante ciò, inghiotte l'ira e pazienta:

«Amir Ali, io e te siamo intimi, non ci nascondiamo nulla, siamo due anime in un corpo, te ne sei dimenticato? Non c'è niente che io non abbia fatto per te».

Vorrebbe aggiungere che grazie a lei è padrone di beni e di una casa, ma non lo fa.

«Parla, dimmi la verità, perché ti sei allontanato da me, perché mi allontani, perché?».

Senza volerlo, ha alzato la voce e la parola «perché» suona minacciosa.

Amir Ali prende la giacca, ha finito le sigarette. Schiaccia il pacchetto vuoto e lo getta sul tavolo. Prende la scatola dei fiammiferi, la rigira tra le dita. Ne accende uno, lo spegne, lo rimette nella scatola. Ne accende un altro, aspetta finché si brucia il dito. Malek Azar odia quel gesto, lo fa anche lo zio e la irrita. Prende la scatola dalle mani del marito e tira fuori i fiammiferi bruciati. Si accorge che Amir Ali non sta bene, una vena bluastra è apparsa a lato della fronte, perché è così sottosopra? Non conosce quest'uomo, non è il suo amato marito, è un estraneo che la sta imbrogliando, è chiaro, non vuole parlare con lei.

Malek Azar odia gli eventi illogici, quelli che non sono riconducibili all'evidenza, alla prova provata. Ogni fatto ha una sua spiegazione scientifica e logica. La vita è una catena di scelte. La persona di successo è quella che alza la testa, guarda innanzi a sé, decide quali siano i propri interessi, sistema le cose in ordine, e accetta le responsabilità del proprio destino. Amir Ali non conosceva il posto delle cose e non l'ha mai imparato. A volte si è chiesta perché lo ama e la prima spiegazione che le è venuta è che le appartiene, la ama e morirebbe senza di lei. Scegliere Amir Ali è forse stata l'unica decisione affrettata della sua vita.

Era veramente innamorata di lui o era solo per fare dispetto a me?

Fosse quel che fosse, mai si sarebbe arresa ammettendo il suo sbaglio. Impossibile. Avrebbe continuato la via che aveva scelto, fino alla fine. Avrebbe fatto fuoco e fiamme per dimostrare di aver ragione. Aveva deciso di forgiare Amir Ali nella creatura dei suoi sogni e c'era riuscita. Un successo durato vent'anni. Mica uno scherzo. Era riuscita a galleggiare nonostante tute le avversità, la Rivoluzione, la guerra. Nonostante la casa confiscata e nonostante un paio di volte avessero messo i lucchetti alla compagnia Filo e rocchetto. Aveva passato quattro anni correndo da un *Komiteh* all'altro, da un tribunale all'altro, finché era riuscita a riscattare la casa, a resuscitare l'azienda mezza fallita e a collocare Amir Ali sulla poltrona di dirigente. Adesso che poteva rilassarsi e godersi in pace il successo e il compleanno del marito, Amir Ali scompigliava l'ordine della sua vita. Una ribellione, una disubbidienza immotivate. Forse aveva paura d'invecchiare? Temeva la morte? Aveva sentito che gli uomini sulla sessantina danno improvvisamente di matto. Invece di migliorare diventano esseri incapaci, rapaci. Vedono che, accidenti, non è rimasto molto tempo, devono carpire ogni istante e raschiare il fondo di ogni pentola disponibile. Se questo era il caso di Amir Ali, sarebbe durato poco, sarebbe passata. Doveva solo stringere i denti e aspettare. Malek Azar non conosceva umiliazione più grande del dolore e dell'infelicità. Non avrebbe accettato la sconfitta, avrebbe combattuto.

C'era voluto un bel po' per costringere Amir Ali al confronto e non voleva mollarlo facilmente. Voleva una risposta chiara:

«Che significato hanno queste tue azioni? Rispondi. Sei forse impazzito? Sei malato?».

La parola «malato» arrivò a salvare Amir Ali:

«Sì, bene, hai ragione, devi saperlo, sono malato, sei contenta? Malato, malato di mente, sono pericoloso, potrei ammazzare qualcuno, potrei mettere le mani su qualsiasi cosa, non sono padrone delle mie azioni, hai sentito? Hai capito?».

Se lo avesse lasciato fare avrebbe continuato per ore. Dal

suo essere era emersa una rabbia senza precedenti, un'ira disordinata e sconosciuta rivolta contro persone indistinte, contro qualcuno che rappresentava tutti gli altri e che non aveva una faccia precisa, una rabbia diretta a tutto ciò che gli stava intorno, il giornale sul tavolo, il contorno sfumato degli oggetti, i rumori fastidiosi provenienti dall'esterno, i clacson e le bugie, a sé stesso, alla moglie, alla noiosa bruttezza che girava nell'aria come polvere grigia.

Malek Azar lo guarda, spaventata e angosciata. Non lo aveva mai visto così sconvolto, così fuori di sé. Non è abituata ai suoi respiri corti e al sudore che imperla il suo labbro superiore. Crede che stia recitando, che stia cercando di ingannarla, di tapparle la bocca. Che cattivo attore! Una malattia mentale! Pericoloso! Macché, la verità è un'altra. Una verità che lui non vuole rivelarle, perché non ne ha il coraggio.

Per un po' rimangono zitti. Poi iniziano a parlare, insieme, s'interrompono l'un l'altra, non capiscono quello che viene detto, si fissano come sonnambuli. Qualche cosa si è rotta, non ci possono credere, accettarlo fa male. Amir Ali si gira e per la prima volta in vita sua Malek Azar grida contro il marito, e le sue urla volteggiano per la casa. Il cuoco Ali Aqa la sente e gli cade di mano il mestolo, mentre il gatto dietro al balcone fa un salto e scappa via.

La situazione della compagnia Filo e rocchetto non era rosea, i soci erano in disaccordo e il Comune in ritardo con i pagamenti. Amir Ali era andato in ufficio di malavoglia a convocare un'assemblea, in cui il fratello di Malek Azar, a capo della compagnia, aveva attribuito ogni colpa all'incompetenza di Amir Ali e al ladrocinio dell'ex contabile. Quest'ultimo si era difeso tanto da sentirsi male e rischiare l'infarto. I presenti avevano preso sottobraccio il vecchio impiegato per portarlo fuori e gli avevano slacciato il colletto perché respirava a fatica. Amir Ali aveva dichiarato che sarebbe andato lui stesso a parlare col sindaco o col suo vice, risolvendo la cosa da solo.

L'indomani venne da me e insieme andammo da mio zio, un notabile di notevole influenza al bazar e nella macchina statale. Questo mio zio era uomo onesto e, nonostante avesse avuto da ridire col defunto padre di Amir Ali, promise di aiutarlo, per amor mio. Disse che il padre di Amir Ali aveva commesso molti errori e grandi peccati, ma che questi non dovevano ricadere sul figlio; che ognuno è padrone del proprio destino e discorsi simili che adesso non ricordo.

Tre giorni dopo, un alto funzionario del Comune ricevette Amir Ali. Erano presenti altre due persone. Per essere ben accetto nella sfera statale, Amir Ali si era lasciato crescere la barba e aveva indossato un vecchio abito. Si era anche preparato un paio di citazioni religiose e delle espressioni in arabo per ogni evenienza.

Il funzionario aveva cominciato a parlare e Amir Ali aveva ricambiato con convenevoli di prammatica. Anche gli altri due tizi avevano parlato per un'ora. Amir Ali scuoteva la testa in segno di assenso. Andava tutto benissimo, finché lo stomaco di Amir Ali non cominciò a brontolare. Sembrava che avesse duemila rane gracidanti nelle budella e il gracidio era amplificato da un altoparlante. La pancia stava per scoppiargli. Il funzionario sembrava colpito, e, istintivamente, si scostò. Anche gli altri due tizi lo guardavano allibiti. Quello che parlava si azzittì, anche le rane si acquietarono e la riunione continuò. Ma il funzionario non aveva ancora sciorinato tutto il suo discorso che il trambusto nello stomaco di Amir Ali si tramutò in un singhiozzo, così innaturale e rumoroso che tutti, incluso lui, balzarono sulla sedia. Amir Ali ansimava, era in pena. Aveva lo stomaco in subbuglio e sentiva che stava per vomitare sui documenti. Era come avere nella pancia un terribile mostro che cerchi di sbudellarti per uscire. Gli altri lo guardavano arrabbiati, accigliati. Le loro voci arrivavano alle orecchie di Amir Ali mentre i loro sguardi adirati gli trafiggevano il corpo. Firmò il documento e teneva ancora la penna in mano quando, d'improvviso, gli uscì un suono spaventoso che fece scattare tutti in piedi. L'aiutante del funzionario si alzò furioso e anche gli altri presero su le carte e abbandonarono la riunione. Non erano ancora usciti, che Amir Ali vomitò sui documenti davanti a sé.

Tornò a casa distrutto, andò dritto in camera, chiuse la porta a chiave e si stese sul letto. Lo stomaco non brontolava più, si era calmato, non sembrava certo lo stesso stomaco disonorato che un'ora prima era esploso. Quel corpo non era più il suo corpo amico e amato. Ogni sua parte si era ribellata ed era in guerra contro di lui. Il cervello lo tradiva alleandosi con altre forze, le truppe di Satana, e non si sapeva che progetti avessero.

Malek Azar non era a casa, Amir Ali respirò di sollievo. Non doveva spiegare niente a nessuno né fingere di essere felice e in buona salute. Nessuno poteva capire la sua malattia. Un paio di volte aveva preso la decisione di andare da uno psicologo, ma poi aveva desistito. Non credeva nella psicologia, non aveva né voglia né pazienza per quel tipo di cose. E non credeva neppure nei tranquillanti o nei sonniferi. Sapeva che quella malattia – se era possibile chiamarla così – aveva radici nel suo passato. Era un vecchio virus sedimentato nel suo cuore e nella sua anima. Il suo corpo non era impazzito senza motivo, non si accendeva per nulla, doveva capire perché. Ma da dove cominciare, da quale momento della sua vita?

Amir Ali ha idee vaghe e confuse sulla sua infanzia. Conserva nella mente alcuni giorni, alcuni avvenimenti, alcuni frammenti del passato, solo quelli graditi, mentre ha affidato all'oblio le altre vecchie rimembranze. I suoi ricordi sono colmi di buchi neri, di interruzioni e di silenzi. Ha bisogno di aiuto per farli riaffiorare. Io lo conosco dall'infanzia, eravamo amici, compagni di classe. Me lo ricordo bene, era bello, alto, grande ascoltatore e di poche parole. Non giocava a calcio, non correva, non partecipava ai giochi dei ragazzi del quartiere. Il suo passatempo preferito era gonfiare palloncini colorati e andare al cinema. E poi gli ci voleva un bel po' per staccarsi dalla trama e dai fatti del film. Era appassionato di racconti di mare, delle storie di capitani solitari e di marinai che navigano per tutta la vita, gettando l'ancora nei vari porti senza avere mai un posto fisso. Viaggiava grazie a questi film, il suo sguardo faceva capire che si trovava in un altro mondo. E poi c'erano i palloni. Aveva iniziato anche me a questo gioco. Neppure a me piaceva correre. Abitavamo a Shemiran, a quel tempo le colline di Elahiyeh e Amaniyeh erano incontaminate e deserte. Il palloncino di Amir Ali era tricolore e volava vicino alle nuvole, tanto lontano da sembrare una macchia in cielo. Il mio faceva fatica ad alzarsi, dopo un po' cadeva o si impigliava nei pali della luce o nell'unico albero delle vicinanze. Non riesco a dimenticarmi l'eccitazione di Amir Ali, la sua risata e il suo sguardo rapito. Quando doveva gonfiare un pallone ammutoliva, si concentrava, non muoveva un ciglio, sembrava non tirasse mai il fiato. A me queste cose facevano ridere, ma me ne stavo zitto. Oggi, ripensando a quelle scene, capisco cose che al tempo il mio cervello di bambino non mi consentiva di cogliere. Ripenso alla sua faccia, felice e incantata, mi rendo conto che nei suoi occhi ondeggiava un sentimento più grande di una pura soddisfazione infantile e che la sua mente era da un'altra parte. Se lo chiamavi non ti sentiva. Se gli pestavi i piedi non se ne rendeva conto. Il suo sguardo era fisso sul palloncino e in quel momento niente e nessuno esistevano per lui. Viaggiava insieme al palloncino, fluttuando nelle immense distese del cielo e fra le isole celesti. Il suo palloncino colorato, contrariamente al mio, pesante e privo di vita, andava lontano, s'inerpicava ben oltre lo sguardo. Non mi ricordo di aver mai visto Amir Ali felice come in quei momenti. Un giorno il palloncino non scese. Dondolava per liberarsi, stava per cadere, ma poi riprese quota, girò sopra la testa di Amir Ali, scherzoso, poi, piano piano, salì sempre più in alto, nascondendosi dietro alle nuvole. Si mostrò un'altra volta, poi, volteggiando come un uccello ubriaco, si impennò fino a spezzare il filo nella mano di Amir Ali. Lo perdemmo. Ci sedemmo ad aspettare, niente, era sparito, volato in uno spazio e in un tempo lontani da noi, irraggiungibile. Ero convinto che Amir Ali sarebbe rimasto seduto sulla collina fino a notte ad aspettare il suo palloncino; e invece accadde il contrario:

«Un giorno sarà lui a tornare» disse, e corse giù dalla collina, col vento che gli entrava nelle maniche della camicia.

«Solo Dio sa dov'è» e scoppiò a ridere. Aprì le braccia e cadde a terra, di schiena, chiuse gli occhi per dormire. Sembrava svenuto, non si muoveva, faceva il morto, una morte temporanea e piacevole.

Era un ragazzo strano, diverso da tutti. Da piccolo rompeva ogni cosa, piatti, ciotole, vasi da fiori, soprattutto oggetti di suo padre. Per quanto lo rimproverassero, niente da fare, non dipendeva da lui, era incorreggibile. Suo padre era severissimo, un despota, lo chiudeva prima in soffitta e poi nello scantinato buio. La madre ne moriva di dispiacere, diceva «mio figlio morirà di paura, lo perderò». Non sapeva che suo figlio era felice, da solo in quell'oscurità. Lo scantinato aveva una finestrella sul soffitto e sul vetro si riflettevano la luna e il cielo. Amir Ali stava seduto ad ammirare le stelle, dimentico del mondo. Viaggiava con la fantasia, inventava storie, saltava da un pianeta all'altro.

Crescendo, aveva smesso di rompere le cose, ma preoccupava in un altro modo chi gli stava intorno. Ad esempio, non parlava col padre, non lo guardava neppure in faccia. Il padre non c'era mai, ma quella volta la settimana o in quei due giorni al mese in cui era presente voleva che i figli ne fossero consapevoli. Amir Ali si nascondeva e, per quanto lo chiamassero, non dava riposta. Rimproveri, bastonate, punizioni erano inutili.

Il rapporto con la madre aveva due facce. Da piccolo le stava appiccicato, troppo, di notte dormiva perfino nel suo letto. Poi cominciò a litigare con lei, si ritrasse e divenne più silenzioso che mai.

Leggo gli appunti di Amir Ali con attenzione, non c'è cenno al motivo di queste liti o del suo ritrarsi. Le parole riferite alla madre sono come un cruciverba incompleto. Devo trovare io quelle mancanti e metterle nelle caselle giuste. Eppure, non arrivo da nessuna parte, c'è sempre una parola che manca e non riesco a trovarla. La figura materna è nascosta, come un'immagine sacra, da veli di frasi vaghe e di riferimenti guardinghi. Quando parla della madre scrittura e stile cambiano. È come se avesse paura, scrive e poi si ritrae, è incerto, cancella le frasi, esita, è chiaro che sta lottando con sé stesso. Vorrebbe dire qualcosa, divulgare un segreto, ma non ce la fa.

Parlo di sua madre quand'era giovane, magra e fragile, di una bellezza tranquilla e nascosta, impercettibile al primo sguardo, che non ti faceva capire se era bella o brutta. Era alla seconda o terza occhiata che si rivelavano i suoi occhi chiari e lucenti e il suo sorriso dolce. E poi, ogni volta che la guardavi, ti accorgevi che era bella.

Amir Ali le voleva molto bene, un amore tranquillo ma coinvolgente. Dovunque fossimo e qualsiasi cosa stessimo facendo pensava alla madre, improvvisamente diceva che doveva rientrare, tirava fuori delle scuse, tipo un appuntamento col dentista o che suo padre lo stava aspettando. Balle. Gli altri bambini ci cascavano, ma io ero l'unico a conoscere il motivo per cui se ne andava. Aveva paura che la madre fosse sola e triste. Non si fidava dell'aspetto tranquillo e sereno di lei, sapeva che fingeva per amore di Amir Ali, perché non si rattristasse. Apparentemente sembrava non soffrire di alcuna mancanza, sembrava soddisfatta della vita. Ma in realtà era una donna ancora bambina, facile alla tristezza tipica delle ragazzine innocenti che sfogano i dolori piangendo nella loro stanza, sotto le lenzuola, lontane dagli occhi altrui. Passava i giorni e le notti in attesa del marito al quale non aveva coraggio d'avvicinarsi.

Amir Ali da piccolo, intorno ai quattro o cinque anni, dormiva nel letto della madre, capiva che era molto triste, e nonostante il sorriso dolce e le mani gentili, quand'era sola piangeva, lacrime silenziose sotto le lenzuola, il volto affondato nel cuscino. E l'unica cosa che Amir Ali poteva fare con le sue manine era rompere i piatti. Mamma piangeva di notte, al mattino voltava pagina e cambiava faccia. Si tingeva labbra e viso di un rosso che dopo dieci minuti sbiadiva dalle guance esangui e dalla labbra blu, sostituito dal grigio, il colore delle parole taciute e del dolore sommesso. L'unico rosso duraturo in quella faccia stanca e pallida era nei suoi occhi e nelle occhiaie che li circondavano.

Perché sua madre fingeva d'essere felice? Per vergogna? Per paura? Forse i grandi si comportavano così: avevano due facce, una per il giorno, l'altra per la notte.

Ad Amir Ali non piaceva la gente con due facce, il suo cervello da bimbo non comprendeva dualità e contraddizioni che provocavano confusione e paura. Tutto gli sembrava irreale, come un gioco di ombre. Si guardava allo specchio e vedendo che era come la notte precedente e come il giorno prima si sentiva sollevato. Aveva promesso a sé stesso che quando fosse divenuto grande non avrebbe avuto che una sola faccia, quella reale, quella di sempre.

Suo padre, invece, aveva quattro, sei, dieci facce diverse. Facce di cartone. E nessuna per sua madre; quando si avvicinava a lei, era senza faccia, era solo un cerchio vuoto, con due orecchie sporgenti ai lati, come si vede nei disegni elementari dei bambini.

Quando arrivava la cameriera, la faccia aveva quattro occhi, la bocca si allargava, piena di acquolina, e le labbra si animavano. A volte la faccia si allungava e assottigliava, le sopracciglia si univano e gli occhi sprizzavano scintille. Era la sua faccia peggiore, la faccia della gentaglia, cattiva, gelosa, pericolosa, la faccia con cui aveva sparato al figlio maggiore. Suo fratello era carponi per terra, cercava di scappare, ma suo padre gli aveva sferrato un calcio dietro la schiena ed era caduto di nuovo. La bocca della pistola girava sulla sua faccia, sul collo, la bocca era aperta, immobile di paura, ma le parole non uscivano. Vedendo il suo terrore, il padre digrignava i denti di piacere. La lite riguardava la moglie del vicino. Sua madre guardava da dietro alla finestra, la sua faccia triste e quella felice si mescolavano, come disegni fatti con l'inchiostro su carta umida. Amir Ali le stava accanto, in preda al tremore. Non capiva perché sua madre non intervenisse. Perché aveva chiuso gli occhi e si era tappata la bocca con la mano? Amir Ali avrebbe voluto gridare, aiutare il fratello, liberarlo, avvisare i vicini o il personale di servizio, avrebbe voluto sollevare il vaso di fiori e colpire la testa di suo padre. Ma sua madre non lo permetteva. Gli premeva la faccia sul suo vestito in modo che non guardasse. Quello che aveva visto era già troppo. I bambini della sua età non avevano il diritto di guardare certe scene. Gli mise le dita sulla bocca, in segno di silenzio.

Quella sera avevano avuto ospiti. Suo padre era sorridente e allegro, l'odore della sua acqua di Colonia europea accoglieva gli ospiti prima di lui. Sulla sua faccia non c'erano tracce d'ira né di odio, la sua voce era calma, il modo di fare amichevole. Come se si fosse appena svegliato da un piacevole pisolino alla fine di una buona giornata. Si complimentava con gli ospiti per i loro abiti, in modo sincero o bugiardo, soprattutto in modo falso. Anche sua madre sembrava la donna più felice della terra. Aveva indossato il suo abito più bello, nero, scollato, le scarpe dorate col tacco alto e i pesanti orecchini che usava per le occasioni importanti, nonché l'anello di smeraldi preso in prestito dalla sorella maggiore.

La tavola era stata preparata in cortile, coperta da una tovaglia bianca i cui bordi ricadevano a terra. Senza essere visto, Amir Ali sgattaiolò sotto la tavola, si afferrò le ginocchia e un grande e sconosciuto dolore gli scese in petto. Nessuno pensava a lui, nessuno lo cercava. Gli ospiti erano seduti attorno al tavolo e la forte risata del padre ondeggiava nel cortile. Si addormentò, e quando si svegliò quasi tutti gli ospiti erano andati via. Un riverito signore in completo grigio e la signora Parvin ad-Douleh, con un cappello infiocchettato sistemato di traverso e la sua grassa figura, confabulavano accanto alla fontana. Amir Ali si avvicinò, sentì che parlavano della madre. Il signore si voltò, lo vide e si azzittì. Con un colpo di tosse avvisò la signora Parvin che il piccolo di casa curiosava lì intorno. Amir Ali passò accanto a loro, ad occhi aperti ma senza battere le ciglia, come fosse sonnambulo, fece un giro attorno alla fontana e poi tornò dov'era prima, gli occhi fissi sul grosso posteriore e le gambe grasse della signora Parvin. Quello che successe dopo accadde così in fretta che nessuno se ne rese conto. Uno disse che la signora era scivolata. Amir Ali giurò di non ricordarsi nulla, stava dormendo, non aveva controllo. Il riverito signore disse che Amir Ali aveva uno sguardo strano, con gli occhi vuoti. Se mettiamo insieme le testimonianze, possiamo ricostruire gli eventi e dire che improvvisamente le gambe di Parvin ad-Douleh furono divelte da terra, la borsetta le scivolò di mano e con un grido cadde di testa nella fontana.

Inutile punire Amir Ali. Nulla sarebbe cambiato. Sua madre lo nascose sotto le coperte non permettendo a nessuno di avvicinarlo. Fu la prima volta che tenne testa al marito e lottò. Lo fece perché la vita di Amir Ali era in pericolo, le mani del padre avevano già cinto il suo fragile collo.

Qualche mese dopo questi avvenimenti, suo padre decise di separare il letto di Amir Ali da quello della madre e di portarlo nella camera del fratello. La prima notte fu dura, pianse. Per una settimana intera non riuscì a dormire, poi si arrese all'ineluttabile. Capì e accettò il fatto che diventare grandi si accompagnava alla solitudine. Prima di addormentarsi, suo fratello fumava cinque o sei sigarette una dietro l'altra, e poi prendeva sonno con gli occhiali sul naso, la luce accesa, gli abiti della giornata e i denti da lavare.

Una notte Amir Ali si era svegliato, suo fratello parlava nel sonno. La luna stava nel cielo come un grande occhio vigile e luminoso, a conoscenza di tutti i segreti del mondo. Le luci di casa erano spente, Amir Ali aveva tirato indietro le lenzuola, buttato uno sguardo al fratello e poi si era alzato, allontanandosi in punta di piedi. Scalzo, era incappato in qualcosa; soffocando un lamento, raccolse il bicchier d'acqua rovesciato e si avvicinò al letto del fratello. Dormiva. In punta di piedi aprì la porta, che gemette. Era una notte di un incredibile chiarore. C'era un uomo nel cortile, accanto alla fontana, immobile. Il cuore di Amir Ali batteva forte, la bocca era secca. Voleva fuggire, ma aveva i piedi freddi e incollati a terra. Provò a urlare, ma non uscì nessun suono. L'uomo era distante da lui, e appariva come un'ombra irreale. Dalla giacca tirò fuori una mano con un orologio che lesse al chiaro di luna. Da dietro agli alberi si palesò una sagoma bianca, coperta dal chador: avanzò e poi tirò fuori dal chador una mano con cui fece un cenno.

L'ombra nera si girò rivolgendo uno sguardo circospetto

alle finestre circostanti. Amir Ali riconobbe il viso del padre. Che ci faceva lì a quell'ora della notte? La donna in chador tornò verso gli alberi, e suo padre, in silenzio e lentamente, dietro. Un attimo dopo, la luce di una stanza che dava nel cortile si accese. Era la stanza della cameriera, quella che di solito faceva gli occhi dolci a suo fratello e ora parlava con suo padre.

Confuso e vergognoso, Amir Ali tornò nella sua stanza, decidendo di non dire niente alla madre. La prima decisione dolorosa della sua vita. Imparò a piangere sotto le lenzuola, nel buio notturno, come sua madre, come gli adulti con le maschere di cartone. Non poteva più rompere i piatti come faceva un tempo, quelle erano cose che appartenevano all'infanzia. Abbassò la testa, si cucì le labbra e un gran silenzio scese nel suo piccolo corpo che col tempo si trasformò in una sorta di passività. Gli altri attribuivano a saggezza quell'indifferenza di Amir Ali che sconfinava nella rassegnazione, e scambiandosi bisbigli all'orecchio dicevano che possedeva una mente acuta e calcolatrice.

Malek Azar, ferita e sconvolta, sta seduta ripensando a quello che è successo, e arriva alla conclusione che Amir Ali si è stufato di lei e non l'ama più. Un uomo che separa le camere per stare lontano dalla moglie, addirittura chiude la porta a chiave, che la colpisce in testa (era sicura, adesso, che fosse stato lui) e che vomita sulle carte in municipio deliberatamente per far fallire la ditta di lei, non solo non è più innamorato, ma ama un'altra. Perché fino ad ora non aveva pensato a questa evenienza? Amir Ali e un'altra? Ma chi? Per un attimo una silhouette di donna giovane e bella le balenò davanti agli occhi, per poi scomparire subito. Era la prima volta che pensava a una simile possibilità e improvvisamente questa altra misteriosa divenne più reale di qualsiasi realtà, più del bicchiere sul tavolo, della brezza che le soffiava sul viso, delle scarpe che calzava, più reale di sé stessa. Certo, anche gli altri lo sapevano, ma non l'avevano mai dato a vedere. Però lo zio era un chiacchierone che si impicciava degli affari altrui e faceva delle gaffe: certo, quella famosa sera aveva avuto voglia di spifferare qualcosa su Amir Ali, stava per fare cenno alla sua storia con quella signora, e Amir Ali allora gli aveva mollato un calcio sotto il tavolo per tappargli la bocca. Certo, era così, proprio così, proprio così! Non c'era altra spiegazione.

Una nuova luce si apriva davanti agli occhi di Malek Azar, alzando la cortina nera. Accettò subito per vero ciò che la sua logica femminile le diceva essere la realtà. Ecco cosa c'era, un'altra donna! Dapprima ne ebbe paura. La paura di chi si sente perduta e priva di protezione, abbandonata tutta sola in un labirinto oscuro. Sentiva la terra aprirsi sotto i suoi piedi e non aveva appiglio cui aggrapparsi. Era come essere morta e guardare il proprio funerale. Il cuore le sprofondò nel corpo freddo gelato. Si tirò i lunghi capelli, forte, finché la pelle bruciò. La sensazione del dolore era reale, collegata a un corpo vivo, ma disperato e infelice. Ora il freddo della morte s'allontanò da lei, creando una sensazione di bruciore e una rabbia inaudita sotto la sua pelle. Le valvole del cuore si aprivano e chiudevano all'impazzata e a ogni pompata l'amore che vi albergava prima era sostituito da rabbia e odio.

In quel momento avrebbe potuto bruciare la casa, sé stessa, Amir Ali. Non aveva creduto a una parola sulla malattia psichica del marito, si era detta che tutto quel teatro era stato messo su per un motivo preciso, per uno schema. Amir Ali era un traditore bugiardo, come tutti gli uomini, come tizio, caio e sempronio, e Malek Azar c'era cascata, per tutto quel tempo era stata ingannata dalle sue azioni innocenti! Che errore! Non aveva mai provato a chiedersi che c'era sotto, ma adesso capiva perché spesso rientrava tardi e perché riattaccava il telefono appena la vedeva. Dove andava, con chi aveva la relazione? Ogni sua parola, ogni suo gesto adesso appare sospetto, anche la sua faccia appare brutta, mostruosa. C'era di mezzo una donna, una giovane. L'aggettivo «giovane» le gira nelle orecchie come il riverbero di un lamento stridente: giovane, giovane, giovane, giovane, un lamento che s'insedia nel suo corpo e nella sua anima insieme a una gelosia cieca, che lacera più di mille ferite. Il pensiero della rivalità con una donna più giovane la disturba, l'immagine non definita di una donna che le infligge una sconfitta inaccettabile le divora lo stomaco.

Incubi sparsi occupano la mente di Malek Azar, prendendo il posto della semplice verità quotidiana. Sente che la geografia del suo essere è sconvolta, l'est e l'ovest del suo spirito sono stati rimossi, non ritrova più sé stessa, non si vede più, non vive più in un luogo o un tempo definiti.

Ci sono giorni in cui, per un motivo sconosciuto, si alza per il verso giusto. Una nuova luce le palpita in petto e mette in dubbio i suoi pensieri cupi. Si dice che forse si sbaglia, che non c'è nessuna amante. Non è riuscita a coglierlo in flagrante. Com'è che è così sicura? Forse suo marito è davvero innocente come dice e soffre di una malattia misteriosa? Deve parlargli, di qualsiasi cosa si tratti, toccargli il cuore. Si siede alla toilette, si trucca, si mette l'abito più bello e sfila davanti agli occhi stanchi del marito. Ride. Racconta cose piacevoli, mostra il bel viso e il corpo ancora giovane. Dice cose gentili, parla di progetti futuri, di una seconda luna di miele, di viaggi che possono fare assieme, l'inizio di una nuova vita, con i ragazzi, senza i ragazzi, in patria, all'estero, dovunque egli voglia andare. Parla del cielo e dei pianeti, anche se non ne sa un granché. Parla di libri, di film, di poesia, di filosofia, di sé, della compagnia Filo e rocchetto, della Rivoluzione e di politica. A un tratto è stanca, vede che Amir Ali non ha sentito una sola parola, la sua mente è da un'altra parte, e il cuore le manca.

Amir Ali è sempre preso dai suoi problemi e non vede i patimenti di Malek Azar. E anche se li vedesse, non saprebbe che dirle, come giustificarsi. Varie volte ha deciso di parlare con sincerità, dirle tutto. Più si tiene nel cuore questo segreto e peggio è. Le ha detto che è ammalato, ma senza spiegare com'è che ha alzato la mano e ha dato un calcio senza volerlo. Una volta si è fatto coraggio e ha cominciato a raccontare, ma lei non gliene ha dato modo: era pronta al litigio, gli occhi sprizzavano collera, era convinta che il marito mentisse, incapace di sopportare quel gioco.

Una seconda volta, su richiesta di Amir Ali che tentava di spiegarsi, la cosa si è risolta in un litigio. Malek Azar era scoppiata, attaccandolo, e lui si era controllato. Lo aveva accusato di averla sposata solo per i suoi mezzi, il suo nome e il rango della sua famiglia; adesso aveva senz'altro trovato un'altra con la casa più grande e una ditta più solida. Lei stessa non sapeva perché le fossero uscite di bocca queste parole di cui si era pentita, ma ormai era fatta. Amir Ali non l'aveva mai vista così ostile e pungente. Non se l'era presa per le parole, ma si era ritirato e senza più avvicinarsi alla moglie. La paura lo paralizzava.

Si prospettavano giorni neri. Vennero i fratelli e soci a dire a Malek Azar che avrebbero destituito Amir Ali dalla carica di dirigente. In realtà era un licenziamento, gli toglievano ogni responsabilità.

«Cara sorella, sarà anche buono e gentile, ma non fa per noi. Ci ha provato a essere come noi, ma niente. Ha preso il nostro modo di parlare, di camminare, di vestire, di sedersi e alzarsi, ma zoppica nel lavoro, che per noi è fondamentale. Non riesce a pensare come noi. Era un estraneo ed è rimasto tale. Non si merita la nostra fiducia. È pericoloso, ci danneggerà tutti, non di proposito, non in modo premeditato, ma per insipienza».

Malek Azar arrossì, il cuore che batteva forte. I suoi nervi erano consunti dagli ultimi eventi, dalla lotta interiore, dalla mancanza di sonno e si infuriava con facilità. Cercava la lite, era irrequieta. Rispose che avrebbe preso lei la direzione della compagnia. Il fratello maggiore cercò di farle capire, senza dirlo apertamente, che il cervello di una donna non è sufficiente per la dirigenza di una ditta e, per appoggiare le proprie convinzioni maschili, ricorse alle parole dei grandi, dei patriarchi della famiglia.

Anche lo zio aveva delle quote nella compagnia, ma le sue ambizioni erano fuori dalla sua portata. Gonfiò il petto alzando la voce, sapeva che ci sarebbe stato da litigare e si era preparato un dotto discorso per l'assemblea. Per un po' i nipoti lo ascoltarono, poi persero la pazienza: uno starnutì, un altro si mise a telefonare, un altro paio sbadigliarono.

Malek Azar protestò, disse che avrebbe assunto un avvocato e che avrebbero avuto sue notizie attraverso il legale. Era la prima volta che si palesava un chiaro dissenso tra sorella e fratelli. Che amarezza. Fratelli e sorella che fino al giorno prima, almeno apparentemente, erano stati uniti tra loro, improvvisamente erano nemici.

C'era anche lo zampino della mamma nell'azienda, la madre di Malek Azar aveva delle quote. Volenti o nolenti, bisognava trovare un accordo, non facile. La cara mamma, pensa che ti ripensa, cedette in favore dei figli, i figli prediletti.

Malek Azar era la perdente e accettare la sconfitta fu una bella batosta. Madre, fratello e zio avevano le quote maggiori, per cui vinsero loro. Per un po' Malek Azar, stanca e scorata, chiuse la porta di casa in faccia a tutti, tirò su un muro invisibile attorno a sé, divenne sempre più silenziosa.

Nelle stanze buie provava un senso di sicurezza. Passava tutto il giorno stesa su un lettino con la faccia verso il muro, a dormire. Se era sveglia fissava dei punti invisibili, senza aprir bocca. Ogni cosa era distante da lei, odori, gusti, il bello e il brutto, il piacere momentaneo e la felicità effimera. Rimaneva a letto fino a tardi e non usciva mai di casa. Non aveva voglia di vedere gli amici, se era invitata da qualche parte non ci andava, se qualcuno veniva a trovarla non apriva la porta. Diventava sempre più silenziosa, fino al punto di non aprire più le labbra. Le era diventato difficile fare qualsiasi cosa, farsi la doccia, o lavarsi i capelli. Passava ore in camicia da notte girando in camera, priva di vita. Non sopportava più la madre né i fratelli e aveva paura di Amir Ali. Quando lo vedeva impallidiva, tremava, si rannicchiava in un angolo del letto coprendosi con le lenzuola.

Con me era arrabbiata, non mi parlava né mi guardava. Quando mi vedeva, i suoi occhi e il suo viso si riempivano di immensa tristezza e abbassava la testa. A che pensava? Ai giorni dell'infanzia, quando sedeva sulla mia bici e mi passava la borsa pesante dei libri di scuola? Alle sere in cui le facevo i compiti? Nessuno era arrendevole come me, lei dava ordini e io eseguivo. Accettavo ogni cosa che diceva, come se lo scopo della mia vita fosse ubbidire a lei. Forse voleva mettermi in competizione con Amir Ali, rendermi geloso? Voleva che Amir Ali mi vedesse geloso, ma da me non uscì verbo. Qualsiasi cosa dicesse andava bene, questa era la regola del nostro gioco. Forse per una volta voleva cambiare il gioco, fosse quel che fosse, voleva che io mi ribellassi, facessi l'egoista, pretendessi qualcosa per me, per il mio cuore e non per amor suo.

L'unica persona che poteva riuscire a starle vicino era la vecchia balia che l'aveva cresciuta. Amir Ali era andato a trovarla: era zoppa e non ci vedeva da un occhio, ma con mille preghiere era riuscito a portarla a casa. Malek Azar non le aveva fatto un sorriso né un cenno di riconoscimento, ma non le aveva dato le spalle, anzi, le aveva dato il permesso di prenderle una mano e baciarle il viso. Dopo qualche giorno aveva mangiato qualche cucchiaio di cibo. Fino ad allora, con ostinazione infantile, aveva preso le medicine prescritte dal neurologo tenendole in pugno o sotto la lingua, per buttarle via o sputarle alla prima occasione.

Piano piano, grazie all'insistenza della vecchia balia, accetta di prendere le pillole prima di dormire e bere senza fare storie lo sciroppo prescritto. La balia le ha anche cambiato il vestito e le fa ingoiare il cibo a cucchiaini. Malek Azar è come una bimba. Lei, che voleva sempre fare il bello e cattivo tempo e prendere ogni decisione da sola. Come se volesse tornare indietro, ricominciare dall'infanzia, dalla nascita. Forse per lei ci sarebbe stata un'altra strada. Forse.

Siamo a metà inverno. Alla balia non piaceva il freddo, voleva tornare a casa sua, a Kerman, aveva bisogno di caldo e di sole. A chi affidare Malek Azar? Con la madre e i fratelli era in lite, stava male quando li vedeva, bisognava aspettare che si calmasse. Neppure Amir Ali aveva il diritto di entrare in camera sua: ordine del dottore. Appena Malek Azar lo vede, si infuria e scaraventa contro la porta tutto quello che le capita in mano, gridando e sbraitando. Amir Ali mi aveva chiesto aiuto, io avevo esperienza nell'osservarla, un'esperienza interiore che esercitavo anche a distanza.

Un giorno che nevicava, Malek Azar stava accanto alla finestra, triste e silenziosa, fissando un punto lontano. Nessuno poteva penetrare nel suo cuore, nella sua anima. Amir Ali faceva la spola tra Malek Azar e sua madre, schiavo di queste due donne silenziose e tristi. Ci dividevamo la settimana, io e il cuoco Ali Aqa, Malek Azar non protestava per il nostro andirivieni. Le mettevamo le pillole e il vassoio di cibo sul tavolo, sbrigavamo qualche faccenda per lei, e la lasciavamo ai suoi pensieri e ai suoi sogni. Amir Ali ne approfittava per andare a trovare la madre. Anche lei aveva una signora che la aiutava. Un paio di volte la settimana veniva anche un'infermiera che accudiva la signora smemorata. Amir Ali stava ore seduto accanto al letto di sua madre a guardarla, sapeva che un filo sottile lo collegava ai suoi ricordi ed era sicuro che quella creatura fragile, priva di parole, di sguardi, era ora con lui, in uno spazio profondo e limpido, celestiale.

A fine inverno Malek Azar aprì la bocca e ricominciò a parlare. All'inizio, fece dei cenni ai passerotti, cui lasciava briciole di pane sulla finestra, mormorando qualcosa a fior di labbra. Il giorno successivo mise del riso in un piattino, tenendoselo più vicino e arrivarono tre passeri con cui parlare. Beccarono il riso e volarono via. Il giorno dopo arrivarono in massa e Malek Azar rise. Mi guardò additando i passeri:

«Hanno fame».

Ripeté la frase parecchie volte. Anche lei aveva fame, aveva voglia di qualcosa di dolce. Amir Ali era dietro alla porta, batté le mani per la felicità e corse ad aprire il frigorifero. Mise un bel pezzo di dolce alla panna su un piatto e senza curarsi delle proibizioni di Malek Azar – fino a quel giorno non aveva ancora il permesso – entrò nella sua stanza. La sua guarigione era cominciata. Si ricordava di come si fa a parlare, a camminare, ad aprire le finestre e a respirare. Le era tornata la facoltà di pensare, sapeva che presto sarebbe arrivata la primavera. Guardava Amir Ali in silenzio, ma parlava con altre persone, coi passeri alla finestra.

Per Amir Ali i giorni passavano senza colori né odori, monotoni e lenti, come la fotocopia di quelli già trascorsi, una meccanica riproduzione di cose che avevano perduto la loro forma originaria. Non era possibile continuare così, decise di scrivere una lettera a Malek Azar e raccontarle tutto, da quella famosa prima notte. Si mise a scrivere; la prima versione era troppo corta. La seconda e la terza troppo articolate. La quarta e la quinta confuse e pasticciate. Aveva finito la carta da lettere. Chiamò il cuoco per averne altra. Appena Ali Aqa mise piede in stanza cominciò ad annusare:

«Signore, c'è uno strano odore, col suo permesso apro la finestra».

Anche Amir Ali si era accorto che da sotto il tavolo e il letto veniva un odore spiacevole. Forse un topo morto; si mise a cercarlo. Ma l'odore di putrido veniva dal suo corpo. Si fece il bagno, da capo a piedi. S'insaponò, stette un bel po' sotto il getto dell'acqua bollente, finché la pelle cominciò a bruciargli. Si annusò e ne fu disgustato. Una parte del suo corpo era in putrefazione. Si esaminò allo specchio la bocca, dente per dente; forse era una ferita nascosta, un ascesso tra le dita dei piedi o nell'ascella. Si esaminò da capo a piedi. Era tutto a posto, niente graffi, niente ferite, niente pustole. Nonostante questo, la sua pelle emanava un odore terribile. Se Malek Azar l'avesse visto in quelle condizioni? Se il nauseabondo odore fosse dovuto alla sua carne, alla sua pelle putrefatta, se fosse arrivato alle narici dei figli? Ogni porta si sarebbe chiusa, il mondo gli avrebbe dichiarato guerra, certo non poteva lottare contro il proprio destino. Si sedette piangendo, per ore, un pianto che sgorgava dal profondo del cuore.

Non c'era altra via che la fuga. Preparò la valigia, prese gli assegni e tutto il contante che aveva, scrisse due righe alla moglie, spiegandole di essere malato e che andava via per un po'. Un giorno le avrebbe spiegato tutto. Non aveva altra scelta che fuggire dai propri cari.

Amir Ali viaggiò per due mesi. L'auto era grande, confortevole ed era un piacere percorrere le strade fuori città. Era da qualche tempo che non viaggiava in macchina, dava una sensazione di libertà e la libertà era un'esperienza magnifica. Lo spiacevole odore del suo corpo si era affievolito e poteva respirare meglio. Dava gas senza sapere dove sarebbe andato. Passò per Karaj, Hamadan, poi si fermò a mangiare in un ristorantino. Gli venne sonno, si sdraiò all'ombra di un albero a fissare il cielo ancora luminoso e il passaggio delle nuvole, poi schiacciò un pisolino delizioso. Le palpebre si alzavano e si abbassavano mentre il corpo tranquillo era vuoto di ogni desiderio. Uccellini spensierati svolazzavano tra i rami dell'albero e le formiche giudiziose erano impegnate in un indaffarato andirivieni. Un poco più in là, una donna lavava i piatti nel ruscello mentre gli uomini mangiavano un cocomero, appoggiati su morbidi cuscini, gli occhi colmi di voglia di dormire. Un samovar di ottone gorgogliava vicino a loro e un ragazzetto col vassoio colmo di bicchieri di tè gli si avvicinò, offrendoglielo. Gli uomini fecero un cenno d'invito nei suoi confronti. La donna asciugava i piatti con un lembo del suo chador da preghiera. Poi si alzò, mise una mano sul ventre gravido e sbadigliò. Fece un cenno di saluto verso Amir Ali con occhi di donna incinta traboccanti di languida pigrizia.

Trascorse la notte in un motel, alzandosi varie volte a rimirare la luna crescente e le stelle luccicanti e dormì con gli occhi pieni d'immagini delle galassie e dei raggi cosmici. All'alba si rimise in viaggio. Fin dove arrivavano i suoi occhi vedeva terre deserte e poi, in mezzo a quel deserto arido e vuoto, una fila verde di pioppi simili a quella ordinata degli scolari. Più oltre, nel cuore del deserto, si palesava l'immagine preziosa di una piccola oasi.

Svoltò verso Kermanshah, era un bel posto e il suo nome era impresso nel cuore di Amir Ali. Non conosceva quella zona, in realtà non conosceva niente dell'Iran, era cresciuto a Tehran ed era sempre rimasto lì. Aveva viaggiato all'estero per lavoro e per fare acquisti per conto della ditta Filo e rocchetto.

Prima di arrivare in città svoltò su un sentiero di terra battuta. Era il tramonto, l'orizzonte era un mondo di colori e dal cielo scendeva una massa arancio. Non era facile guidare su quella strada, un paio di volte le ruote s'impantanarono nel fango. Si stava facendo buio. Fermò l'auto e s'incamminò. Stese la giacca per terra e si sdraiò sopra. La terra era silenziosa e le montagne intorno erano placide. Pian piano l'immensità del deserto gli penetrava il corpo portandolo via con sé, come un aquilone. Nessuno lo guardava, nessuno lo giudicava. Poteva cambiare forma, poteva morire, anche la morte era una sua scelta.

Pensò a Malek Azar. La sua voce tintinnante gli risuonava nelle orecchie e il ricordo del profumo del suo corpo gli punse la gola come una spina morbida. Frammenti del corpo di quella donna danzavano in lui, la sua presenza nascosta era appesa negli angoli dei suoi pensieri come ragnatela tessuta da un vecchio ragno. Quando stava lontano da Malek Azar sentiva la sua mancanza, gli mancava una Malek Azar immaginaria dalla voce ipnotica di sirena il cui abbraccio era vasto e rassicurante come una distesa immensa. Voleva quella donna immaginaria, irraggiungibile. Voleva un altro mondo, lontano, il suo mondo. Non un mondo di fiaba, un non luogo al di là del tempo e dello spazio, no, Amir Ali amava la terra, ma voleva uno spazio tranquillo su quella terra, un giardino adatto a un vecchio giardiniere, accanto all'acqua e partecipe dei segreti della terra.

Amir Ali rimase via per due mesi. Il cattivo odore era scomparso dal suo corpo e le sue membra non agivano più dissennatamente. Aveva pensato parecchie volte di telefonare alla madre o a un amico, ma poi aveva cambiato idea. Aveva anche chiamato casa, ma prima che potesse parlare, Malek Azar gli aveva sbattuto giù il telefono. La seconda volta gli avevano risposto che la signora non c'era.

*È ancora presto, non è ancora tempo di tornare, mia moglie è troppo arrabbiata, devo attendere, devo essere sicuro di me.*

Passò un altro mese viaggiando da un posto all'altro, da

una città all'altra, da questa locanda all'altra, senza una meta, in uno stato di dormiveglia euforica, ignaro del tempo, di quanto accadeva alla fabbrica Filo e rocchetto. Di giorno gironzolava ai margini del deserto e di sera si stendeva a rimirare il cielo e gli orizzonti aperti. Sentiva di essere parte di quella natura silenziosa e terrena, dissolto in tutto quel sole cocente, quelle piane sconfinate, quel cielo chiaro e senza nuvole. Nonostante ciò, era ancora legato al suo passato, la razionalità gli comandava di cercare notizie della moglie e dei figli e mettere fine alle loro preoccupazioni. Era difficile separare il cuore dalle montagne, dalle pianure e dalla tranquillità del deserto, ma doveva farlo. La vita di sua madre era sospesa a un filo, fragile come una bolla di sapone, doveva vederla, stare con lei fino alla fine.

La porta di casa era chiusa, avevano cambiato la serratura. Per quanto suonasse, nessuno rispondeva. Capì che non poteva andare in ufficio così conciato. Si avviò a casa dello zio che stava lì vicino. Vedendolo, al vecchio prese un colpo. Indietreggiò con la bocca spalancata. C'era anche la madre di Malek Azar, che aprì uno spiraglio delle tapparelle della sua camera, e vedendolo balzò indietro. Amir Ali chiese della moglie e lo zio rispose:

«Fino adesso dove sei stato?».

Amir Ali non aveva voglia di raccontare. Ripeté la sua domanda. Lo zio sospirò, mise una mano sulla spalla di Amir Ali, prese fiato, pronto a un'arringa, e mettendo l'altra mano in avanti (era chiaro che si era preparato la scena davanti allo specchio), rizzò il collo e con un tremito nella voce rispose:

«La vita è un grande enigma, piena di alti e bassi, a volte sei sulla sella, a volte sotto».

Amir Ali si mise a ridere, neppure lui sapeva perché. Lo zio abbassò lo sguardo e tornò il povero vecchio triste che era. Con voce priva di agitazione, come un vecchio attore, disse che Malek Azar era all'estero. Aveva messo la casa in vendita e aveva dato la chiave a qualcuno (ossia, a me).

Amir Ali non si meravigliò né si rattristò. Sembrava se lo aspettasse. Si accomiatò in fretta. Stava per uscire, quando lo zio lo richiamò, aveva un'altra notizia, cattiva. Con la voce nuovamente artefatta gli disse:

«Mi spiace, è difficile, non so come dirlo, non è facile».

Amir Ali ebbe un tuffo al cuore. Lo zio tergiversava, voleva farlo stare sulle spine ancora, tirò fuori il fazzoletto, si soffiò il naso, tossì: tutto finto. Amir Ali non gli toglieva gli occhi di dosso. Non ce la faceva più:

«Mia madre?» chiese pallido.

Suonarono, di nuovo la suocera fece capolino alla finestra per ritirarsi immediatamente.

«Lasciami aprire» disse lo zio.

Amir Ali lo seguì con la voglia di dargli un altro calcio:

«Ti prego dimmi che è successo!».

«Caro mio, sono tre mesi che sei scomparso senza cercare notizie di tua moglie, dei tuoi figli, di tua madre, che ti aspettavi?».

In quella arrivai io con un fratello di Malek Azar. Vedendomi, Amir Ali tirò un sospiro di sollievo, lasciò perdere lo zio, sapeva che io ero a conoscenza di ogni cosa. Andai subito al punto, gli diedi la chiave di casa sua, gli dissi che era stata affidata a me e ora gliela rendevo. Poi, in modo calmo e tranquillo (sapevo che odiava l'agitazione) gli dissi che la madre era ricoverata in ospedale; non c'era speranza, poteva morire da un momento all'altro.

Avevo la macchina lì fuori, mi offrii di accompagnarlo. Accettò, partimmo, e intanto telefonò all'ospedale. L'infermiera gli fece capire che erano gli ultimi attimi. Non sapevo se saremmo arrivati in tempo, l'ospedale era in centro e per arrivarci c'erano blocchi e controlli.

Amir Ali era rannicchiato sul sedile con le mani tremanti:

«Quand'è l'ultima volta che le hai parlato?».

Per un momento pensai si riferisse a Malek Azar, e il cuore mi mancò: lo guardai, no, intendeva sua madre, il suo pensiero era con lei.

Ci fermarono, c'era stato un incidente, stavano gridando e litigando, dovevo cambiare strada. Amir Ali continuava a farmi la stessa domanda.

«Due giorni fa» risposi.

«E com'era? Raccontami, dimmi».

Non riuscivo a guidare e parlare, eravamo davanti a una scuola, era pieno di bambini, davanti c'era un camion che scaricava mattoni, la strada era chiusa, Amir Ali stava dando di matto, sudava. Scese:

«Arrivo prima a piedi».

Si mise a correre, lo lasciai andare, non potevo farci nulla. Volevo parlargli di Malek Azar, del suo messaggio, non ci riuscii.

Si fermò l'autobus che va dalla parte dell'ospedale, Amir Ali ci salì sedendosi dalla parte degli uomini, vicino a lui un signore grasso aveva occupato anche parte del suo sedile. Sulle ginocchia teneva una borsa dove stava una gallina viva, che tirò fuori il collo guardando incuriosita Amir Ali. Davanti a lui era seduto un ragazzo dai capelli lunghi e il suo vicino lo fissava adirato.

A un certo punto gli tirò un ricciolo, il ragazzo balzò in piedi protestando e quello rispose:

«Ma non ti vergogni?».

«Che ti frega?».

«Non disturbate!» ammonì il conducente.

La gallina, spaventata, mosse le ali. Amir Ali si diceva:

*Devo arrivare in tempo, devo vedere i suoi occhi prima che li chiuda, so che mi aspetta, senza dirmi addio non se ne andrà certo!*

Il bus adesso doveva svoltare, Amir Ali scese e si mise a correre, cercando intanto di fermare una macchina. La prima non andava dalla sua parte, salì sulla seconda, guidata da un giovane col cappello e gli occhiali scuri. Non fece un cenno di saluto o altro, Amir Ali gli indicò dove voleva andare. Lungo la strada l'autista non disse parola. A un certo punto si fermò dal benzinaio, davanti a lui c'era una fila di tre macchine. Non si poteva che aspettare. Si avvicinò un ragazzetto che vendeva fiori, Amir Ali abbassò il finestrino e ne comprò un mazzo. Aveva il cuore che pompava forte, magari fosse andato a piedi, lì c'era un taxi, forse faceva prima di questo ragazzo, era meglio se andava a piedi, conosceva quella zona palmo a palmo.

Che ne era di Malek Azar? I pensieri si affollavano in testa, ma erano soprattutto per la madre e l'immagine della moglie si allontanò. Gli venne in mente quello che aveva detto lo zio sulla sorte, che intendeva dire? Perché Malek Azar aveva dato la chiave a me? Beh, era naturale. Io ero il miglior amico di Malek Azar, il suo primo amore. Questo Malek Azar non gliel'aveva mai detto, era acqua passata, ma Amir Ali lo sapeva tramite lo zio, con tutti i particolari; in queste cose lo zio era preciso.

Le macchine si mossero, era il loro turno, fecero benzina e ripartirono.

«Scusi» disse l'autista, e fu l'unica parola che gli uscì di bocca. Proseguirono in silenzio, finché l'uomo si fermò davanti all'ospedale. Aspettò che Amir Ali scendesse e poi ripartì.

L'ospedale era affollato, c'era gente in ogni angolo, davanti agli ascensori, alla farmacia, ai bagni. Al banco informazioni c'era coda, una coda disordinata. Nella lista dei pazienti sua madre non c'era, forse era stata dimessa, disse l'impiegato.

Una voce nelle orecchie gli diceva che era arrivato troppo tardi, sua madre era morta.

Forse invece sua madre era sotto un altro nome, quello da signorina.

«Quando è stata ricoverata?» chiese l'impiegato.

Amir Ali non lo sapeva. Scosse la testa.

«Deve sapere la data del ricovero, qui arrivano e partono cento persone al giorno, magari la sua parente sta bene ed è stata dimessa».

Parlare con quell'impiegato era tempo perso. Fermò un medico apostrofandolo con voce rotta, il dottore era un brav'uomo e nonostante la fretta chiese ad Amir Ali di cosa soffrisse la madre.

«Questo genere di pazienti vengono portati al quinto piano, chieda là».

L'ascensore arrivò al terzo piano e da lì riscese al secondo. Amir Ali uscì, fece le scale a due gradini alla volta, arrivò al quinto. Lì una fila di gente in visita era seduta in silenzio, a testa bassa, molti avevano gli occhi pieni di lacrime. Appesa al muro, la foto di una gentile infermiera con il dito appoggiato sulle labbra invitava al silenzio. Si aprì una porta, uscì un gruppo di medici e infermieri. Un ragazzo e una ragazza si alzarono dalla fila, gli occhi preoccupati fissi sulla bocca del medico. Seguirono il gruppo, la ragazza s'appoggiò al muro, nascondendosi il viso tra le mani.

Passò un'infermiera col carrello delle medicine, Amir Ali la fermò dicendole che cercava la madre, le disse il nome, l'infermiera fece cenno verso la stanza 53.

Allora era ancora viva! Non importava se aveva l'ago in vena, i tubi nel naso, che sembrasse un pulcino bagnato, che fosse pallidissima e che l'elettrocardiogramma sul monitor si muovesse a stento. Lo aspettava, non se ne andava senza salutarlo.

Amir Ali rimane sulla soglia, tremante e basito, senza il coraggio d'entrare. Vorrebbe cogliere questa creatura piccola come un uccellino, metterla in valigia e portarla in un luogo lontano.

Entra un'infermiera, getta un'occhiata alla paziente, le prende il polso, le sistema le lenzuola e scuote la testa. Amir Ali è sottosopra, il corpo sta per collassare e la mente vaga in aria come le ceneri di un cadavere. Non ha più percezione di sé, non riesce a muoversi, appoggia una mano al muro e si trascina avanti. Sua madre si ricorda di lui? Forse lo sta guardando attraverso il suo spirito, col terzo occhio, con la mente già fuori dal corpo? Vorrebbe parlare, ripete il suo nome, la gola gli fa male e la voce non esce. Le mani della madre, pallide e venate di blu, sono sul lenzuolo. Le punte della dita si muovono, è evidente che l'ha riconosciuto. Amir Ali si siede ai piedi del letto, appoggia una mano su quella della madre. Gentilmente le gira la faccia verso di lui, nel profondo dei suoi occhi ci sono due cerchi che luccicano, due finestrelle aperte verso una nuova vita. Lì rivede sé stesso, dal momento del concepimento, un embrione fluttuante in uno spazio caldo e umido, poi la nascita, in mille immagini sparse nei ricordi materni che stanno esaurendosi e come scintille vengono riassorbite, piano piano, in una memoria più grande. Quel momento è sufficiente, è come se la vecchia signora, seduta sul ciglio della morte, fosse rimasta in attesa di quest'ultimo incontro.

Amir Ali mette le mani fredde della madre sotto le lenzuola, le chiude gli occhi e spranga la porta del suo passato. Un grande capitolo della sua vita è finito. Sente di non appartenere più a nessuno, ora le spiagge soleggiate, i cieli chiari e lucenti, le piane verdi e i deserti infiniti lo stanno aspettando.

Fuori è caldissimo, affollato di gente, c'è un ragazzo che vende sigarette e gomme da masticare; Amir Ali ha ancora in mano il mazzo di fiori che ha dimenticato di dare alla madre, lo appoggia sulla pila di sigarette e se ne va.

Malek Azar aveva già svuotato la casa dalle cose preziose, tappeti, antichità, tutti oggetti che appartenevano a lei. Erano rimasti solo i quadri e i letti privi di biancheria. Gli armadi aperti e vuoti, i cassetti liberati e lasciati così, i pavimenti pieni di giornali, frammenti di foto, foto di lui stracciate. I suoi abiti, pantaloni stirati, camicie inamidate, giacche a doppiopetto, cravatte, foulard d'importazione sono impilati contro il muro come cadaveri di un esercito sconfitto. I pantaloni grigi, i guanti di pelle, i fazzoletti di seta, le scarpe di pelle lucidate parlano di un antico passato, i ricordi danzano tra quei capi d'abbigliamento: il ricordo del padre dal corpo avido, lo sguardo languido e le voglie materiali; la madre dal silenzio nobile e i dolori celati; la moglie dal corpo sottile e la maschera di cartone; lo zio spaventato dalla vecchiaia e dalla morte.

Malek Azar gli aveva lasciato un biglietto sul tavolo in cucina, freddo e conciso. Niente saluti, niente «mio caro». In due parole comunicava che non intendeva ritornare, non voleva rivederlo, mai più (queste due parole sottolineate da doppia riga).

Anche a me aveva scritto una lettera, col suo indirizzo provvisorio e il numero di telefono segreto, che non dovevo dare a nessuno.

Amir Ali si sdraiò sul letto della camera grande, fissando il soffitto basso e il prezioso lampadario. Davanti agli occhi sfilavano immagini della sua vita, come in un film interpretato da estranei. Forse aveva sognato tutto. Forse anche lui era un personaggio estraneo e privo di nome in un sogno altrui. La sensazione dell'immenso deserto crepitava sotto la sua pelle e il suono dei ruscelli gli tentava le orecchie. Muri, finestre, porte, perfino l'odore di quella casa gli erano estranei. Malek Azar girava nella stanza come uno spettro, osservando tutto come da un altro mondo. Si alzò, prese le sue cose, compresi dei dollari che con incredibile preveggenza aveva nascosto in un mobile, mise sottobraccio la piantina mezza morta che stava nella sua stanza e uscì.

Una notte si guardò nello specchio di una locanda e ne fu colpito: lo specchio gli rimandava un uomo sulla sessantina. Fino a quel momento aveva combattuto la vecchiaia, dimostrava vent'anni di meno e aveva mascherato quella differenza sul suo viso, mantenendo con fatica la sua forma e la sua figura magra, non toccava grassi o dolci e gli abiti che Malek Azar sceglieva con cura lo facevano apparire come un uomo giovane e di buon gusto.

Adesso era diventato un altro: un uomo di mezza età, il mento piccolo, le guance bruciate dal sole, una ruga profonda sulla fronte, zampe di gallina attorno agli occhi, la barba pepe e sale, fili bianchi tra le sopracciglia e i capelli. Indossava dei calzoni curdi, larghi e comodi, comperati a Sanandaj, esibiva la sua pancia con orgoglio e non si curava dello sguardo e del giudizio del prossimo.

Amir Ali guardò meravigliato la sua immagine allo specchio, conosceva quello sguardo, quel sorriso beffardo. Erano ancora lì. Si avvicinò. Aveva una diversa immagine di sé stesso, quella riflessa dallo specchio sembrava di un'altra persona. Le due immagini si guardavano e Amir Ali capì che si trattava della sua seconda natura, quel suo secondo io, quello che comandava le sue membra, faceva brontolare la sua pancia, quell'io segreto che lo seguiva come un'ombra e lo combatteva. Forse quel suo secondo io non era in guerra con lui, forse era un amico dimenticato e ferito, in cerca di vendetta. Volenti o nolenti erano fianco a fianco, dovevano diventare amici. Ad Amir Ali non spiaceva questo fratello scarmigliato, con le guance abbronzate, la barba incolta, questo Amir Ali campagnolo: gli era più vicino di quell'altro, più reale. Se Malek Azar lo avesse visto sarebbe stata dispiaciuta. Avrebbe arricciato il naso, dicendogli di lavarsi con l'acido solforico e passarsi i capelli con il permanganato. Gli avrebbe intimato di disinfettare corpo e pensieri.

Guardò l'immagine allo specchio con occhi pieni di simpatia. Quel secondo io veniva da lontano, era stanco, voleva sdraiarsi, sistemarsi dopo tutti quegli anni, avvicinarsi a quell'altro. Si avvicinarono, sovrapponendosi, e del vecchio Amir Ali non rimase che il ricordo.

Amir Ali sta girando in auto per le montagne. Non ha una meta precisa, gli piace questo vagabondare verso ignoti deserti. È contento che nessuno lo conosca, di non essere inquadrato in una cornice particolare, può essere chi gli pare. Il suo corpo è tranquillo, le membra rilassate, in pace. Ha abbassato il finestrino, il sole autunnale gli bacia il braccio e il viso. Sente che può andare fino all'infinito. La sera dorme in un villaggio presso la strada, guarda le stelle e ancora una volta la vastità lo compenetra, lo assorbe. Un gatto magro gli passa vicino, Amir Ali lo accarezza con mano gentile, ha cenato con un pasto leggero, è di buon umore. Osserva il cielo, la luna piena, le galassie sparse nell'universo. Pensa a un luogo dietro ai corpi celesti, un mondo parallelo, dove il passato si rinnova e c'è un tempo che deve ancora venire, dove lui torna all'origine di tutto. Per un attimo si raffigura in quel ricco cosmo, trasformato in una particella che fluttua nello spazio. Ogni molecola del suo corpo è intrisa di piacere. Pensa di essersi disintegrato, polverizzato, assorbito dalla Via Lattea. Vola insieme al palloncino, come un aereo la cui coda splende lentamente.

Forse sta sognando. Sveglio o addormentato, comunque è fortunato. Non è la fortuna dell'uomo arrivato e di successo. È la fortuna di una particella dell'universo. Non è facile comprendere, sembra un gioco di parole, ma Amir Ali si sente così e non sa spiegarlo con le parole che usano gli altri.

Guardiamolo: si sveglia al canto del gallo, è l'alba, ha dormito sul letto sistemato nel portico di una locanda, sotto il firmamento, ha freddo, abbraccia le ginocchia mentre la brezza pungente gli passa sul viso. C'è odore di pane appena cotto. Ha fame. Apre gli occhi e gli ultimi frammenti di sonno volano via. Passa con lo sguardo le foglie e i rami cadenti di un giovane salice e una cascata di verde lucido, come seta sottile, si posa sui suoi pensieri.

*Che magnifica alba e che notte splendida!*

Si riaddormenta. Il sole gli accarezza il viso e lo sveglia. Ora fa caldo, si alza, si lava mani e viso nel ruscello che scorre sotto gli alberi. Il cameriere gli porta pane, formaggio e tè e dopo tanti anni Amir Ali si concede due uova bollite con pane casareccio. Paga, monta in auto e via. Dove? Non lo sa, non ci pensa. Lui e quell'uomo di mezz'età con la barba che ha visto allo specchio, l'Amir Ali di oggi e l'Amir Ali di ieri, sono in pace. Si compra un cocomero per strada, si ferma presso un ruscello, dove stanno due pioppi, in mezzo al nulla. Dal cofano prende una stuoia, la stende all'ombra, si siede, il cocomero è bello rosso, un po' caldo, ma dolce. Si stende con le mani sotto la nuca, sente l'odore delle estati della sua infanzia, dei muretti di paglia e fango ancora umidi che cingono il giardino e della resina che scende dai pini. Può volare con i suoi ricordi, può rotolarsi, può gridare, può parlare, sputare fuori le parole non dette e imprigionate nel petto, può scegliere, protestare, prendere decisioni. Può non fare nulla, chi ha detto che bisogna essere d'accordo o contro, che deve fare il politico o il dissidente, diventare ambasciatore iraniano in Gran Bretagna o capo della Filo e rocchetto? Può stendersi sotto gli alberi e ascoltare i grilli. Può soddisfare vecchi desideri, diventare astronomo, o bagnare un campo di cocomeri e coltivarli. Vuole ricominciare, ricominciare da sé stesso.

Lo zio aveva letto che gli eventi del mondo son tutti collegati, avrebbe voluto pontificare su questo argomento, ma non gliene hanno dato modo. Per una volta nella sua vita, però, aveva ragione. Quelli che erano a tavola con lui quella famosa sera non avevano colto il nesso sottile che lega ogni parola, ogni incontro casuale, ogni piccolo evento, né il fatto che questi fili sono interconnessi come la trama colorata di un tappeto celeste. Se quella notte fatale una zanzara non avesse morso il piede di Amir Ali, probabilmente niente di tutto ciò sarebbe successo e i destini di Amir Ali, di Malek Azar, di sua madre, dello zio e della compagnia Filo e rocchetto non avrebbero cambiato il loro corso. E neppure quello del mio destino.

# Notizie su Goli Taraghi

Nel 1979, quando lascia Tehran e si stabilisce a Parigi, Goli Taraghi è una scrittrice affermata. La sua prima raccolta era uscita in Iran nel 1969, seguita da altri libri, e alcuni racconti erano già stati tradotti in francese.

A Parigi continua a scrivere, in persiano. Ma la lontananza scompiglia le carte. L'autrice dispone ora di due mondi, e sperimenta, dopo gli sconvolgimenti pubblici della Rivoluzione, quelli privati, quotidiani, imposti dall'esilio. Progetta un romanzo sulla vita di un uomo infelicemente trapiantato in Francia. Non lo conclude, ma il titolo che aveva immaginato dice molto: *Gli strani comportamenti del signor A. in terra straniera*. Straniero, strano: anche in persiano i due termini hanno la stessa radice, e la figura etimologica, commentata da Anna Vanzan nel suo profilo di Goli Taraghi (*Figlie di Shahrazād. Scrittrici iraniane dal* XIX *secolo a oggi*, Bruno Mondadori 2009), non potrebbe essere più rivelatrice.

Straniera dunque al suo paese ridisegnato dai colori cupi dell'assolutismo religioso, estranea a una lingua che sente, inizialmente, ostile, l'autrice si abbandona all'avventura della lontananza. Lascia che i ricordi si impadroniscano delle sue storie, e ne fa una chiave per decifrare la nuova vita parigina. Non scrive di politica («per me sono più attraenti i problemi umani, i temi universali, primordiali»), ma la Rivoluzione islamica è sempre presente, e costringe ogni personaggio a una vita in bilico: tra presente e memoria, se i racconti sono ambientati a Parigi; invischiata nelle dissimulazioni, nei patteggiamenti necessari alla sopravvivenza quando lo sfondo è la Persia.

Prima dell'esilio, Goli Taraghi aveva vissuto in un mondo privilegiato. Nata a Tehran nel 1939 in una famiglia agiata e colta (il padre, scrittore e traduttore, dirigeva una rivista letteraria), studia filosofia negli Stati Uniti. Quando, tornata a casa, si afferma come scrittrice, non sono molte le donne che pubblicano libri. E, mentre il racconto breve diventa una forma sempre più diffusa, il suo uso in mani femminili è una conquista recente: la prima raccolta mai pubblicata da una donna in Iran, *Il fuoco spento* di Simin Dāneshvar, era uscita solo nel 1948. Goli Taraghi è tra gli autori che sapranno raggiungere i risultati più significativi proprio nella forma breve.

Dal 1978, la Rivoluzione Islamica colpisce anche la vita culturale, e non solo con la censura: le Università restano chiuse per anni, molti intellettuali esitano tra l'esilio e l'impegno, mancano carta e inchiostro. Sottoposte a maggiori restrizioni sono naturalmente le donne ma, quasi per paradosso, alcune scrittrici sanno capovolgere una situazione sfavorevole, trasformando il periodo post-rivoluzionario in una fioritura senza precedenti della letteratura femminile. «Prima della Rivoluzione – ha ricordato Taraghi in un'intervista del 2007 – c'erano forse quindici, no, dieci donne scrittrici in Iran. Adesso ce ne sono cinquanta. Non sono libere, e allora fanno musica, scrivono, traducono, pubblicano libri. Come se dicessero: il governo mi mette un velo sulla testa, io rivendico la mia identità. È una cosa molto, molto forte». Dunque Goli appartiene a un momento pionieristico della scrittura femminile, e il suo lavoro – presto riconosciuto come un modello per la qualità dei risultati e l'apprezzamento dei lettori – contribuisce ad aprire la strada alla generazione di donne che si affermeranno quando lei è già lontana.

Intanto, dalla Francia, Goli Taraghi organizza la sua vita alternando la routine parigina con frequenti viaggi in Iran. In un'intervista ha detto: «Di solito torno a casa per trovare una storia da scrivere. L'Iran è un posto così assurdo, così pieno di contraddizioni, ogni volta incontro un personaggio pronto per entrare nei miei racconti. La signora melograno è una di loro. L'ho vista all'aeroporto di Tehran, chiedeva a tutti: "Dov'è la Svezia? Dov'è la Svezia?"».

Il racconto intitolato *La signora melograno* – uno dei più celebri – è anche un concentrato della personalità della scrittrice, a partire dall'ambientazione. Tra Parigi e la Persia, Goli Taraghi ha individuato uno spazio-tempo intermedio, un non luogo che diventa caratteristico: l'aeroporto. Come *La signora melograno*, anche altre storie prendono avvio nel vuoto tra il paese vecchio e quello nuovo, in transito tra confini. Negli aeroporti, succedono cose strane. Tutti sono fuori posto, disambientati. Dunque la voce narrante (spesso un «io» che ha tratti comuni con la scrittrice reale) si trova immersa in un paesaggio umano che riproduce – concentrandone l'energia – quello, ormai consueto, dell'esilio. Anche l'aeroporto diventa un laboratorio di scrittura, una sfilata di situazioni rese curiose, e preziose, dalla convergenza forzata in un ambiente provvisorio.

Lo spaesamento genera stanchezza. Insicurezze, malinconie. Ma regala anche la capacità di stupirsi. I ragazzi, le donne, gli uomini dei racconti di Goli Taraghi sono curiosi, mai sconfitti. In una Tehran sconvolta (ma ancora fiabesca), a Parigi o in aeroporto, si addentrano con ironia in avventure sempre un po' bizzarre, raccontate con il ritmo sicuro di chi sa riconoscere, nell'infinità dei dettagli, quelli che condensano il mistero, l'incanto, di vite intere. La salvezza sta nello sguardo: vigile, capace di afferrare storie e persone, e poi di disegnare quadri di volta in volta amari o autenticamente buffi (leggendo questi racconti, spesso, si ride).

Intanto, la visibilità della scrittrice cresce. Ogni nuovo libro, superati inciampi complicati con la censura, che Goli ha spesso raccontato con ironia nelle molte interviste rilasciate in America e in Francia, è un bestseller in Iran. E arrivano le traduzioni nelle lingue occidentali: già dagli anni ottanta in francese (ma l'ultima raccolta, *Le trois bonnes*, presso Actes Sud, è del 2004); in italiano (*Tre donne. Racconti dall'Iran*, a cura di Anna Vanzan, Edizioni Lavoro, 2009); in tedesco, col recentissimo volume *Zwei Welten* (Europäischer Universitätverlag, 2014); in inglese, dapprima, negli anni novanta, presso case editrici universitarie americane quindi, nel 2013, con il volume *The Pomgranate Lady and Her Sons*, tradotto da Sara Khalili e pubblicato a New York, da Norton. Nel 2005, dopo quasi trent'anni a Parigi, Goli Taraghi viene nominata dalla Repubblica francese *Chevalier dans l'Ordre des Arts et des Lettres*.

# Glossario

*Abolfazl*: uno dei figli del primo imam sciita Ali
*Amanieh*: quartiere settentrionale di Tehran
*Elahieh*: quartiere settentrionale di Tehran
*hejab*: codice di abbigliamento islamico, che comporta la copertura dei capelli e abiti che non rivelino le forme del corpo
*Komiteh*: corpo di polizia incaricato di vigilare sulla moralità
*Lezgi del Lezgistan*: regione attigua al Mar Caspio
*Leila e Majnun*: leggendaria coppia di amanti protagonisti di innumerevoli storie nel mondo islamico
*Mossadeq Mohammad* (1882-1967): primo ministro che all'inizio degli anni '50 tentò di nazionalizzare il petrolio iraniano
*pierogi*: involtini tipici della cucina polacca, popolari in Iran
*Shemiran*: quartiere settentrionale di Tehran
*Tajrish*: quartiere settentrionale di Tehran
*tuman*: unità monetaria iraniana

# Indice

CALABUIG

1. Goli Taraghi, *La signora melograno*, 2014
2. Mario Levrero, *Il romanzo luminoso*, 2014